명왕성이
자일리톨에게

조영아는 강원도 정선에서 태어나 서울여자대학교 국어국문학과를 졸업했다. 2005년 대구매일신문 신춘문예에 단편 「마네킹 24호」가 당선되어 문단에 나왔으며, 장편소설로 『푸른 이구아나를 찾습니다』 『여우야 여우야 뭐 하니』가 있다. 2006년 제11회 한겨레문학상을 수상했다.

조영아 소설집
명왕성이 자일리톨에게

펴낸날 2009년 11월 27일

지은이 조영아
펴낸이 홍정선 김수영
펴낸곳 ㈜**문학과지성사**
등록번호 제10-918호(1993. 12. 16)
주소 121-840 서울 마포구 서교동 395-2
전화 02) 338-7224
팩스 02) 323-4180(편집). 02) 338-7221(영업)
전자우편 moonji@moonji.com
홈페이지 www.moonji.com

ⓒ 조영아, 2009. Printed in Seoul, Korea
ISBN 978-89-320-2014-3

* 이 책의 판권은 지은이와 ㈜**문학과지성사**에 있습니다.
  양측의 서면 동의 없는 무단 전재 및 복제를 금합니다.

명왕성이
자일리톨에게

조영아 소설집

문학과지성사
2009

차례

마네킹 24호 7
명왕성이 자일리톨에게 33
굿 초이스 59
미끄러운 경사면에 대한 두려움 85
역주행 115
우리는 진화하거나 소멸한다 141
봄날 169
서울, 펭귄, 비둘기 197
섬에는 비상구가 없다 227
움 255

해설 남루한 삶에서 희망 찾기_오생근 284
작가의 말 299

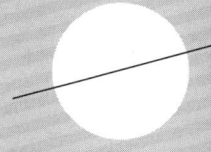

마네킹 24호

거울에 비친 여자의 얼굴은 광대뼈가 불거져 나오고 각이 져서, 왜소한 몸집에 비해 지나치게 커 보인다. 여자는 요즘 유행하는 카키색 반코트를 입었다. 거울 속으로 점원이 들어온다. 진열대에 있는 모자 중 하나를 집어 여자에게 권한다. 여자가 모자를 받아 쓴다. 큰 얼굴이 더 커 보인다. 점원은 또 다른 종류의 모자를 꺼내놓는다. 여자는 모자를 썼다가 벗었다가 한다. 잠시 후 거울 속에서 점원이 사라진다. 여자가 주위를 둘러보더니 모자 하나를 황급히 가방 속에 구겨 넣는다. 여자가 거울 밖으로 나가고 다시 점원이 들어와 진열대 위에 널려 있는 모자들을 정리한다.

 쇼윈도를 새로 단장하면서 폭 오십 센티미터 정도의 세로로 긴 거울이 마네킹 사이에 놓였다. 거울은 양면으로 되어 있어서 밖에서도 볼 수 있을 뿐만 아니라 시시각각 변하는 도로의 풍광이 그대로 반사돼 바로 옆에 서 있는 마네킹 모습과 함께 색다른 풍경을 연출한다. 이를테면 몸매를 드러낸 와인빛 스트라이프 벨벳 재킷에 크림색 핫팬츠를 입고 무릎까지 올라오는 검은 부츠를 신은 여자가 눈 내리는 거리에 서 있다면 지나가는 사람 누구든 돌아볼 일이었다. 그 거울을 나는 지금 쇼윈도 안쪽에서 보고 있다.

백화점 출구를 빠져나온 여자가 쇼윈도 앞을 막 지나치려 한다. 여자는 쇼윈도 거울 속에서 제 모습을 발견한 눈치다. 곁눈질로 슬쩍 보다가 나와 눈이 마주친다. 나는 숨을 안으로 삼키고 눈썹 하나 움직이지 않는다. 여자가 움찔 놀라며 황급히 시선을 돌린다. 가까이서 보니 광대뼈가 더 도드라졌다. 부동자세로 두 눈에 힘을 준다. 그럴수록 눈꺼풀이 자꾸 내려오려 한다. 당황한 여자가 바삐 인파 속으로 사라진다. 참았던 숨을 몰아쉬며 눈을 깜박거린다.

지나가던 노인이 쇼윈도 가까이 다가온다. 노인은 아이스크림을 핥듯이 천천히 쇼윈도를 훑는다. 양옆에 있는 마네킹과 나를 번갈아가며 쳐다본다. 끈끈한 노인의 시선이 종아리를 타고 올라와 치맛단이 끝나는 허벅지에서 잠시 머뭇거리다가 허리를 거슬러 불룩한 가슴께까지 단박에 치고 올라온다. 종아리에 끈끈한 타액이 줄줄 흐르는 것 같다. 그래, 조금만 더. 노인과 눈이 마주치기를 기다린다. 드디어 눈이 마주친다. 옳지. 벗겨진 그의 머리에 당장 입맞춤이라도 할 듯 요염한 눈빛으로 한쪽 눈을 살며시 감아 보인다. 역시 움찔 놀란 노인이 슬그머니 자리를 뜬다. 저런 유의 사람을 보면 정말 마네킹이 된 기분이 들곤 한다. 아까부터 참아오던 갈증이 더 심해진다.

사차선 도로를 빼곡히 메운 차들이 좀처럼 움직일 줄 모른다. 길 건너 고층 빌딩에서 유니폼을 입은 여자들과 정장 차림의 남자들이 빠져나온다. 그들은 신호등 앞에 서서 신호를 기다린다. 점심을 먹으러 백화점 식당 코너를 찾는 사람들이다. 그들의 얼굴에는 먹는 것에 대한 기대감이나 즐거움 따위는 없어 보인다. 간혹 옆 사람과 끊임없이 조잘대거나 고개를 젖혀가며 웃는 사람도 있지만 대부분 아무런 표정 없이 신호등을 건너 이곳 백화점 지하로 향한다. 그들의 얼굴을 가까이서 살펴보면 플라스틱이나 인조고무로 정교하게 만들어진 마네킹과 별다를 바 없다. 그 표정에 있어서는 오히려 내 양옆에 서 있는 마네킹 23호와 25호만도 못하다.

마네킹 23호는 이중적이다. 살짝 치켜든 턱과 슬며시 내리깐 시선에는 도도함과 유혹의 몸짓이 공존한다. 반면에 마네킹 25호는 이지적이다. 끊임없이 무엇인가를 갈망하는 모습이다. 먼 허공을 응시하는 그녀의 표정은 순진무구하기까지 하다. 그녀는 누군가와 마주치길 꺼린다. 그러나 그녀 안에는 이미 무수한 누군가가 들어 있다. 사람이 서로 다른 성격과 개성을 지녔듯이 마네킹들도 코디되는 옷에 따라 분위기가 달라진다. 하루에도 이런저런 분위기의 사람들이 이들을 거쳐 간다. 분위기뿐만 아니라 이들의 성격과 개성도 달라 보인다. 마네킹에게도 그런 게 있다면 말이다. 그런 의미에서 마네킹 23호와 25호는 사람보다 더 인간적이다. 사람보다 매혹적인 23호와 25호 사이에서 인간인 내가 눈길을 끌기란 쉽지 않다. 나는 매번 이들 사이에서 어떻게 하면 밀리지 않을까 고민한다. 이들보다 더 잘나 보이는 것도 아니고 기껏해야 동등해 보이는 거. 그것이 내가 여기서 누릴 수 있는 가장 큰 호사다.

사람들이 백화점 앞에 다다를 즈음 자세를 바꾼다. 소품으로 전시된 작은 의자에 오른발을 살짝 올리고 한 손은 허리에, 다른 한 손은 스커트 실루엣을 따라 자연스럽게 내린다. 이 모든 일은 재빠르고 고요하게 진행된다. 동선을 최소화했는데도 나의 갑작스런 움직임에 사람들의 시선이 일제히 쏠린다. 아침 조회 때마다 강조되는, 마네킹은 마네킹이되 움직임을 최소화하여 살아 있음을 인지시킬 것, 이라는 교육강령에 의한 것이지만 마네킹 23호와 25호 사이에서 살아남기 위해 철저히 계산된 나의 몸부림이다. 안경을 낀 남자가 익살맞은 표정으로 한쪽 눈을 질끈 감아 보인다. 99퍼센트의 정(靜)과 1퍼센트의 동(動)이 빚어낸 기막힌 조화의 산물이다. 유니폼을 입은 몇몇 여자들이 쇼윈도 가까이 와서 거울에 제 모습을 비춰 보다가 팔짱을 끼고 잔뜩 움츠린 자세로 마네킹이 입고 있는 옷을 구경한다.

 기연이 교대를 하기 위해 나온다. 민트 그린의 우아한 원피스 차림이다. 기연은 모 대학 의상디자인과 졸업 작품 발표회 때 학생 모델로 참여했다가 윤 실장의 눈에 띄어 백화점 모델이 되었다. 쟁쟁한 경쟁을 뚫고 들어온 나나 다른 직원들의 눈에 그리 곱게 보일 리 없었다. 기연은 누구보다 월등한 신체 조건을 지녔다. 검은 피부에 속하는 나는 핑크나 오렌지 계열의 옷을 소화하기 힘들다. 반면에 얼굴이 흰 기연은 어떤 색의 옷을 입어도 잘 어울린다. 모델이 자신에게 어울리는 의상만 고집할 수는 없다. 어떤 의상이든 자신의 것으로 소화해 낼 줄 알아야 한다. 내가 썩 잘 어울리지 않는 옷을 마지못해 걸치고 있을 때 기연은 언제나 화사하고 당당하게 자태를 뽐냈다. 지나친 그녀의 자신감은 늘 나를 주눅 들게 한다. 그런 기연이 신경 쓰이는 것은 사실이다. 어젯밤 윤 실장 말에 예민하게 반응한 것도 그런 차원이었다. 너는 피부색이 아주 독특해. 야릇한 상상을 하게 하거든. 윤 실장은 그 특유의 눈짓으로 내 벗은 몸을 탐했다. 나는 몸을 벌떡 일으켜 옷을 주워 들었다. 왜 그래? 내가 뭐 기분 상하는 소리라도 했나? 윤 실장이 눈살을 찌푸리며 담배를 찾았다. 그때 왜 기연의 하얀 피부가 떠올랐는지 모를 일이다.

"수고."

기연이 내 말에 살짝 고개를 숙여 답례를 한다. 나는 쇼윈도에서 내려와 탈의실로 향한다. 백화점 안은 벌써 봄이 무르익었다. 긴 부츠가 즐비했던 신발 코너에는 화사한 봄 신발이 외출을 기다린다. 액세서리 코너의 알록달록한 스카프들이 꽃이 핀 봄 동산을 연출한다. 선물 포장 코너를 지나 비상구로 나온다. 탈의실은 지하 이 층에 있다. 옷 속으로 찬 기운이 스민다. 종아리에 오스스 소름이 돋는다. 몸은 한없이 움츠러드는데 바싹 마른 속에선 뿌연 흙먼지가 인다. 팔짱을 낀 채로 종종걸음으로 계단을 내려간다.

탈의실에 들어서자마자 냉장고 문을 열고 생수병을 꺼낸다. 뿌옇게 일어나던 흙먼지가 가라앉는다. 생수 한 병을 거의 다 마시고 나서야 소파에 주저앉는다.

"혹시 다음증 아니야?"

언젠가 섹스를 끝내자마자 생수를 벌컥벌컥 들이켜는 나를 바라보며 윤 실장이 목소리 톤을 낮추었다.

"그거 심각한 거다, 너. 병이야."

"병이라니요?"

"내가 보기에 넌 진짜 병이다. 그것도 중병!"

침대에서 빠져나온 윤 실장이 욕실로 들어갔다. 곧이어 물소리가 흘러나왔다. 나는 한동안 생수병을 든 채로 서 있었다. 몸속으로 물이 콸콸 쏟아져 들어왔다. 내 몸은 거대한 수로였다. 둥글고 긴 관으로 물이 흘러갔다. 물은 거침없이 흘러 내 몸을 관통했다. 물살이 점점 세지면서 수압이 올라갔다. 현기증이 일었다. 침대에 걸터앉았다. 물 마시는 게 병이라니. 물은 내게 일종의 신경안정제 역할을 했다. 물을 마시면 허전하고 불안한 마음이 사라졌다. 어쩌면 아무런 효과가 없는 것인지도 몰랐다. 물, 그 자체보다 마시는 행위에 더 길들여진 탓인지도 모르는 일이었다. 이 일을 하기 전에는 지금보다 더 많이 마셨다. 길을 가다가도, 쇼핑을 하면서도, 심지어는 잠을 자다가도 습관처럼 물을 찾았다. 중독도 일상 속에선 그저 밥 먹고 자는 일처럼 평이하게 느껴졌다. 물은 자연스럽게 흘러들었고 집요하게 나를 물고 늘어졌다. 병일 수도 있겠구나, 뭐 그뿐이었다. 그럴 리야 없겠지만 이것으로 죽음에 이른다 해도 어쩔 도리가 없었다.

"뭔가 결핍되어 있을 때 그런 증상이 나타난대."

샤워를 마친 윤 실장이 물기를 닦으며 나왔다. 나는 생수병에 남아 있는 물을 머리에 쏟아부었다. 머리칼을 타고 물이 흘러내렸다.

"특히 애정 결핍 같은 거 말이야."

윤 실장이 뒤에서 내 몸을 감싸 안았다. 축축한 물기가 느껴졌다.

"걱정 마. 내가 있잖아."

윤 실장이 목덜미에 흘러내리는 물을 부드럽게 핥았다. 그의 거친 숨소리가 온몸을 두드렸다. 깊고 은밀한 그곳에 말간 물이 고이기 시작했다. 그의 격렬한 몸짓이 차오르는 수면을 쉴 새 없이 흔들었다. 욕망은 내 의지와 무관하게 차올랐다. 욕망이 습관이 될 수도, 그것이 진실이 될 수도 있겠다는 생각이 들었다. 그가 정말 물로 느껴질까 겁이 났다.

정 코디가 양손에 옷걸이를 들고 들어온다.

"또 물이야? 생수 회사에서 미스 서한테 공로상 같은 거라도 줘야 되는 거 아냐? 벌써 세 병이나 해치웠어?"

정 코디는 옷걸이를 손에 든 채로 빈 생수병을 턱짓으로 헤아린다.

"누가 들으면 술 마신 줄 알겠어요."

정 코디 손에 들린 옷을 받아 들어 행어에 건다.

"내 말이 그 말이야. 술을 그렇게 마신다면 또 몰라."

정 코디의 주량은 일 층 쇼윈도 관리팀에 정평이 나 있었다. 회식 자리에서 술을 제일 많이 마시는데도 정 코디는 끝까지 말짱했다. 윤 실장을 포함해 몇몇 남자 주당이 있었지만 정 코디를 이기지는 못했다.

"만날 그렇게 목이 말라?"

나는 원피스 뒤에 꽂았던 핀을 빼내며 웃어 보인다.

엄마는 언제나 밤늦게 들어왔다. 나는 창문에 기대앉아 밤을 기다렸다. 낮 동안 방바닥에 고여 있던 햇볕이 마르고 검은 그늘이 일렁일 때쯤이면 잔뜩 구부린 등 안쪽에서 타닥탁 마른 장작에 불붙는 소리가 났다. 몸속의 장기들이 새들새들 말라 배배 틀리는 것 같았다. 나는 몸을 동그랗게 만 채로 방바닥을 굴러다녔다. 썩은 호두를 흔들어대는 것처럼 형편없이 쪼그라든 몸속의 장기들이 이리저리 흔들리며 서로 부딪히는 듯했다. 그 소리가 크면 클수록 몸속은 점점 비워지는 듯했고, 자꾸 빈 껍데기만 남은 죽은 달팽이가 떠올랐다. 무엇이라도 채우지 않으면 안 되었다. 빈 냉장고에 먹을 거라곤 물밖에 없었다. 물을 마셨다. 그때 내가 기다린 것은 사람이었다. 엄마가 아니어도 상관없었다. 그냥 숨을 쉬는 사람이면 되었다.

"그렇게 물을 마시는데 어떻게 한 시간씩 참고 서 있니?"

내가 옷을 벗자 정 코디가 행어에서 옷을 꺼낸다. 체리 핑크 색 투피스다.

"오우, 원더풀!"

"윤 실장이 각별히 신경 쓴 거야."

윤 실장은 디자이너다. 기연이와 나 그리고 마네킹 23, 25호가 입는 옷들은 모두 윤 실장의 작품이다. 그는 오색 촛불이 너울대는 이태리 식당에서 핏물이 배어나는 안심 스테이크를 잘라주며 내게 은밀히 속삭였다.

"넌 내가 본 마네킹 중에서 가장 완벽해. 봄에 중요한 패션쇼가 있어. 그때 멋지게 데뷔시켜줄게."

그가 자른 스테이크 조각을 입에 넣어주었다. 부드럽고 연한 살코기를 씹을 때마다 입안에 핏물이 고이는 것 같았다. 하지만 나는 웃으며 핏물을 삼켰다. 많이 먹어. 그는 계속해서 핏물이 흐르는 스테이크를 내 입안에 넣어주었다. 모델이 된다는데 그까짓 스테이크쯤이야 얼마든지 먹어줄 수 있었다. 그와 헤어지자마자 나는 가로수 아래 쭈그리고 앉아 스테이크를 다 게워냈다. 악취를 풍기는 토사물들이 휘황찬란한 불빛 아래 전리품처럼 쌓여갔다. 나는 이미 모델이 되어 무대 위를 걷고 있었다.

"점심은?"

"한 타임 더 뛰고 먹으려고요."

기연과 나는 교대로 한 시간씩 쇼윈도에 선다. 점심은 각자 빈 시간에 알아서 해결하는 편이다. 한 시간 쉬는 시간이 있지만 별반 쉴 수 있는 시간도 못 된다. 다음 전시 준비를 위해 옷을 갈아입고 화장이나 머리를 고치다 보면 잠시 누워서 눈을 붙인다거나 여유 있게 밥을 먹을 수도 없다.

가운을 걸친 채로 거울 앞에 앉는다. 마주 앉은 정 코디가 내 얼굴에 클렌징 크림을 바르고 문지른다. 입는 옷에 맞춰 화장을 하다 보니 어느 때는 옷을 갈아입을 적마다 화장을 고치는 경우도 있다. 대개는 하루 동안 입는 옷이 비슷한 톤이기 때문에 아이섀도나 입술 색만 부분적으로 수정한다. 그러나 색상 차이가 많이 나는 지금 같은 경우는 기초 화장부터 다시 해야 한다. 정 코디는 빠르고 능숙한 손놀림으로 클렌징 크림을 닦아낸다. 거울 속에 화장이 지워진 맨얼굴이 드러난다. 수정하기 편리하도록 아예 뽑아버린 반쪽짜리 눈썹이 흉물스럽다. 화장을 지운 내 얼굴은 틀에서 처음 찍혀 나온 마네킹의 그것 같다.

우연히 텔레비전에서 마네킹 제작 과정을 본 적이 있었다. 마네킹은 머리, 몸통, 팔, 다리를 각각 제작하여 조립하는 과정을 거쳐 완성되었다. 과정을 거듭할수록 얼굴 모습이 차츰 변해갔다. 처음 틀에서 찍어냈을 때 메이크업하기 전의 얼굴은 눈 코 입의 윤곽만 두드러진 것이 마치 얇은 양막을 뒤집어쓴, 습자지 같은 양막이 찢어지지 않을 만큼만 숨을 쉬고 있는 자궁 속의 태아 모습 같았다.

메이크업 과정을 거치면서 확실한 마네킹의 진면목이 드러났다. 눈썹과 눈동자가 검게 그려지고 입술이 붉게 물들면서 숨소리가 들릴 것만 같은 아슬아슬한 기대는 여지없이 무너졌다. 그야말로 고무 인형 그 자체였다. 양막도 자궁도 태아도 숨소리도 전혀 연상되지 않는 딱딱한 인조 얼굴이었다.

"인간들이 어쩜 그러냐?"

오른쪽 눈썹을 그리면서 정 코디가 입을 씰룩거린다.

"무슨 일 있어요?"

"어제 뉴스 못 봤어? 백화점에서 상습적으로 물건 훔친 여자가 글쎄 사장 부인이라신다."

정 코디 손에 힘이 들어간 탓인지 흥분한 탓인지 오른쪽 눈썹 끝이 부자연스럽게 그려진다. 한 발 물러서서 가늠해보던 정 코디가 클렌징 크림을 묻혀 오른쪽 눈썹을 지운다. 다시 반쪽짜리 눈썹이 된다.

"뭐, 이유가 있겠지요."

아까 매장에서 모자를 훔치던 여자가 떠오른다.

"이유는 무슨. 심심해서 그랬다는데. 배부르고 할 일 없으니까 별짓을 다 하는 거지. 아이참, 오늘따라 왜 이러냐."

이번에는 눈썹 안쪽이 너무 굵게 그려졌다. 다시 지우고 그린다. 눈썹이 제대로 그려지자 눈두덩에 핑크 빛 아이섀도를 펴 바른다. 내 얼굴은 점점 체리 핑크 색 투피스에 맞는 마네킹이 되어간다.

집에서 얼마 떨어지지 않은 곳에 마네킹 공장이 있었다. 마네킹 머리통들이 뒹구는 그곳은 어린 내 눈에 공장으로 비쳤다. 하지만 정확히 말하면 공장이 아니라 창고 비슷한 곳이었다. 그 사실을 먼 훗날 알았다. 나는 틈만 나면 그곳을 기웃거렸다. 그곳에는 늙은 남자가 있었다. 그는 등을 돌리고 구부정하게 앉아서 뭔가에 열중해 있곤 했다. 구부정한 그의 등은 그리 넓지 않아서, 다행히 나는 그가 무슨 일을 하고 있는지 금세 알아차릴 수 있었다. 그는 마네킹 눈과 입술에 채색하는 일을 했다. 그는 어딘가에서 마네킹 머리통들을 가지고 왔다. 그의 몸짓은 은밀하고 조용했다. 그런 이유 때문에 나는 그가 마네킹 머리통들을 어딘가에서 몰래 빼오거나 훔쳐 오는 것으로 쉽게 단정 지었다. 어쩌다 열려 있는 문으로 그 곳을 몰래 엿보면 수십 개의 목이 잘린 머리통들이 가지각색 의 표정으로 뒹굴고 있었다. 슬프거나 기쁘거나 혹은 분노하 거나 하는 식의 표정들이 아니었다. 웃지도 울지도 않는데 웃 음소리가 들리고, 간간이 흐느낌이 섞여 있는가 하면 반대로 흐느낌 속에 명랑한 웃음소리가 들어 있기도 했다.

그중에 하나를 들어 올렸다. 머리통 속을 들여다보았다. 텅 빈 속은 깊은 동굴처럼 음습했고 역한 플라스틱 냄새가 났다. 내 머리를 디밀어보았지만 구멍이 너무 작았다. 한참을 들여 다보다가 주위를 둘러보았다. 텅 빈 머리통 속에 무엇인가를 채워 넣고 싶었다. 구석에 있는 수도로 갔다. 머리통을 거꾸 로 세우고 그 속에 물을 부었다. 물이 점점 차오르자 기분이 묘해졌다. 몸에 차츰 무게가 실리는 것 같았다. 몸속에 물이 차오르는 기분이었다. 말라비틀어져 제멋대로 돌아다니던 몸 속의 장기들이 다시 제 모습을 찾아가는 것 같았다. 또 다른 머리통을 거꾸로 세우고 물을 부었다. 기분좋을 만큼의 적당 한 무게가 느껴질 때까지 물을 채웠다. 바닥에 거꾸로 머리를 박고 있는 머리통들은 모두 즐겁고 재미있는 듯 보였다. 틈만 나면 나는 그곳으로 가 늙은 남자 몰래 마네킹 머리통에 물을 부었다.

"사장 부인이 부족한 게 뭐가 있겠어."

정 코디가 내 입술에 심혈을 기울여 핑크 빛 립스틱을 펴 바른 후 거울을 힐끗 돌아보며 중얼거린다. 모자를 훔치던 그 여자도 궁색해 보이지는 않았다. 다음증이 병이라던 윤 실장 말대로 그녀들도 애정 결핍증에 시달리는 걸까.

가운을 벗고 새 옷으로 갈아입으려는데 정 코디가 브래지어를 벗으라고 한다. 옷 특성상 브래지어를 착용하지 말라는 윤 실장의 주문에 의한 것이다. 브래지어를 벗고 실리콘 소재의 둥근 테이프를 젖꼭지 위에 붙인다. 동전만 한 테이프 속에 젖꼭지와 그 둘레가 가려진다. 그 위에 옷을 걸친다. 어깨가 다 드러난 옷은 마치 금방이라도 아래로 흘러내릴 것처럼 부드럽게 살갗을 자극한다.

"참, 그거 알아?"

뒤에서 지퍼를 올려주며 정 코디가 묻는다.

"윤 실장하고 기연이하고 그렇고 그런 사이래. 꽤 됐다나 봐."

갑자기 등이 따끔하다. 나는 아얏, 하고 몸을 움츠린다. 지퍼가 살갗을 스친 모양이다.

"어머, 미안. 어쩌지. 상처 생기겠는데."

당황한 정 코디가 내 얼굴을 들여다본다. 아픈 것은 둘째 치고 상처부터 걱정하는 눈빛이다. 모델한테 눈에 보이는 상처가 얼마나 치명적인지를 그녀는 잘 알고 있다.

"괜찮아요. 마저 끝내요."

"야, 눈부시다. 역시 미스 서는 살아 있는 마네킹이라니까."

미안해서 그런지 여느 때보다 호들갑이다. 나는 거울에 전신을 한번 비춰 보고 나가려다가 다시 돌아선다. 정 코디가 왜? 하는 표정으로 쳐다본다. 냉장고 문을 열고 물을 찾는다. 생수가 한 병도 없다. 그냥 닫으려는데 사과 주스가 보인다. 기연이 넣어놓은 것이다. 그녀는 늘 사과 주스만 먹는다. 뭐라도 채우고 싶다. 사과 주스를 한 모금 입에 물고 삼키려는데 잘 넘어가지 않는다. 속에서 뜨겁고 강한 무엇이 사과 주스를 힘껏 밀어낸다. 이를 악물고 사과 주스를 잘근잘근 씹는다. 억지로 삼켜보지만 잘 넘어가지 않는다. 사과 주스를 입에 문 채로 계단을 오른다.

"수고."

교대를 위해 계단을 내려오던 기연이 손을 들어 보인다. 저년한테도 스테이크를 잘라주었겠지. 순간 구토가 치민다. 입에 물고 있던 사과 주스가 뿜어져 나온다. 기연이 기겁을 해 피하지만 이미 늦었다. 얼룩진 블라우스 앞섶을 손가락으로 치켜들고 어찌할 바를 모른다.

"어머, 선배님!"

"이를 어째. 미안."

기연이 울상이 되어 뛰어 내려간다. 나는 잠시 벽에 기대어 숨을 고른다. 비로소 뻥 뚫린 속이 시원해진다.

옷을 갈아입으면서 연신 주위를 둘러본다. 일부러 그런 건 아니었는데. 그렇다고 실수라고 인정하기도 싫다. 우연을 가장한 필연? 필연을 가장한 우연? 어쨌든 지금 이런 상황에서 오해의 여지를 남기는 것은 득이 될 게 없다. 탈의실을 나와 매장 구석구석을 살펴보지만 기연은 어디로 갔는지 보이지 않는다. 윤 실장도 안 보인다. 수상한 기류가 흐른다. 휴대폰을 꺼내 윤 실장 번호를 누른다. 자꾸 손이 헛짚어진다. 휴대폰이 꺼져 있다. 수상한 기류는 순식간에 한기로 바뀌었다. 불온한 예감에 휩싸인다. 나는 계단을 천천히 밟아 내려간다. 물류 창고는 지하 삼 층에 있다. 불빛이 희미하게 보인다. 멈춰 서서 숨을 고른 후 발을 뗀다. 모퉁이만 돌면 물류 창고다. 다시 멈춰 선다. 안에서 기척이 느껴진다. 낯익은 숨소리가 새어 나온다. 숨을 죽이고 안을 엿본다. 쌓여 있는 마네킹 사이에 윤 실장과 기연이 한데 엉켜 있다. 어느 게 사람이고 어느 게 마네킹인지 구분할 수 없다.

마네킹 23호와 25호가 치워졌다. 나와 기연의 반응이 좋아 쇼윈도의 마네킹을 아예 다 인간 마네킹으로 바꾸었다. 기연이 전에 내가 섰던 중앙에, 나는 마네킹 25호가 섰던 기연의 왼쪽에, 새로 들어온 정애가 기연의 오른쪽인 23호 자리에 서 있다.

건물마다 불이 켜지고 거리를 오가는 사람들의 발길도 분주하다. 간판을 밝히는 네온사인과 가지각색의 불빛들로 거리는 점점 오색 물결로 넘실댄다. 낮 동안 볼 수 없었던, 잊어버린 것을 기억해낸 듯한, 아니면 그조차도 아예 망각한, 그리하여 싸늘하게 식은 머리에 그럴듯한 가면 하나씩을 얹고 다니는, 간교한 얼굴들이 희희낙락하며 몰려다닌다. 꽃샘추위 때문인지 사람들의 옷차림은 아직도 두껍고 칙칙하다. 간혹 화사한 봄옷 차림이 눈에 띄지만 오히려 이물스럽다.

오늘의 콘셉트는 노란색과 연두색이 주조를 이루는 가벼운 평상복 차림이다. 라임 그린의 칠부 바지에 반소매 티셔츠와 얇은 카디건을 걸쳤는데도 후덥지근하다. 오후가 되자 백화점을 찾는 사람들이 늘어나면서 그 열기와 사방에서 비춰대는 조명 때문에 쇼윈도는 뜨겁게 달아오른다. 어깨도 뻐근하고 다리도 뻣뻣하다. 이 고비만 넘기면 한결 수월해진다. 제일 견디기 힘든 시간이지만 나는 이 시간을 즐긴다. 아침부터 줄곧 한자리에 서 있다 보면 머릿속이 점점 비워진다. 내가 여기 왜 서 있는지, 오늘이 무슨 요일인지, 밖에 비는 그쳤는지. 머릿속은 하얗게 지워지고 몸속은 텅텅 비워져서 조금만 바람이 불어도 두둥실 공중으로 떠오를 것만 같다. 물을 채워 넣지 않아도 되는 유일한 시간, 진짜 마네킹이 된 듯 기쁨도 슬픔도 그리고 고통마저도 느끼지 못한다. 곁눈질로 기연을 살핀다. 기연과 눈이 마주친다. 기연이 먼저 시선을 돌린다. 사과 주스 사건 이후로 기연과의 사이가 냉랭해졌다. 단순히 사과 주스 때문만이 아니라는 걸 일깨우기라도 하듯 작은 일에도 과민하게 반응했다.

"세상에!"

기연이 갑자기 제 옆의 거울을 들여다보며 나직이 소리친다. 나는 얼른 내 옆의 거울을 본다. 기연 쪽의 거울과 달리 이쪽 거울에서는 액세서리 매장이 보인다. 여자 둘이 핀을 고르고 있다. 그중에 한 여자가 머리에 큐빅이 박힌 핀을 꽂는다.

"상습적이잖아. 벌써 몇 번째인지 몰라."

흥분된 목소리로 중얼거린다. 그때 아이 둘을 데리고 걷던 젊은 부부가 쇼윈도 앞에 멈춰 서서 우릴 쳐다본다. 무슨 말인가를 더 하려던 기연은 시선을 바로 하고 입가에 우아한 미소를 머금는다.

"저것 봐. 진짜 사람이지?"

소리는 들리지 않지만 아이 둘이 하는 몸짓으로 보아 우리들을 놓고 내기를 한 모양이다. 남자아이가 여자아이를 향해 손바닥을 내민다. 머뭇거리던 여자아이가 남자아이 손바닥에 무엇인가를 건네준다. 동전이다. 그 순간 한 여자가 황급히 아이들 곁을 스쳐간다. 얼핏 스친 여자의 옆모습. 모자가 어울리지 않던 그 여자다.

"아직 이 안에 있을 텐데! 하필이면 모자야. 이왕이면 값비싼 보석이라든가 뭐 그런 걸 훔치지. 이거 너무 싱겁잖아."

기연이 못마땅한지 연신 투덜댄다. 젊은 부부와 아이들이

가버리자 기연이 중얼거리며 계속 거울 속을 살핀다. 나는 못 들은 척 외면한다. 여자는 곧 인파 속에 묻혀버린다. 나는 건너편 고층 건물에 시선을 고정시킨다. 환하게 불을 밝힌 건물은 영화 속에 나오는 거대한 공룡 같다. 꼬리를 치켜들고 앉아 금방이라도 집어삼킬 듯이 시가지를 내려다보고 있다. 쓰지도 않는 모자가 가득 쌓여 있을 여자의 방이 눈앞에 아른거린다. 어딘가에서 몰래 마네킹 머리통을 가져오던 늙은 남자가 떠오른다.

창고를 엿보던 어느 날 새로운 것을 발견했다. 마네킹의 한쪽 다리였다. 반듯하게 세워놓고 보니 내 어깨를 훌쩍 넘었다. 매끈매끈한 감촉이 좋아 손으로 자꾸 쓸어보았다. 속은 깜깜했다. 긴 터널 같기도 하고 코끼리 콧속 같기도 했다. 그 속에다 손을 디밀었다. 저 발끝까지 가면 뭐가 있을 것 같기도 한데 어린 내 손은 마네킹 무릎에도 못 가 닿았다. 그 다음 날 다리 한쪽이 또 생겼다. 며칠 있다 팔 한쪽이 생겼고, 또 얼마 있다가 다른 한쪽 팔이 보였다. 얼마 지나지 않아 마침내 몸통과 머리통을 갖춘 온전한 모습의 마네킹이 생겼다.

비가 오는 날이었다. 엄마는 아침 설거지를 쌓아둔 채로 거울 앞에 오래 앉아 있다가 전화를 받고 나갔다. 심심한 나는 밖으로 나왔다. 밤이 아닌데도 사방은 어둑어둑했다. 찢어진 우산 새로 비가 샜다. 내 발길은 자연히 창고로 향했다. 그곳은 유일하고 은밀한 나의 놀이터였다. 안에서 이상한 소리가 들렸다. 문틈으로 안을 들여다보았다. 늙은 남자의 뒷모습이 보였다. 그는 무엇인가에 올라타 앉은 자세로 고개를 수그리고 야릇한 신음 소리를 내고 있었다. 문틈에 귀를 갖다 대었다. 신음 소리 속에 흐느낌 같은 게 섞여 있었다. 그것은 텅텅 빈 속에서 울려 나오는, 아주 오랫동안 그곳에 갇혀 있던 공명음 같았다. 그의 바지는 무릎까지 내려왔고 드러난 엉덩이 밑으로 허연 마네킹의 두 다리가 보였다. 숨이 막혔다. 문틈에서 눈을 떼고 숨을 몰아쉬었다.

잠시 후 다시 안을 들여다보았다. 마네킹에서 내려온 늙은 남자가 구석에서 뭔가를 찾았다. 돌아서는 그의 손에 톱이 들려 있었다. 나는 문에 바싹 다가앉았다. 그가 마네킹 앞에 와서 섰다. 마네킹의 다리를 한쪽 발로 밟고는 허리를 숙여 톱질을 하기 시작했다. 날카로운 소리와 함께 마네킹의 허리가 서서히 잘렸다. 벌어진 틈새로 음험한 웃음소리가 실실 삐져나와 늙은 남자를 휘감았다. 마치 그가 웃는 것처럼 보였다. 웃음소리가 크면 클수록 그의 톱질 속도도 빨라졌다.

두 동강 난 마네킹의 몸통이 저만치 튕겨 나갔다. 갑자기 웃음소리가 뚝 끊겼다. 늙은 남자는 잘린 마네킹의 몸통을 들어 다른 머리통들이 즐비하게 늘어선 구석으로 집어 던졌다. 이런저런 머리통들이 사방으로 튀거나 굴러갔다. 그중에 하나가 웃으면서 문 쪽으로 굴러왔다. 무서운 생각이 들었다. 돌아서서 집을 향해 뛰었다. 큰 우산이 자꾸 뒤로 젖혀졌다.

꼭 잘린 머리통이 쫓아오는 것만 같았다. 그 후로 오랫동안 나는 그곳에 가지 않았다.

휴대폰에 메시지가 뜬다. 윤 실장이다. 폴더를 얼른 닫는다. 기연이 거울 앞에 앉아 화장을 지우고 있다. 나는 서둘러 옷을 갈아입는다.

모텔 파라다이스는 백화점에서 다섯 블록 떨어진 곳에 있다. 건물 외벽에 늘어진 작은 전구들이 을씨년스럽다. 유리문을 열고 들어간다. 텔레비전을 보던 노파가 볼륨을 줄이고 힐끔 쳐다본다. 나는 손가락으로 위층을 가리킨다. 노파는 말없이 고개를 돌린다. 다시 텔레비전 볼륨이 높아진다.

붉은 카펫이 깔려 있는 계단을 밟고 올라간다. 길고 좁은 계단은 어둡고 침침하다. 거대한 짐승의 지저분한 혓바닥 위를 더듬어 가는 기분이다. 계단 난간에 바퀴벌레 한 마리가 기어간다. 잘 닦인 가죽 구두처럼 윤이 난다. 손끝으로 툭 쳐 떨어뜨린다. 뒤집어져 바둥거리는 바퀴벌레를 발로 슬며시 밟아 누른다. 낙엽 부서지는 소리가 난다. 한동안 발을 떼지 않는다. 그날의 장면이 자꾸 되살아난다. 윤 실장의 몸뚱이와 엉켜 있던 기연의 사지에 내 팔다리가 겹쳐진다. 고개를 힘차게 모로 흔들며 천천히 발을 뗀다. 붉은 카펫 위에 짓이겨진 바퀴벌레가 새겨졌다. 계단참에 서서 밖을 내다본다. 다양한 크기의 선홍색 십자가들이 어둠 속에 떠 있다. 잔뜩 웅크린 검은 짐승들이 살기등등한 눈빛으로 노려본다. 얼른 고개를 돌린다.

 방문 앞에 선다. 심호흡을 하고 노크를 한다. 가운을 여미며 윤 실장이 나온다. 열린 문틈으로 텔레비전 푸른빛이 새어 나온다. 머리가 젖은 윤 실장은 밤바다에서 막 걸어 나온 듯하다. 윤 실장 등 뒤로 푸른빛이 일렁이는 밤바다가 펼쳐졌다. 나는 그 속으로 천천히 걸어 들어간다.

 물기를 닦기도 전에 윤 실장이 덮쳐온다. 오랫동안 굶주린 하이에나처럼 내 허벅지 허연 살덩이를 물어뜯는다. 곳곳에 배어 있는 기연의 냄새가 살아난다. 나는 바퀴벌레를 밟았을 때처럼 아무런 느낌이 없다. 그에게 살과 피를 다 내준다. 다리속이 점점 코끼리 콧속같이 텅 비어간다. 텅 빈 몸통 속으로 그의 거친 숨소리만 채워진다.

 주위를 둘러본다. 모두들 퇴근 준비를 하느라 분주하다. 재빨리 비상계단으로 나온다. 빠르게 계단을 내려간다. 창고에 있는 마네킹들이 모조리 치워진다는 소리를 들은 것은 오늘 아침이었다. 대부분 폐기 처분되지만 그중 몇은 농촌으로 보내져 허수아비로 재활용된다. 물류품 보관 창고에 폐기 처분을 기다리는 마네킹들이 쌓여 있다. 벌거벗은 마네킹들이 죽 둘러싸고 내려다보는 앞에서 윤 실장과 처음으로 몸을 섞었다. 그 후에도 윤 실장과 나는 몇 번 근무 시간을 틈타 마네킹들 사이에서 몸을 부대꼈다.

희미한 불빛 아래 벌거벗은 마네킹들이 한데 엉켜서 거대한 봉분을 이루고 있다. 사지가 멀쩡한 것에서부터 머리 부분이 떨어져 나간 것, 한쪽 팔이 없어진 것, 토르소처럼 황망히 몸체만 뒹구는 것. 아무렇게 처박힌 머리통들. 인육 썩는 냄새가 진동할 것만 같은 봉분 속에서 마네킹들의 표정은 여전히 살아 있다. 화려한 옷과 눈부신 조명이 사라진 무대의 뒤편에서 이들은 무엇을 기다릴까. 어쩌면 나를 기다리고 있는지도 모른다.

 가만히 쭈그리고 앉아 마네킹 하나하나를 살핀다. 여자, 남자, 여자아이. 용케 한 가족이 다 모였다. 그중 남자 마네킹의 한쪽 팔이 없다. 주위를 두리번거려 바닥에 떨어진 팔 하나를 집어 남자 마네킹에게 맞춰본다. 맞지 않는다. 바닥에 굴러다니는 또 다른 팔 하나를 대본다. 이것도 아니다. 이것저것 맞춰보지만 맞는 게 없다. 이 얼굴 저 얼굴 둘러보며 안부를 묻는다. 그중에 낯익은 얼굴이 있다. 나와 쇼윈도에 함께 섰던 23호와 25호. 23호는 남자 마네킹 위에, 25호는 빠진 자기 머리통을 두 손으로 감싸 안은 자세로 구석에 비스듬히 누워 있다. 쭈그리고 앉아 마네킹 25호의 얼굴을 들여다본다. 만지면 눈가에서 물기가 묻어날 것 같다. 가만히 손바닥으로 얼굴을 쓸어본다. 잘 다듬어진 반질반질한 매끄러움. 물기가 묻어날 것만 같던 환상은 이내 깨지고 만다. 몸을 아주 천천히 더듬는다. 딱딱하고 차가운 덩어리. 깊은 동굴 속에 오랫동안 방치돼 있던 흉흉한 동물의 뼈를 만지는 듯 그 이상의 무엇이 느껴지지 않는다. 잘 가. 슬픈 피에로. 나는 천천히 옷을 벗는다. 마네킹 23호와 25호 사이에 몸을 눕힌다. 찬 기운이 살 속을 파고든다.

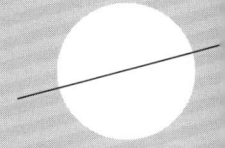

명왕성이 자일리톨에게

이백마흔아홉번째 가위질을 하고 있을 때였다. 문득 사물의 뒷면이 앞면처럼 보이기 시작했다. 한꺼번에 몰려오는 무수한 뒷면들. 눈이 번쩍 뜨였다. 조심스레 그들에게 인사를 건넸다. 손을 뻗어 일일이 악수를 청했다. 처음에는 머뭇거리던 뒷면들이 슬그머니 손을 내밀었다. 그들에게도 하얗고 따뜻한 손이 있었다. 명왕성이 사람들 기억 속에서 차츰 희미해져갈 무렵이었다.

 눈을 뜨자 벽에 걸린 교복이 보였다. 엄마 짓이었다. 교복은 항상 반듯하게 다려져 있었다. 엄마의 소원은 내가 저것을 입고 학교에 가는 모습을 베란다에서 지켜보는 것이다. 가끔 멀어지는 내 뒤통수에 대고 우연아, 학교 잘 갔다 와, 하고 우아한 목소리로 예전처럼 외쳐보는 게 엄마의 소원이다. 소원이 고작 그거라니. 그러니까 매일 이러고 살지. 엄마에게 소원을 바꿔보라고, 그러면 인생이 달라질지도 모른다고 말해주고 싶지만 막상 엄마 눈빛을 보면 그 말이 쑥 들어갔다. 나를 쳐다보는 엄마 눈빛은 정말이지 죽었다가 깨어나도 그것밖에는 소원이 없다, 그러니 어서 나를 죽여봐라, 라고 애원하는 듯했다. 하지만 나는 별로 신경 쓰지 않았다. 엄마의 소원은 그것 말고도 얼마든지 많았으며, 어느 것 하나 내 마음에 들지 않기는 매한가지였다.

문제는 항상 남들과 다른 데서 생겨났다. 남들과 달리 삐쩍 마르고 유약한 나는 지구가 돈다는 코페르니쿠스의 가설을 온몸으로 체험하며 자랐다. 내가 느끼기에 지구는 쉬지 않고 밤낮으로 돌았다. 돌고, 돌고 또 돌았다. 학교 잘 갔다 와, 손을 흔드는 엄마의 얼굴이 빙빙 돌았다. 구불구불한 골목이 빙빙 돌았다. 암내를 풍기는 고양이의 울음소리도 빙빙 돌았다. 2 곱하기 4는? 안경 쓴 선생님의 얼굴도, 식판에 수북이 받아 든 카레라이스도 빙빙 돌았다. 숟가락을 놓고 밖으로 나왔다. 운동장에는 아이들이 빙빙 돌고 있었다. 시소에 엉덩이를 걸치고 앉았다. 아이들 고함 소리가 귓가에서 빙빙 돌았다. 그렇게 땡볕에 홀로 앉아 지동설을 체험하며 하루를 보냈다.

그 어느 누구도 내게 다가와 너 왜 그래?라고 묻지 않았다. 이 세상에 빙빙 도는 지구와 나, 딱 둘만 존재하는 것 같은 날들이었다.

지구가 돌고 있다는 가설을 가지고 싸움들이 났다. 누구는 그것 때문에 감옥에도 갔다. 목숨을 내놓으면서까지 지키려고 했던 신념이 겨우 그거라니. 내가 만약 그 시대에 살았다면 감옥에 열두 번도 더 갔을 것이다. 중학교에 들어가서도 나는 늘 혼자였다. 목련 잎이 떨어지는 교정 작은 연못가에 앉아서 빙빙 돌고 있는 나무들과 아이들을 바라보았다. 하얀 교복을 입은 아이들은 끼리끼리 모여 있는 힘을 다해 빙빙 돌았다. 노란 꽃이 핀 연둣빛 물풀 사이로 금붕어들이 빙빙 물속을 돌았다. 역시 그 누구도 내게 다가와 너 왜 그래?라고 묻지 않았다.

빙빙 도는 어느 날, 아이들이 연못가로 몰려왔다. 나를 둘러싸고 아이들이 돌았다. 눈을 크게 뜨고 아이들 얼굴을 살피려 했으나 아이들이 워낙 빠르게 돌아서 알아볼 수 없었다. 그중에 한 애가 내 볼을 꼬집었다. 살점이 떨어져 나갈 것처럼 아팠다.

"왜 그래?"

아무도 묻지 않는 말을 내가 물었다. 다른 한 아이가 발로 내 허벅지를 걷어찼다.

"왜 그러는데?"

아무도 묻지 않던 말을 내가 또 물었다. 아이들이 돌아가며 허벅지를 걷어찼다. 나는 쓰러졌다. 아이들의 발길질은 계속되었다. 누워서 올려다본 아이들 얼굴은 작은 지구 같았다. 제각각의 지구가 돌고 있었다. 나중에는 내가 돌고 있는 것처럼 느껴지기도 했다. 날 선 햇살이 목덜미에 와 박혔다. 햇살에 찔려 죽을 수도 있겠구나. 눈을 찔끔 감았다. 그날 처음으로 엄마에게 엄마 얼굴이 빙빙 돈다고 말했다. 엄마는 나를 데리고 병원에 갔다. 좀더 지켜보자,고 의사가 빙빙 돌며 말했다. 그 후로 아침저녁으로 초콜릿처럼 생긴 알약을 먹었다. 엄마는 그동안의 무심함을 회개라도 하듯 지극 정성으로 알약을 챙겨주었다. 마치 지구의 자전이라도 막아낼 수 있을 것처럼 보였다. 하지만 엄마 얼굴은 계속 빙빙 돌고 골목길의 개똥도 변함없이 빙빙 돌았다. 아이들도 여전히 이유 없이 나를 둘러싸고 빙빙 돌았다. 쓰러진 나는 아이들이 도는지 내가 도는지 역시 헷갈렸다. 내 입에서 더 이상 왜 그러는데?가 나오지 않았다. 알약을 변기 속에 쏟아버렸다. 물을 내리자 알약들이 빙빙 돌며 변기 속으로 빨려 내려갔다.

미술 시간이었다. 철사를 구부려 골격을 만들고 그 위를 신문지로 감싼 다음 색종이를 잘라 붙였다. 한 손에는 가위를 다른 한 손에는 빨간 색종이를 들었다. 주위를 둘러보았다.

아이들은 자른 색종이에 벌써 풀칠을 하고 있었다. 손에 들고 있는 색종이가 빙빙 돌았다. 가위질을 할 수 없었다. 눈을 부릅뜨고 색종이를 응시했다. 빨간 색종이가 점점 확대되었다. 세상 전체가 빨간 색종이로 보였다. 그 빨간 세상에 가윗날을 갖다 댔다. 색종이가 단숨에 베였다. 확대된 색종이는 어디를 조준하든 잘려 나갔다. 나는 빨간 색종이만 골라서 잘랐다. 그날 내가 만든 것은 빨간색 오리였다.

 방과 후 아이들이 또 나를 둘러쌌다. 연못에는 금붕어들이 수면 가까이 올라와 숨을 쉬고 있었다. 아이들이 빙빙 돌면서 정강이를 툭툭 찼다. 가방에서 가위를 꺼냈다. 그리고 연못 속에 손을 넣어 금붕어 한 마리를 건져 올렸다. 금붕어는 은색 종이로 만들어진 것처럼 보였다. 금붕어가 사물로 보이는 순간이었다. 가위를 금붕어 가까이 갖다 댔다. 아이들이 입을 벌린 채로 빙빙 돌았다. 손에 힘을 주고 금붕어 배를 갈랐다. 그중 한 아이 교복 위로 빨간 피가 뻗쳤다. 하얀 교복이 순식간에 붉게 물들었다. 순간 빙빙 돌던 아이들이 멈춰 섰다. 빙빙 돌던 운동장도 오동나무도 모두 그 자리에 그대로 딱 멈춰 섰다. 창자가 미어져 나온 금붕어가 바닥으로 떨어졌다. 금붕어는 팔딱거리며 죽어갔다. 피 묻은 가위를 들고 붙박이처럼 서 있는 아이에게 다가갔다. 내 허벅지를 제일 먼저 걷어차던 애였다. 하얗게 질린 아이는 단 한 마디도 하지 못했다. 핏물이 든 그 아이의 하얀 교복을 오리기 시작했다.

"빨간 오리를 본 적 있어?"

아이가 고개를 저었다.

"내가 오늘 빨간 오리를 보여줄게."

그 아이 가랑이 사이로 오줌이 흘렀다. 세상은 신기하게도 더 이상 돌지 않았다. 나는 손에 들린 가위를 내려다봤다. 가위의 또 다른 면이 빙긋이 나를 올려다봤다. 가위의 뒷면이었다. 내가 처음 본 사물의 뒷면이었다.

엄마도 의사 선생님도 고쳐주지 못한 빙빙 돌기가 거짓말처럼 사라졌다. 가위의 뒷면에 이런 위대한 힘이 숨어 있었다니. 가위 하나만 있으면 무서울 게 없는 세상이구나. 가위 하나만 있으면 겁날 게 없는 세상이구나. 손에 들고 있던 날이 선 가위를 내려놓고, 횡격막 그 언저리 어디쯤에 보이지 않는 가위 하나를 남몰래 품었다. 가슴에 얹혀 있는 가위 때문에 가끔 숨 쉬기가 불편하긴 했지만 그 정도 고통쯤이야 빙빙 도는 거에 비하면 아무것도 아니었다.

처음으로 가까이 세상을 불러 모았다. 도시를 불러오고 놀이공원 옆 박물관도 불러왔다. 낡은 화집 속 마그리트의 그림들을 불러오고 모차르트의 피아노 협주곡 20번 3악장도 불러왔다. 지구 저 반대편 이스탄불 사원도 불러오고 남극의 펭귄도 불러왔다. 마지막으로 지구와 지구 밖 우주와 이름도 없는 소행성들을 불러왔다. 비좁은 방 안이 시끌벅적해졌다. 비로

소 세상을 기웃거릴 수 있게 되었다. 그건 빙빙 돌기가 사라졌기 때문에 가능한 일이기도 했다. 교복을 오리고 한반도를 오리고 아프리카 밀림을 가르는 아마존도 오리고 지구 밖 무수한 행성들을 오렸다. 그리고 뒷면을 만났다. 그 뒷면이 내게 말을 걸어왔다. 진리와 명제, 생물체를 포함한 모든 것에 뒷면이 존재한다는 사실을 어른들은 쉬쉬했다. 뒷면은 금기가 되고 욕이 되었으며 어느 땐 암흑이 되기도 했다. 우울하게 서 있는 교복의 뒷면에 손을 내밀어 인사를 청했다.

 교복을 벗는 대신 자일리톨을 씹기 시작했다. 그건 우연이나 재미가 아니었다. 남들 다 하는 거 적어도 하나쯤은 공유해야지 될 것 같은 위기감 때문이었다. 그래야지 대한민국에 발붙이고 살 수 있을 것 같은 치사한 생각이 왜 들었는지는 모르겠지만. 사거리에 있는 패밀리마트에 가면 다른 것은 눈에 들어오지도 않았다. 온통 자일리톨 천지였다. 화이트 그린 핑크 옐로까지 자일리톨은 취향에 따라 골라 씹는 맛이 있었다. 자일리톨은 그렇게 대한민국 껌의 대명사가 돼 있었다. 내 손도 자일리톨로 향했다. 아무튼 나는 교복도 학교도 아닌, 진짜 별거 아닌데도 한 세계를 평정한, 자일리톨을 선택했다.
 이제 세상은 빙빙 돌지 않았지만 더 이상 돌지 않는 지구를 돌려야 할 그 누군가가 필요했다. 빌어먹을, 그 힘든 일을 하려고 나서는 이는 아무도 없었다. 교복을 벗어던지고 지구가 그려진 티셔츠를 입고 자일리톨을 한꺼번에 두 개 입안에 쑤셔 넣었다. 자일리톨은 왜 좀더 크게 못 만드는 거야, 아카시아 후레쉬에서는 왜 아카시아 냄새가 안 나고 비누 냄새가 나는 거야, 그런 불만들을 껌 씹듯이 질겅질겅 씹으며 영차영차 지구를 밀기 시작했다. 지구는 서서히 다시 돌기 시작했다. 옆에서 지켜보던 교복의 뒷면이 환하게 웃으며 다가왔다. 내가 도와줄게. 이제 지구는 빙빙 도는 게 아니라 빙빙 돌리는 게 돼버렸다.

밖에서 인기척이 났다. 자는 척 눈을 감았다. 엄마가 문을 열어보고 한숨을 쉬며 나갔다. 살그머니 눈을 떴다. 누운 채로 몸을 좌우로 흔들었다. 잘각잘각 가슴속에서 가위가 소리를 냈다. 여느 때처럼 컴퓨터 게임을 불러왔다.

엄마는 내가 모든 걸 툭툭 털고 세상으로 나가게 해달라고, 다른 애들처럼 학교에도 다니고 떡볶이도 사 먹고 축구도 하게 해달라고 열심히 빌었다. 엄마는 교회에 나갔다. 제발 너 고등학교만이라도 마치게 해달라고 기도한다, 성경책을 가방에 쑤셔 넣으며 말했다. 그때 나는 엄마의 뒷면을 보았다. 엄마의 속옷을 본 것만큼이나 미묘한 감정이었다. 그러나 곧 이성을 되찾았다. 엄마가 잠시 사물로 보였기 때문이었다. 하마터면 가위를 엄마에게 들이댈 뻔했다. 더 이상 이상한 감정은 들지 않았지만 왠지 슬퍼졌다. 비좁은 가방 속에 쑤셔 넣어지는 성경책이 슬픈 건지 엄마의 기도가 슬픈 건지 내가 슬픈 건지 구분할 수 없었다. 우린 영원한 서로의 아웃사이더로 존재할 것이다. 그런 생각이 불현듯 들었다. 그걸 인정하면 더는 슬퍼지지 않을까. 한숨을 크게 쉰 탓에 가슴에 품은 가위가 달각거렸다.

하인처럼 불려 나온 게임 속 캐릭터들이 내 명령에 따라 뛰고 걷고 달리고 싸우고 울고 웃고 사랑했다. 나는 군주가 되었다가 왕이 되었다가 신이 되었다. 그곳에는 뒷면이 존재하지 않았다. 따라서 나는 인사하는 법을 잊어버렸다. 서로 인사를 안 해도 그들은 잘 살다가 죽었다. 즐겁게 살다가 생을 마쳤다. 이백여든세번째 가위질이었다.

엄마가 출근했다. 식당에서 깍두기를 담그고 설거지를 하는 엄마는 밤늦게나 들어온다. 가끔 엄마를 게임 속 캐릭터로 불러오고 싶다. 그러면 엄마와 인사를 안 해도 재미있게 잘 살다가 죽을 수 있는데. 엄마는 출근을 할 때 혹은 퇴근해서 돌아올 때 꼭 인사를 했다. 그 인사라는 게 이랬다.

"있니?"

대답 대신 팽 하고 코를 풀었다. 그러니까 하루에 적어도 두 번 코를 풀었다. 어느 땐 바싹 마른 콧구멍이 아팠다. 그럴 때마다 코끼리가 된 기분이었다. 엄마도 어쩌면 코끼리 한 마리를 키우는 게 낫다고 생각하는지도 모른다.

내가 다시 인사하는 법을 기억해낸 건 엄마의 소원이 여태껏 내가 믿어왔던 거와는 영 딴 데 있음을 알아버린 후였다. 바로 엄마의 뒷면이었다. 너 하나만 보고 사는데, 너밖에 의지할 데가 없는데. 엄마는 툭하면 나를 들고 나왔다. 나는 엄마의 둘도 없는 창이요 방패였다. 그러나 얼마 못 가 나는 내가 엄마가 사육하는 코끼리 한 마리에 지나지 않는다는 것을 알게 되었다.

코끼리를 기르는 데 특별히 주의하거나 조심해서 신경 써줘야 할 일은 없었다. 하루에 두 번 마른 건초를 주고 가끔 기분이 좋을 때 냉장고에 굴러다니는 무른 사과를 던져주면 그만이었다. 그것도 귀찮으면 건초 더미 속에 코끼리를 방목하면 제가 알아서 먹을 만큼 먹고 제가 알아서 물을 마시고 똥을 쌌다. 나도 모르는 새 나는 코끼리와 동일시되고 있었다. 그것은 슬프지도 놀랍지도 않은 일이었다. 뭘 그래, 뒷면이잖아. 또 다른 뒷면들이 입을 모았다. 대부분의 뒷면은 민망하거나 당혹스럽거나 불결했다. 그건 앞면이 주는 기대감 때문인지도 몰랐다.

엄마가 다니는 교회는 사 층짜리 회색 건물 맨 꼭대기에 있었다. 원래 거기에는 기수련원이 있었다. 검게 선팅 된 창문에는 정체불명의 붉은색 문양이 새겨졌고, 들고 나는 사람도 보이지 않았다. 어느 날 문득 올려다보니 붉은색 문양은 온데 간데없고 대신 조잡한 십자가가 보였다. 날이 어두워지기도 전 옥상의 조악한 철골 구조물에 불이 들어왔다. 빛누리교회, 마치 온 세상을 굽어살피겠다는 굳은 의지인 듯 붉은 십자가는 밤새도록 빛을 뿜어댔다. 엄마는 단 하루 쉬는 날인 일요일을 빛누리교회에 고스란히 바쳤다. 그 대가로 남자를 얻었다. 그 남자 때문에 나는 그동안 잊고 지내던 아버지를 잠깐 떠올릴 수 있었다. 그 남자는 아버지보다 키도 크고 돈도 많았다. 목사님, 목사님, 엄마는 진정한 빛을 누리듯 잠꼬대를 했다. 내가 보기에 엄마의 인생은 내가 아니라 목사님에게 달려 있었다.

일요일 아침 엄마는 소풍을 준비하는 사람처럼 들떠 있었다. 코끼리 먹이도 잊은 채 엄마는 부랴부랴 빛누리교회로 향했다. 가끔 교회 가지 않을래? 하고 친절하게 동의를 구했다. 그 소리는 빛을 누리지 않을래? 하는 소리로도 들렸다. 그럴 때마다 나는, 아니요. 제 방에는 온 세상이 다 들었거든요, 하고 친절하게 대꾸하고 싶었다. 엄마가 누리는 빛만으로도 집 안은 황홀하리만치 환해졌다. 엄마는 청소를 하고 음식을 장만했다. 생전 못 보던 음식들이 상 한가득 차려졌다. 엄마의 남자, 목사님이 오셨다. 자, 기도합시다. 목사님이 내 머리에 손을 얹고 기도를 하기 시작했다. 묵직한 손의 느낌이 꼭 코끼리 발바닥 같았다. 코끼리 발바닥을 뿌리치고 그 자리를 뛰쳐나오고 싶었지만 침을 돌게 하는 음식 냄새 때문에 참기로 했다. 이 어린 양을 굽어살피소서. 잠자코 들어보니 생각보다 나의 죄는 컸고 용서받을 것도 많았다. 목사님의 기도는 구구절절 이어졌다. 널 위해 마련한 자리야, 엄마는 집을 나서는 목사님의 널찍한 등짝을 하염없이 바라봤다. 그 덕에 음식을 푸짐하게 먹는 은혜를 입었지만, 그 후에도 내게 달라진 건 없었다. 나는 여전히 코끼리가 되어 알아서 먹고 알아서 싸고 알아서 잤다. 엄마의 뒷면은 앞면이 되고 싶어 안달이 났다. 나는 모른 척 가위질에 열중했다. 어차피 모든 뒷면은 앞면이 되고 싶은 적이 있기 마련이었다. 그래서 뒷면이었다.

이백아흔일곱번째 가위질을 마치자 짙은 어둠이 펼쳐졌다. 그것은 곧 우주가 되었다. 버젓이 이름표를 단 제각각의 행성들이 신비하고 매혹적인 빛을 뿜어내고 있었다. 문득 명왕성이 궁금했다. 그 어디에도 명왕성은 보이지 않았다. 나지막한 소리로 소행성 134340을 불러냈다. 칠십오 년 만에 행성에서 떨려 난 명왕성이 거대한 몸체를 질질 끌며 나타났다. 명왕성은 까맣게 타버린 숯검정처럼 맥이 없었다.

"이제 어쩔 건데?"

명왕성을 지구와 목성 사이에 슬쩍 밀어 넣었다. 풀 죽어 있던 명왕성에 순식간에 생기가 돌았다. 그러나 명왕성은 곧제 스스로 지구와 목성 사이에서 빠져나오고 말았다.

"그냥, 버텨!"

있는 힘을 다해 명왕성을 다시 지구와 목성 사이로 밀어 넣었다. 정말 학교 안 갈 거니? 엄마가 매일 아침 반듯하게 다린 교복을 들고 묻는 것과 같은 억양, 음색이었다. 엄마도 어쩌면 나처럼 그냥, 버텨!라고 소리 지르고 싶었는지도 모르겠다는 생각을 하면서도 나는 진심으로 명왕성이 그냥 무식하게 버텨주기를 바랐다. 누군가에게 밀려난다는 건 비참한 일이었다. 그 기분을 아는 사람이라면 너 정말 학교 안 갈 거니 같은 말은 절대로 하지 않을 것이다. 그 참담함을 느끼기 일보 직전에 내가 먼저 그들을 밀어버리는 방법이 있다는 걸 명왕성은 알지 못하는 듯했다.

"그냥 저질러버려."

언제 왔는지 교복의 뒷면이 거들었다. 기가 죽은 명왕성은 배구공만큼이나 가벼워져 있었고 내가 죽을힘을 다해 민 까닭에 지구와 목성 사이에서 반대편으로 튕겨 나가고 말았다. 튕겨 나간 명왕성은 배구공처럼, 누군가가 두 손을 맞잡고 토스를 하듯 우주 공간을 오르락내리락 유영하며 서서히 멀어졌다. 그 광경은 슬프지도 쓸쓸하지도 않았다. 비굴해 보이지도 초라해 보이지도 않았다. 아름답지는 않았지만 그 비슷한 여운을 남겼다. 단물이 다 빠진 자일리톨을 뱉어 벽지 위에 붙이고 새로운 자일리톨 두 개를 꺼내 입에 넣었다.

아버지는 명왕성과 함께 사라졌다. 마치 명왕성이 행성에서 퇴출되기를 기다렸다는 듯, 오로지 그것을 위해 아버지 스스로 일자리를 팽개치고 이십 년 다니던 회사를 유유히 걸어나온 듯, 그에 맞추어 깔끔하게 사라졌다. 그날 밤 엄마 방에 불이 좀 오랫동안 켜 있다가 꺼졌다. 그 다음 날도 그, 그 다음 날도 그, 그, 그 다음 날도 아버지는 돌아오지 않았다. 화장실에는 아버지가 보던, 명왕성 기사가 실린 신문이 뒹굴었다. 역시 문제는 남들과 좀 다르다는 데 있었다. 다른 행성들보다 좀더 기울었다는 게 가장 큰 의혹이었다. 바른 자세로 우아한 자태를 뽐내는 행성들 사이에서 저 혼자만 십칠 도로 기울어져 삐딱하게 도는 게 예쁘게 보였을 리 없었다. 똥 냄새보다 더한 명왕성의 굴욕이었다.

아버지가 보던 신문을 읽다가 잠이 들었다. 꿈속에서 아버지를 만났다. 아버지는 명왕성과 함께 있었다. 둘이서 소주를 마시는 중이었다. 아버지는 명왕성만큼 커져 있었고 명왕성은 아버지만큼 작아져 있었다. 둘이는 절친한 친구처럼 보였다. 남들보다 느리다는 게 아버지 퇴출의 요지였다. 아버지는 점심을 먹을 때에도 남들보다 숟가락을 늦게 내려놓았다. 회의 시간에도 남들보다 늦게 입을 열었다. 그리고 실적도 남들보다 느리게 쌓았다. 결국 아버지는 남들보다 느리다는 이유로 남들보다 빨리 짐을 싸야 했다. 일생에 처음으로 남들을 앞지르는 순간이었다. 술이 벌겋게 오른 아버지와 명왕성은 어깨동무를 하고 지구 뒤편으로 느릿느릿 멀어졌다. 아버지와 명왕성 중 누구를 불러야 할지 난감했다. 아버지를 부르자니 명왕성이 걸리고 명왕성을 부르자니 아버지가 걸렸다. 마침내 나는 둘 다 부르기로 했다. 아버지명왕성, 명왕성아버지.

"얘가 무슨 잠꼬대를 이렇게 해."

눈을 떴다. 엄마가 성난 얼굴로 내려다보며 전화기를 건네주었다. 잠결에 전화기를 받아 들었다.

"우연아, 끄윽, 너 엄마 말 잘 들어라. 끄윽. 학교 잘 다니고. 이 아빠도 내일부터 끄윽, 출근한다. 뭐라고? 끄윽. 안 들려, 이눔아!"

아무 소리도 하지 않았는데 술 취한 아버지가 자꾸 되물었다. 아버지 말소리에 섞여 파도 소리 같은 게 밀려왔다가 멀어졌다. 아버지는 배를 탄다고 했다. 취기 오른 명왕성이 아버지 곁에서 뒹굴뒹굴 몸체를 굴려대고 있을 것만 같았다.

"명왕성도 같이 가?"

용기를 내어 입을 열었다. 뚜우. 전화가 끊겼다. 아버지는 명왕성의 퇴출이 내심 반가운 게 틀림없었다. 명왕성이 퇴출당하지 않았다면 아버지는 배를 탈 엄두도 내지 못했을지 모른다. 정말로 아버지는 아버지명왕성이고 명왕성아버지였다.

"정말 학교 안 가?"

아침이 되자 엄마의 되감기가 시작되었다. 나는 간밤의 흥분을 간직한 채 비어버린 자일리톨 껌 통을 들여다보고 있었다. 껌 육십일 그램을 삼 일 만에 다 씹은 것이다. 한 통에 몇 개가 들었지? 교복을 들고 서 있는 엄마에게 하마터면 빈 껌 통을 들어 보일 뻔했다. 새 자일리톨을 사오면 방바닥에 쏟아놓고 몇 개가 들었는가를 헤아려봐야겠다고 생각하고 있는데, 정말 안 가? 엄마가 또 확인 사살을 했다.

"응. 그래. 좀 두고 천천히 생각해보자."

으응? 청유형, 오로지 명령형만 쓰던 엄마가 청유형을 쓰다니. 목사님의 기도 내용이 바뀌지 않고서야 저럴 수는 없었다. 아니면 엊저녁 어렴풋이 들려온 아버지의 출근 소식이 하루아침에 엄마 마음을 움직였을 수도. 엄마의 뒷면에 저런 관대함이 숨어 있을 줄은. 진작 내게 관대했다면 혹은 청유형을 썼다면 빙빙 도는 오동나무 아래 누워 있지도 빨간 오리를 오리지 않았을지도 모른다. 나는 역시 청유형의 뒷면을 살피기로 했다. 엄마의 뒷면을 좀더 자세히 들여다볼 필요가 있었기 때문이었다.

어찌어찌하자, 청유형은 고도의 속임수 전략이었다. 너 혼자가 아니라 나도 같이 동참해, 그러니 안심해도 돼, 너를 혼자 둘 생각은 절대로 눈곱만큼도 없어, 우린 너를 적어도 인식은 해, 그러니까 안심해. 우리 같이 어찌어찌하자, 안 그러면…… 그 속에는 은근한 협박이 들었다. 내가 알기로 이 세상에 진정한 청유형은 존재하지 않았다. 아니 존재한다 해도 나는 아직 만나지 못했다. 천천히 생각해보자는 엄마의 말을 벽에 아무렇게나 붙여놓은 자일리톨 옆으로 휙 던져버렸다. 엄마는 그 다음 날부터 정말 안 가?라고 말하지 않았다. 정말로, 천천히 생각하고 있는 중인 것 같았다. 그러나 나는 안심하지 않았다.

 새로 산 자일리톨을 두 개 입에 넣고 씹으면서 지구를 돌리고 있는데 전화벨이 울렸다. 3시다. 시계를 안 봐도 알 수 있다. 엄마는 항상 3시에 전화를 걸었다. 전화를 받지 않았다. 엄마는 그 사실을 알면서도 전화를 했다. 우리의 줄다리기는 한 치의 양보도 없이 팽팽했다. 마치 팽팽함을 즐기려는 사람들 같았다. 몇 번 전화를 받은 적이 있었다.
"밥 먹었니?"
 엄마는 그 한마디를 무슨 수상 소감 물어보듯이 물었다. 밥을 먹은 소감을 묻는 건지, 밥맛이 어땠는지를 묻는 건지 잠시 헷갈렸다. 나는 잠깐 침묵했다. 정말 무슨 말을 해야 되는지 몰라서였는데 엄마는, 알았어, 그 잠깐을 못 기다려주고 전화를 끊어버렸다. 매번 그랬다. 나는 차츰 전화 소리에 무디어졌다. 그 잠깐의 망설임이 싫었고 그 잠깐의 오해가 싫었다. 엄마와 내가 서로의 아웃사이더로 남을 수밖에 없는 데는 이런 사소한 엇갈림도 한몫했다.

한참 울리던 전화벨이 그쳤다. 잠깐 지구 돌리기를 멈추고 주위를 둘러보았다. 자일리톨 두 개의 힘이 보태어졌을지 모르겠지만 이제는 내 마음대로 지구가 돈다. 가슴에 품은 가위에 푸른 녹이 나지 않는 한 지구는 내 손에 달렸다. 마루 끝에 내리꽂히는 한낮의 뙤약볕, 그 강렬함이라든지 한밤중 혼자서 텔레비전을 보던 엄마의 굽은 등허리, 그 스산함이라든지 나를 둘러싼 끈적하고 끈끈한 그 무엇들을 싹둑싹둑 자르고 싶었다. 그러다 보면 내가 오롯이 오려지지 않을까. 세상에서 오롯이 빠져나오면 내 뒷면이 보이지 않을까. 내가 찾고 있는 건 지구의 뒷면도 아니고 엄마의 그것도 아닌 나의 뒷면이었다. 내 뒷면에는 뭐가 있을까. 슬슬 그것이 궁금해졌다. 엄마에게 물어볼 생각을 안 해본 것도 아니었다. 하지만 몇 번을 망설이다가 그만두었다. 엄마에게 물어보느니 패밀리마트에서 일을 하는, 초록색 모자를 쓴, 단 한 마디도 말을 나누어본 적이 없는 그 남자에게 물어보는 게 낫겠다는 판단에서였다. 역시 그 남자에게도 물어보지 않았다. 뒷면이란 껌 사듯이 그렇게 단순한 게 아니었다. 단물이 다 빠진 자일리톨을 뱉어 벽 위에 힘껏 눌러 붙였다. 어쩌면 나의 뒷면에는 무수히 많은 단물 빠진 자일리톨이 다닥다닥 붙어 있을지도 모른다. 이름도 없는 작디작은 혹성들이 오순도순 심지를 박고 있을지도 모른다.

"어서 잘라봐."

그때 어디선가 낯익은 소리가 들려왔다. 주위를 둘러보았다. 사방에는 내가 오려놓은 사물과 진리와 명제 들이 제각각 자신들의 뒷면을 드러내놓고 있었다. 그들은 하나같이 어둡고 칙칙했으며 우울해 보였다. 그들은 자신들이 명왕성처럼 곧 잊힐 거라고 입을 모았다. 그중에는 세상에 나가보지도 못한 게 더 많았다. 나 또한 다를 바가 없었다. 몸이 공중으로 붕, 하고 떠오르는 듯했다. 누군가 나를 배구공 토스하듯 공중으로 톡, 톡 밀어 올려주기를 기다렸다. 그러면 명왕성처럼 우주 어느 구석으로 사라져버리게. 그러나 그런 일은 일어나지 않았다. 참고 있던 숨을 몰아쉬었다.

"어디 한번 잘라봐. 이제 너의 뒷면을 만나야 할 때야. 어서 잘라보래도."

두 손으로 귀를 틀어막았다. 나는 사물이 아니었고 진리와 명제도 아니었으므로 자를 수 없었다. 주위를 두리번거렸다. 자일리톨 통이 보였다. 통을 기울여 방바닥에 자일리톨을 쏟았다. 무궁화꽃이 피었습니다, 무궁화꽃이 피었습니다. 자일리톨을 헤아리기 시작했다. 방바닥 가득 무궁화꽃이 피었다. 아버지는 바다로 출근을 했을까.

엄마의 저녁 식사가 이어졌다. 숟가락이 그릇에 부딪히는 소리만이 아직 식사가 끝나지 않았음을 알려주었다. 아버지의 전화 이후 엄마는 더 열심히 교회에 나갔다. 엄마의 기도

가 한 가지 늘었다. 바다로 출근한 아버지가 무사히 육지로 퇴근하게 해달라는 것이었다. 그래도 목사님이 오는 날 맛난 음식이 차려지는 건 변함이 없었다. 내가 보기에 목사님은 여전히 엄마의 남자로 남아 있었다. 우리 집 사물들은 좀처럼 변하지 않았다. 건넌방에는 낡은 장롱과 한쪽이 내려앉은 서랍장이, 주방에는 가끔 요란한 소음을 내곤 하는, 역시 오래된 냉장고와 기름에 얼룩진 전자레인지가 고서처럼 들어앉았다. 밥통의 밥은 불가사의였다. 밥은 언제나 그만큼씩 섬뜩할 정도로 똑같은 분량이 담겨 있었다. 무심코 밥통 뚜껑을 열다가 놀라서 뒤로 물러난 적이 더러 있었다. 생각해보자던 엄마의 청유형도 여전히 유효했다. 그건 때로 지루하게 이어지는 엄마의 숟가락질 소리처럼 위협적이었다. 침묵의 뒷면에는 수많은 소리들이 숨어 있었다. 엄마는 더 강하게 윽박질렀다. 너 정말 학교 안 갈래?

엄마의 밥숟가락 소리는 무언의 시위였다. 나를 향한 못마땅한 속내가 규칙적으로 이어지는 숟가락질 소리에 담겨 있었다. 침묵이 가장 큰 무기가 될 수 있음을 난 너무 오래전에 알아버렸다. 침묵은 침묵이 아니었다. 그것은 절규였다. 나에게 그것을 가르쳐준 건 한 톨의 쌀 튀밥이었다. 엄마와 아버지가 나가고 난 뒤, 집에 남은 것은 엄마가 디밀어주고 간 쌀 튀밥 한 자루뿐이었다. 나만큼 덩치가 큰 쌀 튀밥 자루를 보고 있으면 빈집이 더 고요하게 느껴졌다. 매일 먹는 쌀 튀밥이 지겨웠다. 쳐다보지도 않던 쌀 튀밥에 손이 간 것은 빈집이 자꾸 더 걷잡을 수 없이 비어간다는 느낌이 들 때였다. 슬며시 쌀 튀밥 봉지를 끌어당겼다. 커다란 봉지 속에 손을 디밀어 쌀 튀밥 한 톨을 집어 들었다.

"말 좀 해봐. 심심해 죽겠어."

내 입김에 쌀 튀밥이 후, 하고 날아갔다. 또 다른 쌀 튀밥을 꺼내 들고 말을 걸었다. 그러나 쌀 튀밥은 반응이 없었다. 쌀 튀밥 한 봉지를 바닥에 다 쏟아내도록 떠들었지만 집은 여전히 빈 채였다. 나는 집채만 한 침묵에 압사당하기 직전이었다. 그때 어디선가 수런거리는 소리가 들려왔다. 쌀 튀밥들이었다. 내가 떠든 이야기를 고스란히 게워냈다. 방바닥에 하얗게 깔린 쌀 튀밥에 나는 질식할 지경이었다. 침묵의 뒷면에는 무수히 많은 쌀 튀밥들이 촘촘히 박혀 있었다. 출근하지 않는 아버지는 아침을 먹고 누워 허공을 바라보며 중얼거렸다. 무궁화꽃이 피었습니다, 무궁화꽃이 피었습니다. 그러다가 잠이 들고, 깨어나 점심을 먹고 또 무궁화꽃이 피었습니다. 아버지가 허공에 피워대던 숱한 무궁화꽃. 어쩌면 아버지도 침묵의 뒷면에 박힌 그 많은 쌀 튀밥들을 하나하나 헤아렸던 것인지도. 지금도 아버지는 지구 어느 모퉁이에 누워 중얼거리고 있을지도 모른다. 무궁화꽃이 피었습니다, 무궁화꽃이 피었습니다. 명왕성 역시 그 옆 어딘가에 기대어 무궁화꽃이 피었습니다. 무궁화꽃이 피었습니다.

 엄마의 숟가락질 소리가 그쳤다. 이어 물소리가 나고 그릇 부딪히는 소리가 들려왔다. 곧이어 다시 고요해졌다. 나는 자일리톨을 씹고 있었다. 내일은 일요일이다. 엄마는 아침 일찍 교회에 갈 것이다. 그리고 기도를 하겠지. 고요하던 엄마 방에서 망치질 소리가 들려왔다. 내려앉은 서랍장을 수리하는 중인지 그 소리는 한동안 이어졌다. 눈을 감은 채 늙은 코끼리처럼 뒤척거렸다. 그때 우와, 떼를 지어 몰려왔던 수많은 뒷면들이 하나둘 자취를 감추기 시작했다. 그들의 하얗고 따뜻한 손이 차츰 지워졌다. 그제야 나는 지구가 돌고 있지 않음을 알아차렸다. 단물이 빠진 자일리톨을 뱉어 벽에 붙였다. 새 자일리톨을 두 개 꺼내 입에 넣었다. 그리고 있는 힘을 다해 지구를 돌렸다. 멈춰 있던 지구가 삐거덕거리며 돌기 시작했다. 달아나던 그런저런 뒷면들이 빙글빙글 도는 지구를 바라보았다.
"재미있겠어."
교복의 뒷면이 다가와 대열에 합류했다.
"정말 신기해."
이번에는 엄마의 뒷면이 다가왔다.
"이런 걸 어디서 배웠니?"
혼잣말로 중얼거리며 슬그머니 다가온 건 아버지의 뒷면이었다.

"이걸 거꾸로 돌려보면 어떨까?"

누군가가 소리쳤다. 오호, 다른 뒷면들이 동의를 했다.

"열을 세면 일제히 거꾸로 돌리는 거야. 무,궁,화,꽃,이,피,었,습,니,다."

다들 반대로 방향을 틀었다. 나는 대열에서 빠져나왔다. 이런, 내가 아니어도 지구는 잘 돌았다. 벽에 붙어 있던 자일리톨이 바닥으로 떨어졌다. 수북이 쌓인 그것은 코끼리 분비물 같았다. 구역질이 치밀어 올랐다. 자일리톨 통을 들고 베란다로 갔다. 창밖에는 어둠이 온 세상을 물들이고 있었다. 어둠 속에서 간간이 노란 불빛이 빛났다. 창문을 열고 통을 기울여 자일리톨을 쏟아버렸다. 아버지가 탄 배에 명왕성도 탔을까. 노란 불빛을 향해 빈 자일리톨 통을 힘껏 던졌다.

엄마 방에서 들려오던 망치질 소리가 그쳤다. 엄마는 이제 한 번에 제대로 열리는 서랍장을 가졌다. 소원 중에 하나가 이루어진 셈이다. 지금 엄마는 또 다른 소원을 생산하고 있을지도 모르겠다. 그리고 어느 날 못을 박듯 뚝딱뚝딱 소원을 해치워버릴 것이다. 반듯하게 다린 교복을 입고 집을 나서는 내 등 뒤에 대고 우연아, 학교 잘 갔다 와, 하고 우아한 목소리로 외치게 될지도 모른다.

가슴을 살짝 기울여 가위를 꺼내 들었다. 자꾸 멀어지는 앞면을 불러오기 위해서는 뒷면이 필요했다. 뻔뻔하고 잘난 척하는 앞면들에게 그들의 뒷면을 보여주고 싶었다. 앞면은 아직껏 한 번도 자신의 뒷면을 본 적이 없었다. 자신에게 그런 게 존재하는지조차도 알지 못했다. 뒷면 또한 마찬가지였다. 지구를 돌리고 있는 건 모든 뒷면들이었다. 그 뒷면들에게 천천히 다가갔다. 속도가 너무 빨라 끼어들 수가 없었다. 누가 누구인지도 구분할 수 없을 정도로 그들은 그 일에 푹 빠져 있었다. 속도가 잦아들기를 기다렸다. 얼마 후 지친 뒷면들이 하나둘 손을 털고 주저앉았다.

그 틈을 타 가위질을 시작했다. 교복의 뒷면을 오리고 엄마의 뒷면도 오렸다. 빙빙 돌던 오동나무의 뒷면도, 초콜릿 같던 알약의 뒷면도, 빨간 오리의 뒷면도, 목사님의 뒷면도 오렸다. 명왕성의 뒷면, 아버지의 뒷면도 오렸다. 앞면이 있는 모든 사물의 뒷면을 오렸다. 엄마도 아버지도 명왕성도 사물에 지나지 않았다. 뒷면들을 오려낸 자리가 횅하니 뚫렸다. 코끼리 분비물처럼 쌓여 있던 단물 빠진 자일리톨로 그 구멍을 틀어막았다. 뒷면들이 사라진 자리에서 희미한 자일리톨 향이 풍겼다. 다 오려진 뒷면들이 웅성대며 나를 둘러쌌다. 다들 숨을 죽이고 나를 바라보았다. 영문을 모르는 나는 주위를 살폈다. 내가 오롯이 오려지고 있는 중이었다. 드디어 내가 사물이 되어가고 있었다. 한옆에서는 자일리톨에 둘러싸인 지구가 기우뚱 한쪽으로 기운 채 느린 속도로 돌고 있었다.

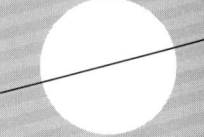

굿 초이스

사내의 발은 의외로 부드럽다. 수많은 발을 만져봤지만 골고루 부드러운 경우는 드물다. 발등은 부드러운데 발뒤꿈치가 딱딱하거나 발바닥까지 다 부드러운데 새끼발가락에 굳은살이 만져지거나 했다. 땅에 발을 딛고 걸어 다니기는 하는지. 여자는 사내 얼굴을 힐끔 올려다본다. 술기운이 오르는지 사내는 눈을 감고 있다. 젖은 사내의 발을 수건으로 꼼꼼하게 닦는다. 사내가 눈을 뜬다. 여자는 사내 발 가까이 바싹 다가앉는다. 손바닥을 펴 양 발바닥에 갖다 댄다. 두툼하고 매끄러운 발바닥에서 왕성한 혈기가 전해진다. 사내는 다시 눈을 감는다. 발바닥에서 손을 뗀 여자는 사내가 잠이 들지도 모른다는 생각을 하면서 발등에 마사지 크림을 듬뿍 묻힌다. 마사지 크림을 골고루 문질러가며 펴 바른 후 티슈로 닦아낼 때까지 사내는 기척이 없다.

크림 마사지를 끝낸 여자는 본격적인 발 마사지에 들어간다. 양손으로 발목을 각각 잡고 천천히 잡아당긴다. 그리고 두 손바닥으로 왼발 양쪽 복사뼈 있는 곳을 잡아 발목을 흔든다. 발 전체가 좌우로 흔들린다. 사내의 입에서 옅은 탄성이 흘러나온다. 유연하게 발목을 돌린 다음, 가늘고 긴 손가락으로 짧고 뭉툭한 발가락 하나하나를 순간적으로 강하게 당긴다. 발가락 스트레칭을 마친 후 양손으로 발바닥을 발뒤꿈치부터 눌러 올라간다. 굳은살 없는 발바닥은 갓 구운 식빵처럼 탄력이 있다. 사내가 또 신음 소리를 낸다. 입은 반쯤 벌어지고 여자의 손놀림이 달라질 때마다 야릇한 소리가 흘러나온다. 여자의 손놀림이 점점 빨라진다. 발가락 사이에 양 손가락을 끼워 발가락 사이 끝을 가볍게 누르면서 비빈다. 뭉툭하고 오밀조밀한 발가락 사이에서 끈끈한 점액질이 묻어나는 것 같다. 사내의 호흡이 거칠어진다. 여자가 반사적으로 고개를 든다. 사내의 손이 바지춤 속으로 들어가 있다.

어떤 상황에서든지 고객의 마음을 상하게 해서는 안 된다, 원장인 샤넬 리가 입에 달고 다니는 말이다. 처음에 소리를 지르며 마사지실을 뛰쳐나갔다가 원장실로 불려갔다. 김 선생님, 그렇게 직업의식이 없어서야 어디 일을 하겠어요. 세상에 별의별 인간들이 쌨는데 그걸 어떻게 다 가려가면서 장사를 해요. 그 정도야 김 선생님 선에서 해결해야지요. 그렇게 소리 지르면서 뛰쳐나오면 곤란해요, 김 선생님. 샤넬 리는 깍듯이 선생님 호칭을 써가며 여자를 다그쳤다. 여자는 의식적으로 고개를 더 숙이고 사내의 발에 집중한다. 상황이 어서 종료되기만을 기다린다. 사내의 신음 소리가 허공에서 꺾인다. 순간 여자는 자신도 모르게 손놀림을 멈춘다. 아랫배가 뭉근해진다. 서서히 사내의 숨소리가 정상으로 돌아온다. 멈췄던 여자의 손놀림이 다시 시작된다.

오줌이 또 나오지 않는다. 여자는 바지를 올리고 나온다. 순백색 이태리제 타일로 단장된 화장실은 발을 딛기에도 조심스럽다. 틀면 금가루가 쏟아질 것 같은 금장된 수도꼭지와 화려한 장신구들. 작은 명패가 꽂혀 있는 허브 화분들. 예쁜 발 콘테스트에서 입상한 사진들. 이 모든 것들이 다 들어 있는 거울. 여자는 화장실에 올 때마다 마렵던 오줌이 쑥 들어간다. 잘 꾸며진 남의 집 거실에서 팬티를 내리고 볼일을 보는 기분이 들어서다. 여자는 손을 꼼꼼하게 씻는다. 그래도 개운하지 않다. 손가락 사이에 미끈한 점액질이 남아 있는 것 같아 손을 헹구고 또 헹군다. 묵직한 아랫배가 거북스럽다.

사람을 통째로 삼키는 거대한 해면동물이 있다면 개한테 먹히는 기분이 아마 이럴 거야. 여자는 어두운 계단을 짚어 내려가면서 번번이 같은 생각을 한다. 현관 입구에 등이 있긴 있다. 그러나 지난겨울 이사 온 이후로 불이 켜진 것을 본 적이 없다. 전등이 나간 건지 기본 구조에 이상이 있는 건지 모르겠다. 조금만 더 견디자. 여자는 불쾌해지려는 마음을 다독인다. 곧 만기가 되는 적금으로 작은 오피스텔 하나는 마련할 수 있을 것이다. 이까짓 해면동물쯤에야 얼마든지 먹혀줄 수 있다. 열쇠를 꽂으려다 말고 손잡이를 돌린다. 문이 열리고 술 냄새가 난다. 벽을 더듬어 스위치를 올린다. 현관에 낯익은 신발이 보인다.

"왔어?"

마룻바닥에 누워 있던 강이 눈살을 찌푸리며 일어나 앉는다.

"이슬만 먹고 살아? 냉장고에 김치 쪼가리도 없더라."

강이 빈 술병과 먹다 만 참치 캔을 한옆으로 밀어놓는다. 여자는 가방을 내려놓고 화장실로 뛰어간다. 환기가 제대로 되지 않는 화장실에서 악취가 풍긴다. 바지를 내리고 변기 위에 걸터앉는다. 굵고 센 오줌발이 오래 이어진다. 밖에서 강이 뭐라고 중얼거린다. 아랫배가 시원하다. 악취가 올라오는 하수구 구멍에 물을 뿌리고 나온다. 마루를 가로질러 방으로 들어간다. 방 가득히 담배 냄새가 고여 있다. 여자는 길 쪽으로 난 창문을 연다. 길보다 낮은 창문은 열기가 무섭게 흙먼지를 쏟아놓는다.

"불이나 켜고 있지."

바지를 벗으며 여자가 말한다. 강이 담배를 꺼내 물고 불을 붙인다. 좁은 실내는 금세 담배 연기로 가득 찬다. 강이 담배를 문 채 방으로 들어온다.

"난 이게 더 좋아."

강이 뒤에서 여자를 껴안으려 한다.

"왜 이래? 옷이나 입구."

여자가 강을 밀어낸다.

"어차피 또 벗을 건데, 뭐."

강이 여자의 벗은 다리를 더듬는다.

"씻지도 않았단 말이야."

여자가 얼른 바지에 발을 꿴다. 방구석으로 물러난 강이 담배를 쉬지 않고 빨아댄다.

"뭐 좀 쌈박한 일 없어?"

강이 담배를 끄고 드러눕는다. 옷을 갈아입은 여자가 거울 앞에 앉는다. 클렌징 크림을 찍어 바르고 손가락으로 골고루 문지르면서 거울 속 강을 살핀다.

"너 담배 너무 많이 피우는 거 아냐?"

강은 무슨 생각을 하는지 대답이 없다. 강은 올해 고등학교를 졸업했다. 한창 파릇파릇한 강에 비하면 일곱 살이나 많은 여자는 시든 꽃이다. 여자는 자꾸 느는 기미가 신경 쓰인다.

"너 또 사고 쳤구나?"

강의 몰골을 살피던 여자가 한마디 던진다.

"아, 또 왜 생사람을 잡고 그러슈."

강이 입을 삐죽거리며 허공으로 펀치를 날린다.

"여자야, 돈이야?"

"아니래두. 아, 엿 같은 세상."

여자는 티슈로 번질거리는 얼굴을 닦아낸다. 여자가 보기에 둘 다. 강은 여자가 주는 돈을 오락실 기계에 다 쏟아 붓는다. 게다가 낯선 여자 냄새도 난다. 여자 말고 강이 만나는 여자는 많다. 여자는 이를 알면서도 매번 강의 호주머니에 용돈을 찔러준다. 갑자기 강이 벌떡 일어나 앉는다.

"나 오토바이 하나 사면 안 될까?"

여자가 얼굴을 닦아내던 손놀림을 멈추고 거울 속의 강을 빤히 쳐다본다.

"뭐 그렇게 거창한 거까진 필요 없구. 한 150시시 정도?"

강이 여자 곁으로 바짝 다가앉는다.

"아니면 한 125시시 정도도 괜찮구."

여자는 못 들은 척 화장을 지우고 일어난다. 주방으로 간 여자가 냉장고에서 물을 꺼내 마신다. 오랫동안 사용하지 않은 환풍기에 거미줄이 쳐 있다.

"오토바이 안 타봤지? 끝내줘."

들뜬 강의 목소리가 들린다. 여자가 환풍기 줄을 잡아당긴다.

"아, 생각만 해도 미치겠다."

강은 마치 오토바이를 타고 질주라도 하고 있는 듯 소리친다. 여자는 방으로 들어간다. 환풍기를 통해 나간 담배 냄새가 창문으로 다시 들어온다. 해면동물 배 속이 꼭 이 지경일 거야. 여자는 창문을 소리 나게 닫는다.

 강의 입에서 참치 비린내가 난다. 강은 오토바이를 타고 자유로를 질주하듯 여자를 파고든다. 참치 비린내가 여자의 몸을 훑는다. 여자는 강의 발을 더듬는다. 강의 발은 남자의 발 치고는 섬약하다. 유아적인 발뒤꿈치와 비쩍 마른 발등은 결핍이 짙게 묻어난다. 그 부족함이 여자를 자극한다. 이 발로 이 험한 세상을 어떻게 딛고 일어설까. 여자는 철없는 강을 볼 때마다 발 때문이라는 생각이 든다. 강의 발을 단단하고 튼실하게 단련시켜주고 싶다. 여자가 손으로 강의 발 구석구석에 길을 낸다. 강은 그 길을 밟고 발바닥에 물집이 생기도록 걷기도 하고 기를 쓰고 험준한 산에 오르기도 한다. 섹스를 할 때 이렇게 해주면 좋아하는구나, 강은 그러면서 어른이 된다. 여자는 강을 애완견 키우듯 한다. 강이 연애 박사가 되어 그렇고 그런 삶을 살아도 어쩔 수 없다. 어차피 세상은 한 가지 일로 결정되는 데가 아니다. 수만 가지 경우의 수를 까치발로 사느니 온전하고 확실하게 발을 딛고 사는 한 가지 경우의 수를 택하는 것도 나쁘진 않다고. 여자가 해줄 수 있는 단단하고 튼실함은 여기까지다. 강은 이런 여자의 속내를 간파하고 여자의 살뜰한 손 정성에 땀을 흘려가며 온몸으로 보답한다. 여자가 생각하기에 강은 정말 영리한 애완견이다.

여자가 강의 발을 좋아하는 또 다른 이유는 강의 발이 이중적이라는 데 있다. 섬약함 뒤에 숨은 그것을 여자의 손은 용케도 찾아냈다. 앙상하니 신경질적으로 생긴 발가락은 마디마디 상상력이 풍부하다. 언제라도 뜨겁게 타오를 듯 아슬아슬하기도 하고, 세상을 비껴간 상실감 같은 게 배어 있기도 하다. 이렇듯 위태롭게 경계를 밟고 선 발은 보기 드물다. 여자는 무엇보다도 자신 앞에서 무방비 상태로 드러나는 강의 발이 좋다. 강의 발을 들여다볼 때마다 여자는 여행을 떠나는 사람처럼 설렌다. 여자는 강의 발을 낡은 환풍기와 바꾸고 싶다. 거친 숨을 몰아쉬는 강의 목덜미가 땀으로 젖는다.

강은 텔레비전을 켜고 여자는 불을 끈다. 청계천 맑은 물이 화면 가득 흘러간다. 여자 아나운서가 징검다리 위에 서서 활짝 웃는다. 그 뒤로 오색 빛깔이 찬란한 물줄기가 오르락내리락 춤을 춘다. 아나운서의 목소리는 한껏 들떠 있다. 여자가 돌아눕는다.

"안 자?"

"오토바이 하나만 있으면 끝내줄 텐데."

"안 자냐고."

"중고도 괜찮은데, 내일 당장 알아볼까?"

강의 손이 여자의 허리를 파고든다.

"돈이 어디 있어."

여자가 강의 손을 뿌리친다.

"에이, 왜 이러실까."

강이 여자 겨드랑이를 살살 간질인다. 여자는 터져 나오는 웃음을 간신히 참는다.

"내가 더 예뻐해줄게."

"일없……"

강이 몸을 돌려 기습적으로 여자의 입술을 덮친다. 툴툴툴. 환풍기 돌아가는 소리가 강의 거친 숨소리에 섞여 멀어진다.

길보다 낮은 창문으로 오가는 사람들의 발소리가 들린다. 강은 가고 없다. 발소리가 드문드문 이어진다. 아직 이른 시간이다. 발소리가 뜸한 사이로 바람 고여 있는 소리가 난다. 그제야 어젯밤 켜놓은 환풍기 생각이 난다. 여자는 재빨리 일어나 부엌으로 간다. 냄비 위에 먼지가 뽀얗게 쌓였다. 환풍기는 단내를 풍기며 돌고 있다. 환풍기 줄을 잡아당긴다.

여자는 컴퓨터를 켜고 예약 손님을 점검한다. 자판기에서 커피를 뽑아 들고 창가로 간다. 유난히 큰 발을 가진 캐릭터가 여자를 보고 웃는다. 그 옆에 샤넬 리 발관리센터,라고 적힌 문구가 보인다. 전화기 부품을 조립하는 공장에 다니던 여자는 신문에서 우연히 발관리사에 대한 기사를 보았고 곧바로 학원에 등록을 했다. 공장에서 부품을 조립하는 것보다 낫겠다는 생각도 있었지만 발을 관리한다는 말이 묘하게 여자를 끌어당겼다. 여자의 내부에서 누군가가 등을 떠밀었다. 그래, 거기 가면 찾을 수 있을지도 몰라. 여자는 무엇인가를 찾고 있었다. 매사가 허공에 떠 있는 생활이었다. 무엇을 해도, 어디를 가도 마치 공중 부양 자세를 하고 있는 것처럼 중력이 느껴지지 않았다. 자격증을 따고 학원 측이 소개한 이곳에 이력서를 내러 왔을 때도 큰 발을 가진 캐릭터는 웃고 있었다. 면접을 보고 나오면서 무심코 창밖을 보았다. 하늘이 보였다. 먼지를 내며 지나가는 발들이 아닌, 더없이 푸른 하늘이 눈길만 돌리면 고스란히 펼쳐져 있었다. 여자는 그것만으로도 숨통이 트였다.

여자는 커피를 한 모금 삼키고 창밖을 내려다본다. 조감도 같은 시가지가 한눈에 들어온다. 거리를 오가는 수많은 발들을 본다. 어디론가 열심히 향하고 있는 발들은 절대로 멈추지 않을 것처럼 보인다. 여자의 발은 못생겼다. 그래서 좀처럼 발을 드러내지 않는다. 알타리 쭉정이같이 제멋대로 생긴 발가락은 세상을 등지고 있다. 매끈하지 못한 발등은 조악하고 폐쇄적이다. 공장을 전전한 이력이 고스란히 발 속에 들어 있다. 여자는 가끔 자신의 발을 들여다보면서 살이 적당히 오른 발등과 곧은 발가락, 부드럽고 수려한 발바닥을 전화기 조립하듯 조합해보곤 한다.

여자는 한참을 창가에 서 있다. 수많은 발들이 여자를 밟고 지나간다. 죽을 때까지 딛고 다니는 땅덩어리는 어느 정도나 될까. 아버지가 평생 딛고 다닌 땅덩어리는 얼만할까. 작은 섬 하나 정도는 될까. 여자를 밟고 지나갔던 발들이 이번에는 아버지를 밟고 간다. 여자는 어느새 수많은 발들 중에서 아버지의 발을 찾고 있다. 계집애 발이 저게 뭐야. 꼭 지 애비 발을 빼다 박았어. 닮을 게 없어서 그걸 닮아. 엄마는 마치 아버지가 못생긴 발 때문에 사고를 당한 듯, 여자의 발도 아버지처럼 불길한 재앙을 몰고 올 듯이 볼멘소리를 했다. 여자는 아버지의 발을 본 적이 없다. 자신의 발을 내려다볼 적마다 아버지의 발이 궁금하다.

타일공이었던 아버지는 그날도 신축 아파트 공사장에서 타일을 붙이고 있었다. 팔십오 평 아파트 화장실은 여자 집 안방보다 넓고 아늑했다. 아버지는 아라베스크 무늬가 그려진 타일을 들고 수평 감각을 발휘하고 있었다. 타일은 한 치의 오차도 없이 같은 간격으로 똑바로 붙이는 게 생명이다. 아버지는 자신이 남보다 유별난 수평 감각을 타고났다고 자부했다. 비록 화장실을 세팅하지만 일에 대한 자부심은 남달랐다. 아버지에게 화장실만큼 신성한 장소는 없었다. 그날따라 간격이 자꾸 삐뚤어졌다. 타일을 붙여갈수록 간격이 벌어졌다. 건물 자체가 기운 것처럼 한쪽으로 기울어졌다. 물론 여자나 다른 사람들이 보면 눈치 채지 못할 차이였다. 하지만 아버지 눈에는 기울어진 시소처럼 엄청난 차이로 보였다. 못마땅한 표정으로 아버지는 건자재를 실어 나르는 엘리베이터에 올라탔다. 건물 외벽에서 임시로 운용하는 엘리베이터는 사방이

터져 있었다. 엘리베이터가 움직이기 시작했을 때 노란 나비 한 마리가 아버지 근처를 맴돌았다. 팔랑팔랑 노란 날갯짓이 떨어지는 꽃잎 같았다. 엄마가 떠올랐다. 평생 고운 옷 한 벌 못 해주었는데. 아버지는 노란 꽃잎을 엄마 머리에 꽂아주고 싶었다. 왜 이런 쓸데없는 짓을 하느냐며 지청구를 늘어놓을 게 뻔했지만. 사랑한다는 말 대신 노란 꽃잎 한 장을 선택했다. 팔랑대던 나비가 엘리베이터를 지탱하는 밧줄에 앉았다. 날개를 살포시 접은 모습이 영락없는 꽃잎이었다. 꽃잎을 향해 손을 뻗었다. 손이 자꾸 떨렸다. 어딘지 모르게 수평이 맞지 않는 일상이 이 꽃잎 한 장으로 치유될 듯했다. 아내를 떠올린 건 정말 잘한 일이라고 스스로를 대견해하면서 떨리는 손이 꽃잎에 닿으려는 순간 중심이 흔들렸다. 나비가 멀어졌다. 아버지는 아래로 곤두박질쳤다. 그 후 아버지 인생은 수평 감각을 잃고 흔들거렸다. 여자는 아버지 생각을 할 때마다 땅이 갑자기 아래로 푹 꺼지는 기분이 든다.

한동안 창가를 서성이던 여자가 자리로 돌아온다. 발 관리 못지않게 중요한 게 고객 관리다. 샤넬 리 발관리센터의 김윤희 관리사예요. 건강하시구요? 요즘 바쁘신가 봐요. 바쁘실수록 발 관리를 잘 해주셔야 하는데. 발이 피곤하면 온몸이 다 피곤하거든요. 보습제는 잘 바르고 계신가요? 불편하신데는 없으시고요? 일간 한번 들러주세요. 메일 전송이 막 끝났을 때 마침 선글라스가 들어선다.

"굿 초이스!"

오십이 가까운 선글라스의 인사법은 언제나 굿 초이스다. 오른손을 반 정도 올려 손가락을 가볍게 움직이면서 굿 초이스, 한다. 탁월한 선택, 여자는 그런 선글라스의 인사를 받을 때마다 당혹스럽다. 이제껏 살아오면서 탁월한 선택을 한 적이 있었던가. 과연 어떤 게 굿 초이스일까. 여자는 미지근한 물에 올리브 오일을 한 방울 떨어뜨린 다음 선글라스의 발을 닦아준다.

"무리했나 봐. 이틀 연속 필드에 나갔거든. 허리도 아프고 몸도 무거워."

선글라스는 울상을 지어 보인다. 굳은살 하나 없는 선글라스의 발은 여자의 속살보다 더 야들야들하고 뽀얗다. 물기를 닦은 선글라스의 발에 파우더를 가볍게 바르고 마사지를 한다. 손가락 사이에 발가락을 끼고 하나씩 당긴다. 한 손으로 발을 잡고 다른 손으로 엄지발가락 가장자리를 더듬는다. 척추가 잡힌다. 엄지손가락을 이용해 경추 부분인 엄지발가락 바깥쪽부터 천천히 누르며 내려온다. 우묵하게 들어간 발바닥 가운데에 이르자 선글라스가 아아, 신음 소리를 낸다.

"허리가 안 좋으셔서 그래요. 여기가 허리거든요."

"어깨도 뻐근해."

"그러세요? 풀어드릴게요."

여자는 새끼발가락 밑인 발 가장자리를 엄지손가락으로 누르며 내려왔다 올라가기를 반복한다.

"참, 나 석고 하나 떠줄래?"

"처음 오셨을 때 안 하셨어요?"

"그때 피곤해서 못 했잖아. 그거 생각보다 괜찮던데. 딱 보는 순간 발목이 잘린 하얀 두 발이 왠지 신비스럽기도 하고 에로틱하기도 하고 너무 멋진 거 있지. 내 발도 괜찮을까."

"그럼요. 이렇게 고우신데요."

여자는 선글라스의 발등을 쓸어 보인다. 그때 선글라스의 휴대폰이 울린다. 통화를 끝낸 선글라스가 서두른다.

"안 되겠다. 다음에 해야겠어. 약속을 깜빡했지 뭐야. 나 빨리 이거나 마무리해줄래?"

여자의 손놀림이 빨라진다.

손님이 뜸한 시간을 이용해 여자는 컴퓨터 앞에 앉는다. 오토바이라고 쓴 검색창을 클릭하자 수십 개의 오토바이가 뜬다. 사람들의 발 생김새만큼이나 오토바이의 종류도 다양하다. 여자는 오토바이에 대해서 아는 게 없다. 강이 말하는 150시시가 어느 정도 규모의 크기인지, 가격은 대략 얼마나 되는지. 여자가 분명히 알고 있는 사실은 강에게 오토바이를 사줄 수밖에 없다는 점이다. 그렇지 않으면 강은 더 이상 오지 않을 것이다. 강이 오든 안 오든 아무래도 괜찮다. 그러나 강이 오지 않으면 강의 발도 볼 수 없다. 화면에 뜬 오토바이 사진을 꼼꼼히 살핀다. 여자의 눈에 제일 먼저 들어오는 것은 오토바이 바퀴다. 단단하고 다부져 보이는 바퀴, 굴려보지 않고는 못 배기겠는 유혹, 강도 그런 충동을 느꼈을까. 섬약하고 무언가 결핍돼 보이는 강의 발이 여자를 몸살 나게 했듯이. 강의 발을 처음 본 순간 얼른 양말을 벗겨보고 싶었다. 여자는 서둘러 강의 양말을 벗겼다. 맨발이 드러나자 이번에는 강의 바지를 벗기고 싶었다. 강이 말하는 배기량 150시시의 오토바이는 크기도 꽤 크고 가격도 비싸다. 적금을 깨야 될지도 모르는데. 과연 굿 초이스일까.

강이 비에 흠뻑 젖은 몸으로 들어온다.
"감기 걸리면 어쩌려고."
여자는 수건을 건네준다.
"멀쩡하던 하늘이 왜 갑자기 망령이냐."
강은 젖은 옷을 훌훌 벗고 속옷 차림이다. 여자가 이불을 꺼낸다.
"이거라도 둘러. 옷 금방 말려줄게."
강이 손을 잡아끈다.
"쓸 만한 물건이 나왔어. 친구 녀석이 타던 건데 싸게 준대. 얼마 안 탄 거라 새거야."
"커피 타줄게."
여자는 강의 품에서 빠져나온다.
"우후, 매일 밤마다 달리는 거야. 가고 싶은 데 있으면 다 말해. 내가 한 방에 데려다 줄게. 어디 먼저 갈까?"

여자는 가스레인지에 불을 켜고 물을 올린다. 퍼런 불꽃이 주전자 밖으로 넘실댄다. 강은 벌써 오토바이를 타고 자유로를 달리고 있다.

강이 뜨거운 커피를 후르륵거리며 마신다. 여자는 다리미로 강의 바지를 말린다. 다리미가 지나간 자리에 허연 김이 피어오르며 물기가 사라진다. 퀴퀴한 냄새가 난다.

"오토바이 사주면 뭐할 건데?"

"뭐하긴. 달리는 거지."

"어디를?"

"어디긴, 그냥 냅다 달리는 거야."

바지 주름이 자꾸 삐뚤어진다. 주름을 다시 잡아 다리미로 누른다.

"그게 다야?"

"아니 뭐 그러다 택배라도 하든지."

강이 여자 눈치를 보면서 말꼬리를 내린다.

"있잖아, 퀵서비스."

여자가 다림질을 멈추고 강을 쳐다본다.

"진짜 일할 생각 있어?"

여자 눈이 반짝거린다.

"아 그럼, 난 매일 이렇게 놀고먹냐? 나도 양심이 있지. 일만 시켜줘보라고. 발에 불이 나도록 뛰어다니지. 근데, 왜 이렇게 춥냐."

강이 목덜미까지 이불을 끌어 올린다. 들린 이불 새로 털이 숭숭 난 강의 다리가 보인다. 여자는 다리미를 밀어놓고 강의 곁으로 간다. 발을 만지기 시작한다. 반사점을 엄지손가락으로 세밀하게 누른다. 한 손으로 발가락 부위를 잡아 젖히고, 발 전체의 사분의 일쯤 되는 곳인 횡격막 선을 촘촘하게 누른다.

"이곳에 호흡기의 혈이 있어. 특히 너처럼 담배 많이 피우는 사람들은 여기를 자주 눌러주면 좋아."

여자는 열 개의 손가락으로 강의 오장육부를 다 건드린다. 그때마다 강은 알 수 없는 소리를 낸다. 여자가 만질 수 없는 것은 없다. 여자는 여느 때보다 세심하게 혈을 짚어간다. 그런데 자꾸 손이 헛짚어진다.

"뭐 해?"

강이 몸을 일으켜 쳐다본다.

"으응, 아니야. 아무것도."

여자의 손이 발뒤꿈치를 타고 발목으로 올라간다. 강의 몸은 키틴질로 싸여 있는 것처럼 매끄럽다. 여자는 손끝으로 강의 몸을 더듬는다.

여자는 일부러 자신을 찾아온 사내가 반갑지 않다. 사내는 아무 일도 없었던 것처럼 족탕실로 들어간다. 뜨거운 물에 일 분, 찬물에 삼십 초 번갈아가며 발을 담근다. 사내는 콧노래까지 홍얼거린다. 잠시 후 여자는 사내를 아로마 물마사지실로 안내한다. 허브 향이 은은한 물속에 발가락이 잠긴다. 센 물살 때문에 사내 발가락이 뭉개져 보인다. 사내가 나오자 여자는 수건으로 발에 묻은 물기를 닦아준다. 여자 손바닥에 자꾸 끈적끈적한 게 느껴진다. 사내는 발이 자주 시리고 저리다고 태연스레 말한다. 여자는 손바닥에 크림 레드를 적당히 묻혀 사내의 발에 바르기 시작한다. 발등, 발목, 종아리까지 마사지하듯 골고루 크림을 바른다.

사내의 발에 힘이 들어가 있다. 가벼운 스트레칭으로 긴장을 풀어준다. 오른발부터 천천히 반사점을 누르기 시작한다. 사내의 표정을 살핀다. 전과 달리 수상한 기미는 보이지 않는다. 사내의 발은 예민하다. 조금 세게 누른 듯싶으면 반응이 재깍 나타난다. 손이 미끈거려서 자꾸 헛짚어진다. 반사점을 다시 누른다. 사내가 통증을 호소한다. 여자는 손을 잠시 떼고 호흡을 크게 한 다음 가볍고 빠르게 통증을 완화시킨다. 몸속에 쌓인 독소를 제거해줘야 해요. 심하게 일그러졌던 사내의 얼굴이 점차 펴진다. 당신들의 발바닥은 독이 잔뜩 올라 있지. 이 잘생긴 발바닥에 독이라니. 기름이 끼고 유들유들한 심장을 지나 오줌보를 거쳐 시커먼 똥으로 막혀 있는 대장을 훑고 뜨뜻미지근한 고환을 들추고. 사내 얼굴이 또 일그러진다. 애써 참는 모습이다. 뜨겁게 달구던 쇠를 갑자기 찬물에 집어넣은 꼴이다. 새된 숨을 내쉰다. 여자 이마에 땀이 맺힌다. 손목에 들어간 힘을 풀어 부드러운 손길로 혈을 짚어간다. 사내의 안색이 차츰 밝아진다. 마사지가 끝나고 사내가 몸을 일으킨다. 칸막이를 돌아 나가던 사내가 다시 들어온다. 여자 가운 호주머니에 명함을 찔러 넣는다.

 푸른빛이 좁은 방 안 가득 출렁인다. 여자는 텔레비전을 본다. 채널을 돌릴 때마다 방 안에 푸른 파도가 인다. 여자는 텔레비전 화면의 명암을 어둡게 했다가 밝게 했다가 한다. 이곳이 바닷속인지 해면동물 배 속인지 모르겠다. 모로 눕는다. 오토바이가 도심을 질주한다. 강에게 사준 것과 같은 은회색이다. 눈이 부시다. 여자에게 텔레비전은 창문이다. 길 위의 먼지를 쏟아내는 창문이 아닌, 먼 곳을 오래 바라볼 수 있는 창문. 빌딩숲을 누비던 오토바이가 점점 멀어진다. 오토바이가 보이지 않는다. 강은 섬약한 발 대신 견고한 바퀴를 얻었다. 지금쯤 어디를 달리고 있을까. 너무 멀리 가버린 것은 아니겠지. 명함을 들여다본다. 사내는 은행의 간부다. 여자가 들여다보던 명함을 잘게 찢어 휴지통에 버린다.
 텔레비전을 끈다. 창문으로 희미한 빛이 새 들어온다. 발소리가 들린다. 점점 가까이 오고 있다. 하나가 아니고 둘이다. 둘은 사랑하는 사이다. 둘은 급하지도 않고 서두르지도 않는다. 달아나려 하지도 않고 쫓아가려 하지도 않는다. 보폭이 좁아진다. 둘은 헤어지기 아쉽다. 밤새도록 서로의 발을 만져주고 싶다. 발소리가 멀어진다. 또 하나의 발이 걸어온다. 여자는 귀를 기울인다. 발은 빠르게 창문을 지나친다. 그 뒤를 이어 한 무리의 발들이 지나간다. 그 속에도 없다. 여자는 돌아눕는다. 누군가 담벼락에 대고 오줌을 눈다. 강은 오늘도 오지 않는다.

창문에 흙탕물이 튄다. 창문을 열어 볼 수도 없다. 방 안으로 빗물이 튀어 들어오기 때문이다. 비가 오자 방이며 부엌에 고여 있던 습한 기운이 맹렬히 살아나기 시작한다. 배가 고프다. 냉장고를 열고 반찬을 꺼내려다가 먹다 만 참치를 본다. 기름이 말라 있는 참치는 곰팡이가 피기 직전이다. 창문을 열고 쏟아지는 빗속으로 참치 캔을 던진다. 검은 구두를 신은 발이 지나가려다 멈춰 선다. 여자는 검은 구두가 지나가기를 기다렸다가 가만히 창문을 닫는다.

가스레인지를 켜고 파란 불꽃 가까이 얼굴을 들이민다. 따뜻하다. 몸을 바스락 구워냈으면. 얼굴이 점점 뜨거워진다. 늘어진 머리카락이 오그라들면서 누린내가 난다. 여자는 가스레인지에서 물러난다. 기우뚱, 두 발을 잃은 아버지처럼 수평 감각이 없어진다. 팔십오 평 아파트 화장실에 붙이던 타일이 기울어 보일 때 본래부터 세상은 그만큼 기운 채로 존재할지도 모른다고, 아버지는 왜 의심하지 않았을까. 여자는 가스레인지를 켜놓은 채 방으로 간다. 휴대폰을 들고 서성이다가 휴지통을 뒤적거린다. 가스레인지 불꽃 위로 명함 조각을 떨어뜨린다. 명함 조각은 주홍색 불꽃이 일면서 금세 새까매진다. 나머지 한 조각이 남는다. 가스레인지를 거칠게 꺼버린다. 여자는 오래전부터 자신이 딛고 선 땅이 미세하게 흔들리거나 기울고 있음을 느꼈다. 강의 발을 만나기 훨씬 전부터. 세상은 이미 그만큼 기운 채로 존재했다. 여자는 머릿속에 내장된 사내의 전화번호를 누른다. 신호음이 이어진다. 그슬린 머리카락을 손가락으로 잡아당긴다. 머리카락이 맥없이 끊긴다. 사내 목소리가 들린다. 굿 초이스.

팔걸이의자에 깊숙이 기대어 앉은 선글라스는 잠이 들었다. 석고 뜨는 것을 잊은 모양이다. 당장 해야 될 것처럼 수선을 떨더니 오늘은 어째 잠잠하다. 밤새 잠을 설친 여자는 피곤하다. 발톱 정리를 하는 여자의 손이 아래로 자주 미끄러진다. 발톱 정리를 끝낸 여자는 매니큐어를 바른다. 올리브 그린이다. 하나둘 물들어가는 선글라스의 발톱은 깊은 물속에서 건져 올린 물풀 같다. 어린 날 물속에 두고 온 그 물풀. 여자는 오랜만에 아버지와 집 앞 강가에 나왔다. 강 건너편에는 백양나무 숲이 햇빛을 받아 반짝이고 있었다. 목발을 짚은 아버지는 백양나무 숲을 오래 바라보았다. 마치 그 숲 속을 거닐고 있는 것처럼 간간이 눈을 떴다 감았다 했다. 여자는 물가에 서서 흘러가는 물을 쳐다보았다. 그때 여자의 눈에 노란 꽃이 핀 물풀이 보였다. 여자는 아버지에게 물풀을 따달라고 졸랐다. 아버지는 물속으로 들어갔다. 그때까지 여자는 아버지에게 발이 없다는 것을 까마득히 잊고 있었다. 아버지가 물풀을 향해 손을 뻗는 순간 여자는 그 사실이 떠올랐다. 옷을 흠뻑 적시고 들어온 아버지에게 엄마는 욕을 퍼부었다. 그래도 여자는 두고 온 물풀이 자꾸 생각났다. 선글라스는 나갈 때까지 석고 이야기를 하지 않는다.

석고실 문을 열자 특유의 텁텁한 냄새가 난다. 여자는 양말을 벗는다. 사내는 어제 여자의 발을 자꾸 힐끔거렸다. 여자는 사내의 시선을 피하기 위해 팬티가 아닌 스타킹을 먼저 집어 들었다. 급하게 신느라 스타킹 올이 나간 것도 몰랐다. 그때까지 이불 속에 있던 사내가 일어나 앉아 담배를 피워 물었다.

"엉덩이는 예술인데."

여자는 그제야 자신이 팬티를 입지 않은 채 스타킹을 신고 있다는 사실을 깨달았다. 여자가 천천히 발을 더듬는다. 며칠 손보지 못한 발뒤꿈치에 각질이 일었다. 일을 하는 시간이 늘어나면서 자신의 발을 가꿀 시간은 오히려 줄어들었다. 여자가 발에 탈리제인 로션을 바른다. 고무 그릇에 물을 담고 석고 가루를 일대일 비율로 살살 뿌려가며 섞는다. 플라스틱 주걱으로 석고액을 떠 발에 바른다. 기분 나쁘리만큼 섬뜩한 기운이 퍼진다. 이 섬뜩함을 이겨내야 발을 볼 수 있다. 하얀 석고액 속에 여자의 발이 감춰진다. 얼음을 딛고 선 것처럼 발에 감각이 없다.

석고액이 마르기 전 발등 중앙에서부터 가운뎃발가락을 지나 발바닥을 이등분하면서 필름 조각을 촘촘히 꽂는다. 발에 감각이 살아난다. 이번에는 적도 부근의 어느 사막을 맨발로 걷는다. 뜨거운 모래 알갱이가 조근조근 발바닥에 와 박힌다. 발이 점점 따뜻해지면서 후끈거린다. 발 전체가 서서히 조여들더니 도로 감각이 무뎌진다. 사내의 몸은 만조 때의 해수면처럼 한껏 팽창돼 있었다. 여자 몸속으로 굶주린 갈가마귀 떼가 몰려왔다 몰려 나갔다. 비스듬히 기운 낮달이 여자를 내려다봤다. 여자는 남의 집에 잘못 들어간 것처럼 서둘러 나오고 싶었다. 석고액이 굳으면서 따뜻한 기운이 차츰 가신다. 얼마 후 따뜻한 느낌이 사라진다. 여자는 손가락으로 하얀 발등을 누른다. 딱딱하다. 필름 조각을 뺀다. 절개선이 벌어지면서 겉 틀이 분리된다. 두 조각 난 겉 틀을 맞대어 붙인 후 안에 비눗물을 골고루 바른다. 다시 석고 가루를 개어 겉 틀에 붓는다. 석고액이 굳었다. 끌을 대고 나무망치로 겉 틀을 톡톡 친다. 얇은 겉 틀이 경쾌하게 떨어져 나간다. 삶은 달걀의 껍데기가 벗겨지고 반질반질한 흰자위가 드러나듯이 겉 틀이 떨어져 나간 자리에 매끈한 발등이 보인다. 겉 틀을 다 떼어내자 온전한 오른발이 드러난다. 손으로 발을 찬찬히 더듬는다. 발등 선이 의외로 곱다. 여자는 왼발에도 탈리제를 바르고 석고를 뜬다. 하얀 발이 태어나고 있다. 여자는 어느새 맨발로 백양나무 숲을 달리고 있다.

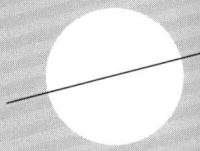

미끄러운 경사면에 대한 두려움

1

 토끼가 또 왔다. 녀석은 엊저녁 것보다 앞발이 길다. 아내의 국그릇 옆에서 부스스 몸을 일으킨 녀석이 된장찌개 뚝배기를 기웃거렸다. 귀를 세우고 코를 벌름댔다. 나는 숟가락질을 멈추고 숨을 죽였다. 뚝배기를 기웃거리던 녀석이 고개를 콩나물 접시로 돌렸다. 곧추선 두 귀가 따라 움직였다. 콩나물 접시와 뚝배기 사이를 비집고 들어온 녀석은 간장 종지와 두부 접시를 지나 내 밥그릇 앞까지 왔다. 녀석이 나를 올려다봤다. 눈이 마주쳤다. 너 뭐야. 왜 자꾸 여기서 어슬렁대는데. 그때 아내가 젓가락을 내려놓고 한 손으로 입을 틀어막았다. 무릎 사이에 얼굴을 파묻고 구토를 참는 사이, 토끼는 내 밥그릇을 지나 식탁 모서리까지 나갔다. 아래를 굽어보던 녀석이 식탁 가장자리를 맴돌기 시작했다. 나는 숟가락으로 식탁 유리를 톡톡 쳤다. 놀란 토끼가 의자를 딛고 바닥으로 내려가 곧장 어디론가 숨어버렸다. 아내가 천천히 고개를 들었다.

아내는 밥을 먹을 때마다 토끼를 불러왔다. 먹으라는 밥은 안 먹고 젓가락으로 물컵의 물을 찍어 식탁 유리에 토끼를 그렸다. 몸집이 작은 놈에서부터 살이 통통하게 오른 놈까지 수십 마리의 토끼가 식탁 위를 헤집고 다녔다. 마치 토끼 고기를 먹고 있는 착각까지 들었다. 짜증이 머리끝까지 치밀었지만 뭐라 한마디도 하지 못하고 아내 눈치만 살폈다. 아내의 머리는 점점 오른쪽으로 기울고 있었다. 저러다가 어느 날 사과나무의 사과처럼 아래로 툭 떨어지는 것은 아닐까. 처음 살짝 기울었던 머리는 종양이 자라면서 그 기울기도 함께 자랐다. 그리고 식탁에 그려지는 토끼의 수도 따라 자라났다.

나는 숟가락을 놓고 슬그머니 자리에서 일어났다.

"토끼 한 마리만 사줘."

아내가 젓가락으로 토끼를 지우며 중얼거렸다. 잘못 들었겠지. 내 귀를 의심하며 머뭇거리는 사이 아내가 또 입을 열었다.

"토끼 한 마리만 사달라고."

"토끼를?"

"응. 토끼."

"왜?"

말을 꺼내놓고 아차 싶었다. 지금 아내에게 '왜' 따위를 묻는 건 의미가 없었다. 그것은 죽은 사람 머리에 총부리를 겨누고 확인 사살을 하는 것만큼 잔인하고 극악한 일이었다. 되도록 하고 싶은 일 모두 할 수 있게 도와주세요. 퇴원 준비를 마치고 의사 면담을 하는 자리에서 늙은 여의사는 자선이라도 베풀듯 인자한 얼굴로 말했다. 그게 아내를 위해 내가 할 수 있는 유일한 일임을 절실히 깨닫고 있는 중이었다. 그래도 그렇지 토끼를 기르는 일만은 썩 내키지 않았다.

"그냥."

하필이면 토끼야. 풀이 죽어 있는 아내를 보니 차마 입이 떨어지지 않았다. 식탁은 아내가 휘저어놓은 물 자국으로 흥건했다. 그래 그냥이겠지. 그냥 토끼를 키우고 싶은 것이겠지. 어느 날 문득 자장면이 먹고 싶은 것처럼. 별다른 의미가 있는 건 아니겠지. 토끼를 키우는 데 무슨 이유 같은 게 필요해. 나는 토끼에게 아무런 의미도 부여하지 않으려고 애를 썼다. 자장면이 먹고 싶으면 시켜 먹듯이 토끼를 기르고 싶으면 기르는 거지. 어떻게 해서든지 토끼와 아내의 관계가 아무것도 아니라는 것을 증명이라도 해야 되는 것처럼 이런저런 비유들을 떠올렸다. 그만큼 아내는 토끼에 빠져 있었다. 식탁 유리에 그냥 토끼를 그려대는 게 아니라는 것쯤은 벌써 감지했다. 마침내 토끼를 기르겠다니. 아니야. 내가 너무 예민해진 탓일지도 몰라. 아내는 정말로 토끼가 좋아서 그럴 거야.

나는 마음을 애써 가라앉혔다. 이제 더는 된장 뚝배기에서 머뭇거리는 녀석과 눈이 마주치지 않아도 될 것이다. 차라리 잘된 일인지도 모른다.

　토끼를 분양하는 사이트는 의외로 많았다. 다양한 생김새와 크기의 토끼들이 모니터 속을 뛰어다녔다. 혹시 아내는 원래부터 토끼를 좋아했는지도 모른다. 아니면 토끼에 얽힌 기막힌 사연이 있는지도. 아내는 전화할 때마다 낙서를 하는 습관이 있었다. 전화기 옆 메모지는 항상 아내가 한 낙서로 지저분했다. 다양한 종류의 도형들이 주로 단골 메뉴로 등장했다. 정삼각형에서 십이각형까지 아내가 그릴 수 없는 도형은 없어 보였다. 화가 나거나 기분이 안 좋을 땐 메모지 한가득 별을 처박았다. 크고 작은 별들이 나를 노려봤다. 그리고 가끔 부리가 긴 새나 털이 보글보글한 강아지가 그려질 적도 있었다. 조금 시끄럽고 수다스러운 통화가 길게 이어질 때였다. 그러나 그런 일은 아주 가끔 있는 일이었고 그렇다 한들 그중에 토끼 그림은 본 적이 없었다. 그래도 모른다. 내가 알지 못하는 아내의 세계가 있는지. 눈가에 검은 테를 두른 놈이 아내에게 잘 어울릴 것 같았다.

2

분양 신청한 지 이틀 만에 토끼가 왔다.
"아직 새끼라 분유를 먹여야 한대."
동봉된 설명서를 읽는 동안 아내는 토끼를 들여다보고 있었다. 의외로 표정이 어두웠다. 수없이 토끼를 그려대던 눈빛이 아니었다. 기쁘지도 반갑지도 않은 모양이었다. 주먹만 한 놈이 신기할 법도 한데 손 한번 내밀어 만져보지도 않았다. 배부른 사람이 배달 온 자장면을 멀거니 쳐다보듯이 어떤 감흥도 없어 보였다. 한참을 들여다보던 아내가 슬그머니 돌아앉았다.
"왜? 마음에 안 들어?"
"아니."
"그럼 왜 그래? 사달라고 할 때는 언제고."
아내가 다시 고개를 돌려 토끼를 들여다보았다.
"왜 토끼를 사달라고 했는지 궁금하지 않아?"
아내 눈빛이 순간적으로 빛났다. 더럭 겁이 났다. 아내 눈빛이 빛나면 무섭다. 몹시 흔들린다는 증거다. 그 흔들림을 무마하기 위해 아내는 눈을 부릅떴다.
"갑자기 토끼가 좋아졌나 보지 뭐."
생각 같아선 꼬치꼬치 캐묻고 싶었지만 대충 얼버무리고

말았다. 이 상황에 더 이상 심오하거나 심각한 사유를 보태고 싶지 않았다. 지금도 버거웠다. 이것만으로도 질식해 죽을 판이었다. 아내가 발병하고 짧지 않은 시간을 원망하고 때론 자책하며 버리고 버려 이만큼 왔다. 이제 남은 것은 아내와의 아름다운 이별이다. 피해 갈 수 없는 길이다. 거기에 토끼 같은 불청객을 끌어들이고 싶지 않았다. 우리 둘만의 관계를 매듭짓기도 벅찬데. 아니 어쩌면 잘된 일인지도 모른다. 토끼로 인해 모든 게 자연스럽고 아름답게 끝날 수 있을지도 모르니. 그러니 토끼 따위를 기르는 데 굳이 이유 같은 건 필요하지 않았다.

"그게 아니고."

아내 목소리에 전에 없던 힘이 들어갔다. 기울어진 머리가 오늘따라 더 위태롭게 보였다.

"분유를 좀 먹여야겠어."

일부러 아내를 피해 일어났다. 토끼에게 먹일 분유를 준비하는 동안 아내는 토끼에게서 눈을 떼지 않았다. 비쩍 마른 몸을 잔뜩 웅크리고 앉아 있는 모습이 토끼처럼 보였다. 두 마리의 토끼가 서로 마주 보고 있었다.

3

 토끼는 작은 입을 오물거리며 분유를 잘도 빨았다. 아내도 곁을 떠나지 않았다.
 "한번 먹여볼래?"
 아내에게 우유병을 넘겨주었다. 아내는 잠시 망설이더니 조심스럽게 우유병을 받아 들었다. 그러나 곧 다시 내게 건네주었다. 그러고는 슬며시 창밖으로 시선을 돌렸다. 아내와 토끼를 번갈아가며 보느라고 우유병 잡은 손이 자꾸 미끄러졌다. 토끼 입가에 분유가 흘렀다. 아내의 시선은 이미 멀리 가버렸다.
 아내 머리가 오른쪽으로 기울어지기 시작하면서 모든 게 덩달아 기울었다. 내 일상도, 웃음이 사라진 집안 분위기도 아내를 따라 오른쪽으로 십오 도 기울었다. 텔레비전을 보다가 웃기는 장면이 나오면 아내 눈치를 먼저 살폈다. 아내는 표정을 잃어버린 밀랍 인형처럼 멀거니 텔레비전을 보고 있었다. 아니, 텔레비전 너머 그 어딘가를 바라보고 있는 것 같았다. 나는 혼자서 웃다가 머쓱해지곤 했다. 웃기지 않는 프로그램을 보는 게 그나마 아내를 위하는 길이었다. 그날도 별로 웃기지 않은 프로, 「퀴즈탐험 신비의 세계」를 보고 있었다. 방에서 자고 있는 아내가 깰까 봐 볼륨을 잔뜩 줄여놓은 상태였다.

 어느새 잠에서 깬 아내가 양파링 봉지를 들고 옆에 와서 앉았다. 아내는 가끔 작은 소리로 웃기까지 했다. 모처럼 기분이 좋아 보였다. 나도 함께 양파링을 집어 먹었다. 양파링 씹는 소리가 텔레비전 소리보다 크게 들렸다. 리모컨을 들어 볼륨을 높였다. 화면에 급경사의 내리막길을 앞에 둔 토끼가 비쳤다. 뒤에서는 살쾡이가 쫓아오고 있었다. 막다른 길이 없음을 인지한 토끼가 비탈길을 향해 발을 내디뎠다. 그 순간 사진이 클로즈업되면서 진행자가 문제를 읽었다. 이때 토끼의 신체에 어떤 변화가 있을까요. 패널들이 답을 적느라고 분주했다. 참고로 토끼는 저런 급경사면을 아주 두려워한답니다. 어쩌면 뒤에서 쫓아오는 살쾡이보다 저곳을 내려가는 저 순간이 더 두려울지도 모르죠. 진행자가 심각한 표정으로 너스레를 떨었다.

 정답은 심장 박동 수가 다른 어떤 동물과 비교할 수 없을 정도로 빠르게 증가한다, 였다. 토끼는 살쾡이한테 잡아먹히기 전에 심장마비로 죽을 수도 있다. 심장이 터지거나 멎는 것을 감수하고 비탈길을 내려가야 한다. 매번 비탈길을 맞닥뜨릴 때마다 토끼는 죽음을 능가하는 공포에 휩싸인다. 물론 신체적인 구조 때문이긴 하지만 비탈길에 한번 발을 내디디면 돌이킬 수 없다. 토끼가 다른 동물에 비해 생래적으로 겁이 많은 것도 여기서 기인한다. 그러니까 살쾡이보다도 비탈길이 더 무서운 거지요? 미끄러짐을 멈출 수 없는 게 두려운 건가요, 아니면 그래서 죽을까 봐 두려운 건가요. 진행자의 멘트가 끝나자 패널 중 누군가가 물었다. 그야, 저는 모르죠. 토끼에게 직접 물어보세요. 진행자가 또 너스레를 떨었다.

그때 양파링을 집어 든 아내의 손이 허공에서 멈추었다. 웃을 일도 아닌데 나는 아내의 표정을 살폈다. 아내는 한 손에 양파링을 들고 굳어버린 폼페이의 아낙네 같았다. 아무런 표정도 읽을 수 없는 얼굴에서 두 눈만이 유독 빛났다. 순간 머리가 오른쪽으로 조금 더 기우는 듯했다. 화면에서 토끼가 사라지고 나서도 한참 있다가 아내는 들고 있던 양파링을 천천히 입으로 가져갔다. 웃기지 않은 프로그램도 아내에게 위험하기는 마찬가지였다. 아내는 오래도록 양파링을 씹었다.

얼마 후 식탁 유리에 토끼가 등장했다. 귀를 쫑긋 세운 토끼 한 마리가 나를 올려다봤다. 그냥 토끼를 그렸나 보다, 별 생각을 하지 않았다. 그런데 밥 먹을 때마다 토끼가 왔다. 하루에도 몇 번씩 토끼들이 밥그릇을 기웃거렸다. 차츰 신경이 쓰이기 시작했다. 그리고「퀴즈탐험 신비의 세계」가 떠올랐다. 비탈길을 앞에 두고 두려움에 떨고 있던 토끼를 숨죽이고 바라보던 아내의 눈빛이 덩달아 따라왔다.

4

 토끼가 잠들었다. 그 옆에서 아내도 잠들었다. 어둑한 실내가 고요하다. 바깥에는 불빛들이 하나둘 켜지고 있었다. 잠든 토끼와 아내를 번갈아 쳐다보았다. 아내는 밤마다 토끼를 풀어놓았다. 토끼장을 벗어난 토끼는 어둑한 거실을 어슬렁거렸다. 코를 바닥에 대고 냄새를 맡는 듯하다 통통하고 토실한 얼굴을 들어 주위를 두리번거렸다. 그리곤 미끄러지듯 거실 구석구석을 쏘다녔다. 내가 알고 있는 토끼의 모습, 이를테면 두 발을 모아 깡충깡충 뛰거나 하는 행동은 볼 수 없었다. 그것은 민첩함이나 활달함과도 거리가 멀어 보였다. 토끼인지 애완견인지 모를 정도였다. 아내는 소파에 길게 누워 그 모습을 지켜보고 있었다. 어둑한 실내 때문에 아내의 표정을 감지할 수 없었다. 가끔 짧은 신음 소리가 들렸지만 그건 언제고 듣던 거였다. 토끼가 온 후 달라진 점은 그 정도에 불과했다. 내가 생각했던 것 이상의 이상 징후는 발견되지 않았다. 역시 아내에게 토끼는 자장면 같은 거였다. 단지 토끼를 키우고 싶었을 뿐이었다. 토끼가 깼다. 약속이나 한 듯 아내도 눈을 떴다.
 "들어가서 자."
 아내는 도로 눈을 감았다. 토끼가 온 후로 아내는 아예 소파에서 잠들고 깨어났다. 엄마가 아기 곁을 떠나지 않는 것처럼 잠시도 자리를 뜨지 않았다. 잠든 아내를 두고 방 안으로 들어왔다. 텅 빈 침대에 몸을 던졌다. 피곤이 몰려왔다. 눈이 자꾸 감겼다. 자지 않으려고 애를 쓰다가 그만 잠이 들고 말았다. 꿈속에서 아내 머릿속 종양이 두피 밖으로 툭툭 불거져 나온다. 종양 덩어리가 점점 자랄수록 아내는 점점 작아진다. 종양이 아내를 통째로 집어삼킨다. 아내의 몸이 암 덩어리 속으로 빨려 들어간다. 거꾸로 박힌 아내의 두 다리가 심하게 요동친다. 마침내 아내가 보이지 않는다. 거대한 종양이 아내 목소리를 내며 집 안을 굴러다닌다. 내가 가는 곳마다 따라다닌다. 집 안 곳곳에 진득한 피고름이 뚝뚝 떨어진다. 나는 비명을 지르며 깨어났다. 땀으로 축축하게 젖은 목덜미를 손바닥으로 훑었다. 피고름이 묻어날 것 같았다.

거실은 어둠으로 뒤덮였다. 벽을 더듬어 스위치를 찾았다. 그때 어둠 속에서 희미한 흐느낌이 들렸다. 주방 쪽이었다. 거실 창으로 달빛이 스며들었다. 달빛 아래 희부옇게 드러난 주방은 기계 내부처럼 차갑고 을씨년스럽다. 일정하게 울리는 냉장고 소음이 정적을 깼다. 눈을 부릅뜨고 어둠 속을 훑어 나갔다. 정수기 옆 식탁 아래 삐죽이 나온 아내의 발이 보였다. 그 순간 냉장고처럼 기계음을 내며 그대로 붙박이고 싶었다. 불을 켜지 않은 게 다행이었다. 천천히 몸을 구부려 늘어진 식탁보를 가만히 들추었다. 웅크리고 있는 아내가 희미하게 보였다. 아내는 두 손으로 머리를 짓누르고 있었다.

5

 토끼가 온 후로 바빠졌다. 먹이도 줘야 하고 토끼장 청소도 해야 했다. 아내에게만 쏠려 있던 정신이 토끼에게 옮아갔다. 아내가 오늘은 토끼장 근처에 얼씬도 하지 않았다. 냄새 때문인가 싶어 물로 토끼장을 깨끗이 닦아냈다. 아내는 등을 보인 채 소파에 누워 있었다. 잠을 자고 있는지 깨어 있는지 종잡을 수 없었다. 머리카락이 거의 다 빠진 아내 머리는 거대한 종양 같았다. 암 덩어리란 놈이 가장 안전한 부위에 숨기도 잘 숨었다. 쇠톱으로 반을 가를 수도, 지독한 항암제로 녹여낼 수도 없는 곳이다. 아내는 찜통에서 푹 쪄진 술빵처럼 몸 여기저기에 숭숭 구멍이 난 듯 보였다. 그 구멍으로 시큼한 바람이 술술 빠져나왔다. 어느 때는 며칠 동안 아무것도 입에 대지 않았고 가끔 약 냄새가 지독한 오줌을 누었다. 몸 어디에 저 많은 바람을 가두었을까. 나는 아내의 몸이 두려워지기 시작했다. 시큼한 바람이 다 빠지고 나면 아내는 절대로 다시 눈뜨지 않을지도 모른다. 아내 몸이 아내를 지배하고 있었다. 그리고 마침내 나까지 지배하려 들었다.
 "뭐 좀 먹지 않을래?"

아내는 여전히 죽은 듯 고요했다. 냉장고에는 항상 불린 쌀이 준비되어 있었다. 처음에는 그냥 쌀을 씻어 죽을 쑤었다. 이제는 물의 양을 얼마큼 잡고 어떤 불에서 얼마 동안 끓여야 하는지도 훤하다. 누가 가르쳐준 것도 아니었다. 수차례의 경험 끝에 터득해낸 사실이었다. 죽 끓이는 법을 알아가고 세탁기 돌리는 법에 익숙해져갈수록 아내와의 끈은 점점 남루하게 변해갔다. 가파른 비탈길에 서 있는 것처럼 중심이 잡히지 않았다. 몸이 점점 아래로 쏠렸다. 이대로 있다가는 까마득한 아래로 그대로 미끄러질 판이었다. 죽이 끓어올라 냄비 바깥으로 넘쳐흘렀다.

죽을 쑤는 사이 아내가 일어나 토끼장 옆에 앉아 토끼를 쏘아보고 있었다.

"좀 먹어봐."

아내 앞으로 죽 그릇을 디밀었다. 아내는 여전히 토끼에게서 눈을 떼지 않았다. 죽 그릇을 그대로 둔 채 슬그머니 일어나 베란다로 갔다. 그때 뒤에서 우당탕 소리가 났다. 뒤를 돌아보았다. 토끼장을 벗어난 토끼가 거실 중앙으로 뛰어가고 있었다. 푸른 초원 위를 뛰듯 그 움직임이 날렵하고 가뿐했다. 이를 잡으려고 몸을 일으키던 아내가 그만 죽 그릇을 엎었다. 얼른 달려가 아내를 일으켜 세웠다. 다행히 별일은 없었다. 바닥을 닦고 엎질러진 죽 그릇을 치우는 사이 토끼는 어디로 몸을 숨겼는지 보이지 않았다. 소파 밑에서부터 테이블 아래 화분 뒤까지 샅샅이 뒤졌는데도 모습을 드러내지 않았다. 결국 해 질 무렵 장식장 아래 깊숙이 처박혀 있는 녀석을 간신히 손에 넣을 수 있었다.

6

 토끼장 옆에서 무릎에 얼굴을 묻고 잠든 아내 모습은 기도를 하고 있는 것처럼 보였다. 그런 아내를 토끼가 골똘히 쳐다보고 있었다. 아내는 토끼를 종일 풀어놓다시피 했다. 인조 바닥에 적응한 토끼는 집 안을 풀밭처럼 제법 자유롭게 뛰어다녔다. 그런 토끼의 움직임을 놓칠세라 아내는 한시도 자리를 뜨지 않았다. 토끼의 움직임이 조금이라도 둔해질라치면 아내는 몸을 벌떡 일으켜 세웠다. 그럼 어떻게 알았는지 한순간 웅크리고 있던 토끼가 거짓말처럼 다시 움직이기 시작했다. 내가 알아듣지 못하는 둘만의 언어, 혹은 내가 보지 못하는 둘만의 사인이 존재하는 듯했다. 토끼는 항상 그 큰 귀를 곧추세우고 긴장의 끈을 잠시도 놓지 않았다. 어느 땐 그런 모습이 안쓰럽기까지 했다. 아무 죄 없는 토끼에게 괜한 고생을 시키는 것 같아 씁쓸했다. 아내는 토끼를 단련 내지 훈련시키는 듯했다. 이런 나의 생각을 뒷받침하는 일이 기어이 벌어지고야 말았다.

습관처럼 잠에서 깨어났을 때였다. 바깥에서 들려오는 인기척에 귀를 기울였다. 낯익은 소리였지만 꼭 그렇다고도 할 수 없는 기묘한 기분에 홀려 방문을 열었다. 불을 켜지 않은 거실은 어둠에 싸여 있었다. 소리가 나는 쪽으로 다가갔다. 주방에 희미한 실루엣이 어른거렸다. 아내가 식탁 옆에 바싹 다가서 있었다. 곁에는 토끼장이 놓여 있었다. 토끼장이 주방까지 나와 있는 것도 이상했고, 그 곁에 부동자세로 서 있는 아내는 더욱 수상했다. 골똘히 생각에 잠겨 있는 것 같기도 했고, 간절하게 무엇인가를 기다리는 듯도 했다. 있는 힘을 다해 온 정신을 모으고 있는 듯, 반대로 온 힘을 다해 정신을 빼놓고 있는 듯 알 수 없는 경계에 서 있었다. 어둠 속에서 아내 손이 천천히 움직였다. 가만히 식탁 유리를 매만졌다. 이윽고 뭔가 결심을 한 듯 두 손으로 식탁 유리를 들어 올렸다. 나는 하마터면 아내를 향해 달려 나갈 뻔했다. 손놀림이 예사롭지 않았다. 숨을 죽이고 아내를 응시했다. 유리가 차츰 식탁에서 밀려 나왔다. 아내는 안간힘을 썼다. 마침내 유리를 한옆으로 비스듬하게 세웠다. 비스듬히 세워진 유리가 어둠 속에서 번뜩였다. 아내는 그러고 한참 동안 서 있었다. 유리를 보는 건지 번뜩임을 즐기는 건지 종잡을 수 없었다. 그리고 토끼장에서 토끼를 꺼냈다. 아내 입에서 가느다란 바람이 새 나왔다. 주문을 외는 듯했다. 아내는 토끼를 뚫어져라 바라보았다. 토끼와 말을 주고받는 것처럼 보였다. 아내의 시선이 비스듬히 세워진 유리벽으로 옮아갔다. 금세라도 그 위에 토끼를 올려놓을 태세였다. 유리벽과 토끼를 번갈아 쳐다보던 아내가 몸을 돌렸다. 그러고는 벽에 머리를 찧어대기 시작했다. 처음에는 가볍게 톡톡 치더니 갈수록 그 강도와 세기에 힘이 실렸다. 더는 두고 볼 수 없었다. 나는 재빨리 아내에게 다가갔다.

"이게 무슨 짓이야!"

아내를 막아섰다.

"비켜."

아내는 울먹이며 그 자리에 주저앉았다.

아내는 여전히 어둠 속에서 토끼를 들여다보고 앉아 있거나 소파에 웅크리고 누워 있었다. 간간이 들릴락 말락 한 신음 소리를 쏟아냈다. 그날처럼 그런 일은 일어나지 않았다. 달라진 게 있다면 전보다 토끼장 옆에 더 오래 붙어 있었다. 그리고 먹이를 챙겨주기 시작했다. 내가 시키지 않아도 제때 알아서 냉장고를 뒤져 상추니 오이 따위를 꺼내왔다. 어느 땐 상추가 다 물렀다며 새것으로 사오라고 시키기도 했다. 그렇다고 아내의 병세가 호전된 건 아니었다. 나는 토끼에게서 한 발씩 멀어졌다. 그날 희미한 어둠 속에서 들려오던 아내의 목소리가 머릿속에서 지워지지 않았다. 고통이 너무 심할 때 아내는 차라리 죽고 싶다며 내 팔을 잡고 매달렸다. 제발 나를 도와줘. 이건 사는 게 아니야. 아내의 목소리는 진지하고 단호했다. 결심을 굳힌 듯 보였다. 나는 아내를 가만히 끌어안았다. 그 자리에서 내가 할 수 있는 일은 그것밖에 없었다. 아내의 진심이 무엇인지 캐물을 수도, 확인할 수도 없었다. 그 말은 삶에 대한 또 다른 의지의 표현으로 들렸다. 제발 나를 살려줘. 죽고 싶지 않아,라고 떼를 쓰듯 아내는 오랫동안 내 품에서 흐느꼈다.

내가 먹다 남긴 생선 부스러기가 담긴 접시를 들고 아내가 토끼에게 갔다. 토끼장 속에 접시를 밀어 넣었다.

"토끼가 그걸 어떻게 먹어."

"왜 못 먹어. 죽고 싶지 않으면 먹겠지."

아내 목소리에 가시가 돋쳤다. 괜한 말을 했구나 싶었다. 지금 아내는 아내가 아니다. 이미 오래전부터 아내는 아내가 아니었다. 그 사실을 자꾸 잊었다. 어제 하루 종일 토끼는 아무것도 먹지 않았다. 아내의 의도였다. 종일 굶긴 토끼에게 이번에는 생선 부스러기를 주다니. 무슨 심사인지 통 모르겠다. 토끼는 생선 부스러기가 담긴 접시를 거들떠보지도 않았다. 아내가 토끼를 노려봤다. 저러다가 토끼에게 삼겹살까지 먹이는 건 아닐까. 어둑해지도록 접시 위의 생선 부스러기는 그대로 있었다. 그럼 그렇지. 토끼가 저걸 어떻게 먹어. 혹시나 하는 마음에 들여다보고 또 들여다보았다. 다음 날 아침까지 접시 위에서 고스란히 말라비틀어져가던 생선 부스러기가 깨끗이 사라졌다. 아내는 아무렇지도 않게 빈 접시를 꺼내 들고 주방으로 갔다. 어제 새로 사온 토마토를 잘라 토끼장에 넣어주고 자기도 한입 베어 먹었다. 웬일로 식욕이 살아났는지 아내는 토마토 하나를 다 먹어치웠다. 토끼도 금방 그릇을 비웠다. 나는 두 마리의 토끼 혹은 두 명의 아내를 보고 있었다.

7

토끼장에서 악취가 났다. 며칠째 청소를 하지 않았다. 토끼는 요사이 살이 통통하게 올랐다. 아내가 잘 거둬 먹인 탓이다. 비대해진 토끼는 게으른 고양이처럼 느리게 움직였다. 아내의 식욕도 많이 살아났다. 먹는 대로 게워내긴 마찬가지였지만 뭐든지 먹으려고 애를 썼다. 죽 한 숟가락을 기를 쓰고 받아 삼켰다. 하지만 아내의 쇄골은 점점 더 도드라졌다. 죽 몇 숟가락을 삼키고는 죽은 듯이 눈을 감고 새된 숨을 몰아쉬었다. 그런 아내를 대신하듯 토끼의 식욕은 날로 왕성해졌다. 토끼가 나를 빤히 쳐다봤다. 이에 질세라 나도 토끼를 노려봤다. 여기저기 배설물이 말라비틀어진 토끼장에 손을 넣었다. 거칠게 토끼 귀를 움켜쥐고 들어 올렸다. 놀란 토끼가 버둥댔다.

"몇 번 말했어. 그렇게 잡으면 놀란다니까."

아내가 머리를 움켜쥐고 나왔다. 가죽만 남은 아내 손이 통통한 토끼를 감싸 안았다. 아내에게서 쉬익 바람 새는 소리가 들렸다. 금방이라도 쓰러질 듯 위태위태했다. 나는 아내를 위해 무슨 일이든 해야 될 것만 같은 의무감에 사로잡혔다. 토끼를 버리든 나를 버리든. 한쪽으로 기운 아내 머리를 제자리로 되돌릴 수 없다면. 창문 너머로 시커먼 먹구름이 몰려왔다.

비바람에 창문이 덜컹거렸다. 아내는 자고 있었다. 토끼도 자고 있었다. 토끼장을 들어 올렸다. 잠에서 깬 토끼가 토끼장 속을 맴돌았다. 베란다 문을 열었다. 몰아치는 비바람에 얼굴이 젖었다. 토끼장을 베란다로 집어 던졌다. 놀란 토끼가 모로 쓰러진 토끼장 속을 뱅뱅 돌았다. 그 위로 비가 휘몰아쳤다.

"토끼를 왜 사달라고 했는지 알아?"

황급히 뒤를 돌아보았다. 아내가 두 손으로 머리를 감싸 쥔 채 벽에 기대서 있었다. 금방이라도 울 것 같은 목소리였다. 나는 베란다로 나갔다. 비바람에 얼굴과 몸이 젖었다. 토끼장은 벌써 흠뻑 젖었다. 나는 토끼와 함께 비바람을 맞았다. 아내가 다가왔다. 토끼를 사달라고 한 이유를 말해주러, 아내가 다가오고 있었다. 토끼장의 토끼는 더 부산하게 움직였다. 발로 토끼장을 힘껏 걷어찼다. 토끼장이 베란다 모서리에 부딪혀 구석으로 밀려났다. 이를 본 아내가 비명을 지르며 거실 바닥에 주저앉았다. 토끼장의 토끼가 잠잠했다. 빗물이 등줄기까지 타고 스며들었다. 나는 아내를 피해 거실을 가로질러

방으로 갔다. 바닥이 빗물로 흥건해졌다. 이불을 뒤집어썼다. 온몸에 한기가 돌았다. 밖에서 무슨 소리가 들렸다. 토끼가 뛰어다니는 것 같기도 한 그 소리는 아내의 긴 울음 같기도 했다.

아내는 토끼장 옆에서 쪼그리고 잠들었다. 토끼가 동그랗게 눈을 뜨고 나를 올려다봤다. 어쩌면 우린 모두 조금씩 미끄러지고 있는 건지도 몰라. 인식하고 있지 못할 뿐이지. 무엇을 향해 미끄러지고 있는지 그런 것은 중요하지 않아. 미끄러지고 있다는 그 사실 자체가 우리를 공포로 몰아넣어. 그런데 과연 그럴까. 나는 작은 소리로 토끼를 향해 중얼거렸다.

잔뜩 몸을 움츠린 아내는 말이 없었다. 쌕쌕 힘겨운 숨소리만 이어졌다. 등뼈가 툭 불거진 뒷모습이 위협적이다. 우리가 서로 사랑하던 사이였던가. 이런 생각을 아무렇지도 않게 떠올리는 내 자신이 툭 불거진 아내의 등뼈보다도 더 위협적이었다. 나는 아득한 천 길 낭떠러지를 향해 서서히 미끄러지고 있었다. 그 끝에 무엇이 있는지 아내는 알까. 토끼는 알까.

8

어제부터 아내가 컴퓨터 앞에 앉아 무엇인가를 열심히 찾고 있었다. 아내는 한동안 '암을 이기는 사람들의 모임'에 가

입했었다. 주로 온라인상의 만남이 이루어졌다. 그곳에서 병에 대한 새로운 정보와 서로의 안부를 교환했다. 새로운 약이 나오면 병원보다 그곳에서 먼저 통성명이 오갔다. 우리나라에서는 아직 발표도 되지 않은, 이제 막 임상 실험에 착수했다는 지구 반대편 소식에도 게시판이 후끈 달아올랐다.

─하루빨리 시판되었으면 좋겠네요.

아내도 댓글을 달았다. 불과 몇 개월 전의 일이었다. 그때만 해도 아내는 컴퓨터 앞에 앉아서 글을 쓰고 자신의 블로그를 관리했다. 매일 병상 일지를 쓰고 직접 찍은 사진을 올렸다. 해쓱하지만 사진 속의 아내는 웃고 있었다. 몇몇 지인들이 찾아와 아내와 수다를 떨었다. 아내는 가끔 유쾌하게 웃었다. 웃음소리가 하도 커 그럴 때마다 나는 매번 방 안을 들여다보곤 했다.

블로그를 폐쇄한 것은 계속되는 항암 치료로 머리카락이 거의 다 빠졌을 때였다. 아내는 모든 게시물을 지워버렸다. 아내의 웃음도 지워졌다. 그리고 '암을 이기는 사람들의 모임'에서도 탈퇴를 했다. 아내가 더 이상 이겨내야 될 것은 아무것도 없는 것처럼 보였다. 나는 아내가 물러난 자리에 슬며시 앉았다. 언젠가는 새로운 일자리를 구해야 했고, 그러기 위해서는 정보가 필요했다. 아내 병간호에만 매달리겠다는 마음으로 사직서를 내고 나왔는데, 무엇이 어디서부터 꼬였는지 종잡을 수 없었다. 아내는 가끔 컴퓨터 앞에 앉아 있는 나를 몰래 지켜보았다. 인터넷 서핑을 하던 나는 무엇을 클릭해야 될지 몰라 마우스를 이리저리 움직였다. 취업에 필요한 정보도, 암을 이겨낸 투병기도, 잘나가는 연예인 결혼 소식도 건너뛰었다. 아내처럼 컴퓨터에서 물러나야만 될 것 같았다. 아내와 공유하지 않은 세상은 전부 죄악이었다. 마침내 슬그머니 눈을 돌린 아내를 인식하고서야 나는 세상 돌아가는 이야기를 클릭할 수 있었다.

끙끙 신음 소리를 삼켜가며 아내는 필사적으로 마우스를 움직였다. 웬만하면 도움을 청할 법도 한데 내가 내는 기척에도 아랑곳 않고 컴퓨터에 몰두했다. 아내 어깨 너머로 컴퓨터의 열린 창을 훔쳐보았다. '토끼, 이럴 때는 이렇게 해주세요.' 토끼에 대한 지식이었다. 역시 토끼 때문이었다. 나는 아내가 그랬듯이 슬그머니 자리를 피했다. 엊그제 토끼장을 걷어찬 게 화근이었다. 그 이후 토끼는 움직이려 하지 않았다. 이틀 동안 꼼짝도 않고 웅크려 있었다. 밤이면 신음 소리 같은 야릇한 소리까지 흘렸다. 아내가 토끼 다리를 이리저리 살폈다. 하지만 나에게 화를 낸다거나 불평 따위를 늘어놓지는 않았다. 토끼에 관한 그 어떤 말도 입에 올리지 않았다. 나 역시 그랬다. 아내와 나 사이에 토끼는 금기가 되었다. 우리 사이에 토끼는 벌써 사라졌다.

네이버 지식 검색에서 마땅한 답을 얻지 못했는지 아내는 한참 동안 여기저기를 기웃거렸다. 마침내 토끼 다리에 소염 진통제를 발라주었다. 냄새가 진동했다. 아내가 약상자를 뒤져 소염 진통제를 꺼내 토끼에게 발라주는 동안 나는 주방에서 등을 돌리고 앉아 밥을 먹었다. 등 뒤에서 감지되는 작은 기척들이 숟가락질 소리보다 크게 들렸다. 나는 일부러 후루룩 소리를 내 국물을 삼켰다. 아내의 블로그가 아직도 존재한다면 아내는 분명 놀러 온 몇몇 지인들에게 토끼 다리 낫게 하는 방법을 물었을 것이다. "어쩌다가 그렇게 되었는데?" 하는 지인들 물음에 "몰라. 바닥이 미끄러워서 삐끗했나 봐"라고 명쾌하게 둘러댈 것이다.

한동안 웅크려 있던 토끼가 다시 움직이기 시작했다. 아내의 얼굴에 옅은 화색이 돌았다. 하지만 토끼의 움직임은 그전만 못했다. 토끼장 속을 맴돌거나 물그릇에 얼굴을 박고 목을 축이는 정도였다. 지켜보던 아내가 토끼를 거실 바닥에 꺼내 놓았다. 토끼는 고작 주변을 맴돌다가 도로 토끼장 속으로 들어가버렸다.

9

아내는 꼬박 이틀을 자고 있었다. 물만 먹어도 다 게워냈다. 가끔 노란 오줌을 지렸다. 아내를 흔들어 깨웠다. 일으켜 벽에 기대어 앉혔다. 머리가 고장 난 시곗바늘처럼 흐느적흐느적 중심을 잡지 못했다. 묽은 미음을 한 숟가락 떠 입으로 가져가자 힘겹게 받아먹었다. 토끼를 왜 키우자고 했는지, 그 답을 듣게 될까 봐 겁이 났다. 아내 입에서 말이 되어 나오는 순간 나는 내 감정을 배반할 수밖에 없음을 알고 있었다. 말이 두려웠다. 다행히 아내는 말이 없었다. 미음을 받아 삼키는 속도가 점점 빨라졌다. 며칠을 굶은 토끼도 배추 잎을 순식간에 먹어치웠다. 아내는 이제 더는 토끼에게 먹이를 주지 못했다. 돌보지 않은 토끼는 지저분하고 흉하게 변해갔다. 윤기 없는 털은 빠져 곳곳에 굴러다녔고 집 안에서는 악취가 풍겼다. 나 역시 토끼를 방치했다. 통증 때문에 밤새도록 벽을 긁어대는 아내를 지켜보는 것만으로도 하루는 지루하고 더뎠다.

그릇이 바닥을 드러냈는데 아내가 또 입을 벌렸다. 배추 잎을 두 장이나 먹어치운 토끼도 밥그릇 곁을 떠나지 않았다. 벌어진 아내의 입은 쉬이 다물어질 줄 몰랐다.

아내가 가만히 몸을 일으켜 이불 속에서 빠져나갔다. 열린 문틈으로 거실에 고인 달빛이 새 들어왔다. 문이 닫히고 밖에서 덜거덕대는 소리가 들렸다. 문손잡이를 가만히 비틀고 밖을 엿보았다. 밝은 달빛 아래 아내가 보였다. 아내는 토끼장에서 토끼를 꺼내 품에 안았다. 주위를 둘러보더니 현관문을 열고 나갔다. 나는 몰래 아내 뒤를 밟았다. 아내가 어둑한 복도를 더듬어 내려갔다. 위태롭고 불안한 걸음걸이가 이어졌다. 이윽고 아파트 입구 앞에서 멈추어 섰다. 가로등 불빛이 희미하게 아파트 전경을 비추었다. 사방이 고요했다. 아내가 안고 있던 토끼를 바닥에 내려놓았다. 바닥에 내려진 토끼는 움직이지 않았다.

"가."

아내가 손끝으로 토끼를 툭 쳤다. 놀란 토끼가 발을 뗐다. 그러나 몇 발자국 못 가 멈추어 서고 말았다.

"가라니까."

아내가 토끼를 향해 손을 내저었다. 토끼가 앞으로 나가기 시작했다. 머뭇머뭇 걸음을 떼던 토끼가 크고 작은 나무들이 기괴한 그림자를 드리우는 건너편 화단 있는 데까지 단숨에 달려갔다. 화단 앞에서 주춤거리더니 폴짝 뛰어 칸나 잎 속으로 사라졌다. 길게 자란 칸나 잎이 후드득 흔들렸다. 아내는 칸나 잎이 고요해질 때까지 서 있었다.

집 안에서 락스 냄새가 진동했다. 아내는 이른 아침부터 머리를 십오 도 기울인 채 줄곧 창가에서 떨어지지 않았다. 아내가 깨기 전에 토끼장을 치웠다. 토끼장이 있던 자리에서 악취가 났다. 락스를 풀어 말끔하게 닦아냈다. 아내에게 아무것도 묻지 않았다. 아내 역시 아무 말도 하지 않았다. 이제 토끼의 흔적은 찾아볼 수 없었다. 창문을 열었다. 봄바람이 휘몰아쳐 들어왔다. 락스 냄새가 지워졌다. 창밖에 살구꽃이 팝콘처럼 터지고 있었다.

"나갈까?"

아내가 말없이 눈을 감았다가 떴다. 음습한 그림자가 스쳐지나갔다. 갑자기 마음이 급해졌다. 아내에게 봄꽃을 보여줘야 한다. 마지막이 될지도 모르는 봄. 아내에게 핑크 빛 모자를 씌웠다.

휠체어를 밀고 아파트 단지를 천천히 돌았다. 아내는 눈이 부신지 눈을 자주 감았다가 떴다. 살구나무 아래 휠체어를 세웠다. 모자 위로 살구꽃이 떨어졌다. 오랜만에 햇빛을 쪼여서인지 녹녹하게 피곤함이 몰려왔다. 나는 살구나무 아래 쪼그려 앉았다. 핑크 빛 모자가 햇살을 받아 빛났다. 눈꺼풀이 자꾸 내려왔다. 아내도 눈을 감았다. 얼마 후 아이들이 몰려오는 소리에 퍼뜩 눈을 떴다. 아내도 눈을 떴다. 휠체어를 밀고 아파트 단지를 돌아 나왔다. 물오른 나무들이 이파리를 틔우느라 난리였다. 아내는 주위를 유심히 살폈다. 아내 눈길 닿는 곳 어디를 봐도 토끼가 살 만한 곳은 없어 보였다. 꽃 비린내가 났다. 머릿속으로 비린 꽃잎이 꾸역꾸역 밀려 들어왔다. 아내가 두 손으로 모자를 움켜쥐었다. 토끼는 어디로 갔을까. 휠체어가 아파트 단지를 지나치고 있었다.

아내는 고개를 숙인 채 미동도 하지 않았다. 아파트를 벗어나 얼마를 걸었을까. 오르막길이 시작되었다. 휠체어가 자꾸 미끄러졌다. 손에 힘을 주어 힘껏 휠체어를 밀었다. 목덜미에서 땀이 흘렀다. 힘겹게 오르막길 위까지 올라섰다. 잠시 멈추어 서서 숨을 골랐다. 발아래 가파른 비탈길이 이어졌다. 어쩌자고 여기까지 왔지. 갑자기 두려워졌다. 비탈길을 굽어보았다. 한 발자국이라도 내디디면 걷잡을 수 없이 미끄러져 내려갈 판이었다. 핑크 빛 모자 아래 아내의 목덜미가 새하얗게 빛났다. 심호흡을 한 후 휠체어를 움켜쥐었다. 아내는 토끼가 되고 싶었는지도 모른다. 토끼처럼 너른 들판을 마음껏 뛰어다니고 싶었는지도. 순간 휠체어를 잡은 손에 힘이 스르륵 풀렸다. 그와 동시에 강파른 두 손이 휠체어 바퀴를 움켜쥐었다.

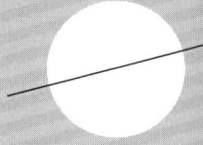

역주행

모니터 속 하늘이 희뿌옇게 밝아왔다. 어둠 속에 점점이 박혀 있던 차량 불빛이 하나둘 지워졌다. 새벽부터 도로를 가득 메운 차량들은 좀처럼 속도를 내지 못한다. 도로 자체가 방대한 주차장이다. 차량 행렬이 흐트러지면서 좀 움직이나 싶다가도 얼마 못 가 멈춰 서고 만다. 속도 계측이 민망할 정도다. 특히 동해로 연결되는 나들목과 도심을 막 빠져나간 차들이 한꺼번에 몰리는 톨게이트는 그 정도가 더 극심하다. 대부분 막바지 휴가를 떠나는 인파들이다. 상황실 벽을 빼곡하게 채운 팔백여 개의 모니터 중 절반 이상이 정체다.
 "어휴, 저러고 싶을까. 집에서 잠이나 자지."
 옆자리의 윤이 길게 하품을 해댄다. 윤의 푸념에 동감이라도 하듯 나와 김의 입이 빠끔빠끔 벌어진다. 윤도 김도 잠이 덜 깬 눈치다. 새벽 근무 날이면 종종 접하는 익숙한 풍경이다. 하품을 하지 말아야지 다짐을 하곤 하지만 어느 순간 나도 모르게 손이 입으로 향한다. 김이 손등으로 눈가를 훔치며 또 한 번 길게 하품을 한다. 김 옆자리의 정만 부지런히 손을 놀린다. 모니터를 응시하는 정의 눈은 초롱초롱하다 못해 활활 타오르기까지 한다.

어제 밤 11시가 넘어 집을 나섰다. 하루 여덟 시간씩 수백 개의 모니터를 바라보고 있으면 나중에는 어디를 봐도 달리는 자동차가 보였다. 옷을 갈아입고 거울을 들여다봐도 거울 속에 줄지어 서 있는 차의 행렬이 비춰졌다. 책을 들춰도 차들이 휙휙 지나갔다. 세상은 그 자체가 거대한 도로였고 눈을 어디로 돌려도 보이는 것은 차들뿐이다. 가끔 밥을 먹고 자판기 커피라도 한잔할 때면 겉으로는 다들 그만두고 싶다며 불만을 토로했다. 하지만 지난봄 대대적인 인사 이동을 겪은 이래 동료들 사이에서 그런 풍경은 죽은 듯이 사라졌다. 오히려 서로를 경계하며 혼자서 커피를 마시는 이들이 늘었다. 이번에는 누구 차례래, 흉흉한 유언비어들이 떠다녔다. 요사이 모니터실의 '그 누구'는 정이다. 일을 시작한 순서로 따지면 그랬다. 남 일 같지 않아 그 누구도 대놓고 발설하지 못했지만 그 시작과 끝은 귀신처럼 알고들 있었다. 대부분 두세 번, 많게는 다섯 번까지 재계약을 하지만 드문 일이다. 유언비어는 유언비어로 끝나지 않았다. 정 다음이 내 차례라는 사실이 그 끝에 묻어 다님을 나는 진즉부터 알고 있었다. 나는 국그릇 속에 차들이 거꾸로 처박혀 있어도 숟가락으로 휘휘 걷어내고 국물을 마셨다. 그러면 코끝에서 알싸한 휘발유 냄새가 났다.

에어컨 바람 때문에 머릿속이 욱신거린다. 모니터링 내내 시계를 힐끔거린다. 엄마가 일어날 시간이다. 출근을 할 때 엄마는 자고 있었다. 자는 동안은 별문제가 없는데 잠에서 깨어나는 그 순간부터 긴장을 해야 한다. 지정 속도로 잘 달리던 차가 느닷없이 앞 차를 들이박거나 중앙분리대를 뛰어넘는 일이 모니터 속에서 종종 목격되었다. 지금 엄마가 그 경우다. 엄마는 스스로 감정 컨트롤을 할 수 없을 만큼 심한 조울증을 앓고 있다. 몇 차례의 입원과 약물치료를 한 후로 증세가 많이 호전되었지만 안심할 수 없는 상황이다. 차체의 결함인지 혹은 운전자의 과실인지를 밝히는 일은 그리 호락호락하지 않다. 어느 땐 진실을 묻어둔 채로 진실이 아닌 걸 진실인 것처럼 믿기도 한다. 가끔은 그런 걸 강요당한다. 의사는 엄마를 절대로 혼자 두지 말라고 당부를 했다. 나더러 가만히 앉아서 엄마하고 사이좋게 굶어 죽으라는 말이다. 시도 때도 없이 울고 웃는 엄마를 보고 있으면 빽빽이 들어찬 차량이 꼼짝도 하지 않는 모니터를 들여다보고 있는 것 같다. 차라리 하루 종일 모니터를 들여다보는 게 낫다. 일은 핑계일 수도 그렇지 않을 수도 있다. 이렇든 저렇든 먹고살아야 하니까. 그렇다 한들 퇴근 때까지 머릿속은 집에 두고 온 엄마 곁을 잠시도 떠나지 못한다. 차체의 결함일 수도 있다고. 그렇게 믿는 게 속 편하니까.

"어, 어."

누군가의 입에서 탄성이 새 나온다. 재빨리 모니터를 살핀다. 김 담당 모니터다. 동부간선도로 성수대교 북단 삼중 추돌 사고 발생. 김의 손놀림이 빨라진다. 막 정체가 풀린 사차선 도로다. 일산 방향으로 달리던 승용차가 중앙선을 넘어 마주 오던 승합차를 박았고 튕겨져 나간 승합차가 또 다른 승용차를 들이받았다. 승용차에서 흰 연기가 피어오르고 일부 운전자들은 차에서 내려 우왕좌왕한다. 나는 다시 내 앞의 모니터로 시선을 돌린다. 꼼짝을 안 하던 36번 모니터의 차들이 슬슬 움직이기 시작한다. 다시 시계를 힐끔거린다. 퇴근까지는 아직도 두 시간이나 남았다.

신호음이 반복해서 울린다. 마음이 바빠진다. 한참 후 엄마가 느린 목소리로 전화를 받는다. 예감이 별로 좋지 않다. 얼른 전화를 끊고 지하철을 향해 뛴다. 코끝에서 칼국수 냄새가 진동하는 듯하다. 지하철 안은 출근하는 사람들로 붐빈다. 에어컨 바람이 연신 뿜어져 나오는데도 목 뒤에서 식은땀이 흐른다. 욱신거리던 머리는 아픈 건지 원래부터 그 모양인 건지 차츰 감각이 둔해진다. 지금쯤 엄마는 양푼 가득 밀가루를 쏟아붓고 있을지도 모른다. 다시 전화를 건다. 신호음이 길게 이어진다. 전화를 받지 않는다. 지하철이 어두운 터널을 통과한다. 창문 유리에 얼굴들이 비친다. 그 속에 내 얼굴도 있다. 슬며시 눈을 감는다.

 지하철에서 내리자마자 뛰기 시작한다. 숨이 턱까지 차오른다. 빌라 입구에 막 들어서려다 주춤 멈춰 선다. 일 층에 혼자 사는 노파다. 노파는 자주 입구에 나와 앉아 있곤 한다. 머리카락은 물론 피부까지 하얘서 멀리서 보면 어디가 얼굴이고 머리인지 구분이 가지 않는다. 바싹 마른 작은 몸집을 옹송그려 초점 없는 눈빛을 허공에 풀어놓고 앉아 있는 모습을 보면 뒷골이 송연해졌다. 가끔 자식인지 친지인지 모를 사람들이 들여다보고 가곤 하지만 노파는 늘 혼자다. 빳빳하게 풀 먹인 하얀 모시 저고리를 차려입고 빌라 입구를 지킨다.

 나를 본 노파가 황급히 뒤춤에 무언가를 숨긴다. 참치 비린내가 엷게 떠다닌다. 또 고양이 밥을 주려는 모양이다. 일부러 주지 않아도 밤이면 고양이들이 여기저기서 앓는 소리를 냈다. 노파가 밥을 챙겨주고부터 고양이의 출몰이 더 심해졌다. 나는 이 동네를 뜨고 싶은 이유 목록에 고양이를 추가했다. 아무리 조용한 대낮이나 오밤중에도 고양이들의 움직임이 느껴졌다. 고양이들은 부산하게 혹은 느리게 동네 구석구석을 누비고 다녔다. 마치 하얀 저고리를 차려입은 노파가 소리도 없이 거리를 스르륵 미끄러져 다니는 것 같았다. 자다가도 소름이 돋곤 했다. 일 년에 두 번 봄과 가을이 되면 이곳이 사람 사는 동네인지 고양이 사는 동네인지 모를 만큼 그 출몰이 빈번해졌다. 암내를 풍기는 암고양이의 울부짖음에 여기저기서 창문이 드르륵 열렸다. 이놈의 고양이 새끼들! 저리 안 가! 저 골목에서 쫓아내면 이 골목에서, 이 골목에서 쫓아내면 저 골목에서, 하루 종일 고양이 울음소리가 가시지 않았다. 그런데 고양이 밥이라니. 나는 노파를 외면한 채 빌라 입구로 들어선다.

열쇠를 돌려 황급히 문을 연다. 엄마. 문을 엶과 동시에 엄마를 부른다. 얘가 왜 이렇게 숨이 넘어가. 좀 천천히 다니지 않고. 베란다에서 빨래를 널던 엄마가 고개를 빼고 중얼거린다. 그제야 참았던 숨을 몰아쉰다. 엄마의 컨디션은 정상이다. 아직까지는 소통 원활이다. 전화 안 받아서 걱정했잖아. 가방을 집어 던지고 소파에 주저앉는다. 세탁기 돌아가는 소리에 못 들었나 봐. 엄마가 미안하다는 듯 빙긋 웃는다.

아직 해가 중천에 뜨기 전인데 집 안은 달궈놓은 화로처럼 후끈거린다. 벌써부터 선풍기가 돌고 있지만 별 효과가 없다. 몇 해 전부터 고층 아파트들이 동네를 둘러싸면서 그 정도는 더 심해졌다. 재개발이 시작되자 오래된 아파트들은 금싸라기 땅으로 하루아침에 바뀌었다. 우리 집 같은 단지가 적은 빌라는 꿈도 꾸지 못하는 일이다. 흙이 파헤쳐지고 대리석으로 단장한 고층 아파트가 순식간에 마을을 에워쌌다. 섬처럼 고립된 동네는 여름이면 창문도 열지 못할 지경이다. 낡은 빌라를 빙 둘러싼 새 아파트에는 집집마다 베란다에 에어컨 실외기가 국경일 태극기 내걸리듯 가지런히 나앉았다. 거기서 뿜어져 나오는 뜨거운 바람이 고스란히 이곳으로 전해졌다. 에어컨 실외기는 먼 곳 낯선 우주의 전파를 전송하는 안테나 같았다. 저들끼리만 통하는 언어가 있지 않을까, 문득문득 그런 생각이 들었다. 건물 안에 수영장을 들여놓은 저들의 일상은 이곳 빌라 사람들과는 달라도 한참 다를 것이다. 우리에게 저들이 외계인이듯 저들에게는 우리가 외계인일 수도 있겠다. 외계인과 외계인이 사는 마을. 전쟁은 항상 여름에 일어나고 승리는 항상 저들 차지다. 저들은 싸우지 않고 승리한다. 저들과 싸워 지지 않는 방법은 오로지 여기를 뜨는 수밖에 없다. 선풍기 바람이 후덥지근하다. 잠이 오지 않는다.

잠결에 덜거덕거리는 소리가 들린다. 화들짝 놀라 눈을 뜬다. 혹시? 주방으로 달려간다. 엄마는 벌써 밀가루 반죽을 치대고 있다. 어린애 하나가 너끈히 들어앉을 수 있을 만큼 큰 플라스틱 그릇에 수박만 한 밀가루 덩이를 있는 힘을 다해 주무른다. 밀가루 덩이를 주무르는 손등에는 시퍼런 심줄이 툭툭 불거진다. 며칠 잠잠하다 했더니 또 시작이다. 칼국수를 끓일 모양이다.

"가뜩이나 더워 죽겠는데 칼국수는 무슨 칼국수야!"

엄마 안색을 살피며 목소리를 높인다. 좀 전까지만 해도 아무렇지 않던 엄마다. 엄마가 칼국수를 끓이는 것은 우울증이 도졌다는 신호다. 그것도 증세가 심하다는 표시다. 증세가 나아질 때까지 무슨 일이 어떻게 일어날지 예측할 수 없다. 갑자기 온몸의 신경세포가 한꺼번에 곤두선다. 이미 시작된 칼국수 빚기는 말릴 수도 없다. 그냥 옆에서 상황이 종료될 때까지 지켜보는 수밖에. 이제 엄마의 우울증은 그 조짐마저 상실했다. 일상에서 그 경계를 찾기란 딸인 나마저도 쉽지 않다. 생활이 곧 병이 돼버린 걸까. 아니면 병이 생활이 돼버린 걸까.

아버지와 엄마는 재래시장에서 생선 가게를 했다. 목도 좋은 꽤 큰 가게였다. 아버지는 새벽 일찍 수산 시장에 가서 물건을 떼어 왔다. 재개발 바람이 불면서 재래시장에도 악풍이 불었다. 길 건너 재래시장 맞은편에 대형 마트가 들어섰다. 시장 사람들은 어떻게 해서든지 살아남기 위해 안간힘을 썼다. 시장을 새로 단장하고 정비했다. 그러나 사람들은 일 년 삼백육십오 일 세일을 하는 대형 마트로 몰려갔다. 시장 진열대에서는 팔리지 않는 생선들이 무더기로 썩어 나갔다. 낮에는 보이지 않던 고양이들이 날만 어두워지면 어디선가 모습을 드러내 시장 주위를 어슬렁댔다. 처음엔 고양이를 쫓느라 혈안이 되었던 엄마도 나중에는 아예 쓸모없어진 생선들을 잘라 고양이에게 던져주었다. 한번은 가게를 찾았는데 진열대에 있는 생선들이 전부 토막 나 있었다. 고등어도 갈치도 동태도 잘게 난도질되어 뒹굴었다. 진열대는 생선에서 흘러나온 검붉은 피로 얼룩졌고 그 위로 파리들이 들끓었다. 엄마는 피 묻은 장갑을 낀 채로 멍하니 앉아서 그 광경을 지켜보고 있었다. 다 고양이 밥이야. 엄마는 해맑게 웃기까지 했다. 엄마가 처음으로 낯설게 멀어지는 순간이었다.

 반죽을 마친 엄마가 다 된 반죽을 밀대로 밀기 시작한다. 그 손놀림이 가볍고 재빠르다. 엄마 얼굴은 진지하면서도 살짝 들떠 있다. 반죽은 금방 얇고 둥글게 펴진다. 나는 아무 말도 하지 못하고 엄마 손놀림만 쳐다본다. 도대체 왜 칼국수를 만들까. 하필이면 한여름에 칼국수인지. 나는 엄마 인생 그 어디에서도 칼국수와 닿아 있는 그 무엇을 찾지 못했다. 수제비도 아니고 냉면도 아니고 칼국수만 고집하는 이유를 엄마에게 물었다. 왜 칼국수를 하는데? 엄마가 나를 한심하다는 듯이 한참을 바라봤다. 그걸 몰라서 묻니? 나는 얼른 고개를 끄덕였다. 왜긴, 먹고 싶어서지. 칼국수 하는 데 무슨 이유가 있어. 그냥 칼국수가 생각난다니깐. 얘도 참, 가끔 이상해. 엄마가 오히려 나를 이상한 애 취급했다. 근데 먹을 만큼만 하지 뭣하러 이렇게 많이 해. 목에 힘을 주어 따지듯 물었다. 얘 진짜 웃기네. 많이 먹고 싶으니까 그렇지. 걱정 마. 내가 다 먹을 거야. 나는 그만 그 자리에서 물러 나오고 말았다. 엄마는 이미 아득하게 멀어지고 있었다. 말이 필요 없었다. 차체의 결함인지 운전자의 부주의인지 여전히 고개가 갸웃거려졌다. 아버지 탈상이 끝난 지 꼭 한 달 만이었다.

고르게 펴진 반죽을 여러 번 접어 도마 위에 올려놓는다. 한 손으로 반죽을 지그시 누르고 썰기 시작한다. 빠르고 신속한 칼질 소리가 경쾌하게 울린다. 반죽은 한 치의 오차도 없이 고르게 썰린다. 나 모르게 칼국수 장사를 한 적이 있었나 싶을 정도로 엄마의 칼질 솜씨는 수준급이다. 칼질 소리가 계속 이어진다. 나도 모르게 그 소리에 몰입된다. 경쾌하게 시작된 리듬은 갈수록 무겁게 가슴을 짓누른다. 그것은 무당이 흔들어대는 방울 소리처럼 좌중을 압도하는 힘이 있다. 한번 시작된 소리는 저지할 수도 거부할 수도 없는 묘한 마력을 가졌다. 인디언들이 주술을 외듯 엄마는 칼질 소리에 맞춰 쉼 없이 입을 달싹거린다. 간절하고 요원한 염원을 불러오듯 둥둥둥 북소리가 섞여 난다.

마침내 두 손으로 귀를 막아버린다. 가스레인지에서는 물이 끓고 있다. 솥에서 새 나오는 수증기가 주방에 들어찬다. 숨이 막힌다. 가스레인지 불을 신경질적으로 꺼버린다. 칼질을 하던 엄마가 돌아본다. 엄마 시선을 외면한 채 자리를 뜬다. 곧이어 가스레인지 켜는 소리가 들린다. 나는 방으로 들어와 이불을 뒤집어쓰고 누워버린다. 땀이 나고 답답하다. 얼마 못 가 이불 밖으로 얼굴을 내밀고 만다. 잠시 후 칼질 소리가 멈추고 주방이 조용하다. 머릿속에 주방 풍경이 떠오른다. 엄마가 칼국수를 끓는 물에 넣고 휘휘 젓는다. 커다란 솥 안에서 칼국수가 퍼지며 익는다. 엄마는 눈을 동그랗게 뜨고 칼국수들의 몸부림을 지켜본다. 문틈으로 칼국수 냄새가 넘어온다. 벌떡 일어나 문을 열고 나간다.

식탁에 앉아 칼국수를 먹고 있던 엄마가 무심한 얼굴로 쳐다본다. 이리 와. 너도 먹어봐. 속이 시원한 게 살 거 같아. 엄마가 그릇째 들고 국물을 마신다. 그 뜨거운 국물을 찬물 먹듯 한다. 이리 오라니까. 엄마가 나를 향해 손짓을 한다. 집 안은 한증막처럼 뜨거운 열기로 가득 찼다. 엄마의 얼굴과 목덜미에서는 땀이 연신 흐른다. 완전히 미쳤어! 집 안의 문이란 문은 다 열어젖힌다. 그래도 별로 나아지지 않는다. 오히려 밖에서 달궈진 후끈한 열기가 집 안으로 다시 들어온다. 선풍기 바람마저 뜨겁게 느껴진다. 저놈의 칼국수 탓이다. 이건 분명 차체의 결함이다. 엄마 뇌 어딘가가 삐거덕 내려앉고 있다.

엄마는 한 손으로 땀을 닦아가며 칼국수를 먹는다. 솥 안의 칼국수가 꽤 줄어든 걸 보니 벌써 서너 그릇은 먹은 모양이다. 벌써 붇기 시작한 칼국수 가닥이 국물 밖으로 미어져 나온다. 엄마의 칼국수 먹는 속도가 점점 느려진다. 칼국수 가닥이 자꾸 끊긴다. 그만 먹었으면 좋으련만 젓가락질은 계속된다. 저 끝에 뭐가 있는지 뻔히 아는 나로서는 일 분 일 초가 살얼음판이다. 엄마 눈치를 살피며 슬그머니 솥을 개수대에 쏟아붓는다. 퉁퉁 불은 국수 가락이 솥에 들러붙어 잘 떨어지지 않는다. 손으로 국수 가락을 떼어낸다. 뭉클하고 미적지근한 밀가루 덩이가 손에 닿을 때마다 땡볕 아래 나뒹굴던 고등어 토막이 떠오른다. 햇빛에 드러난 아가미는 붉은 맨드라미처럼 맹렬하게 반짝였다. 시퍼렇게 탄력 있던 고등어의 등은 햇볕에 말라 암적색으로 변해갔다. 곧 파리 꼬이는 비린내에 묻혀버렸다. 기꺼이 고양이의 맛있는 한 끼가 되었다. 불은 칼국수에서 고등어 비린내가 올라온다. 나는 한 손으로 코를 틀어막는다. 칼국수의 시작을 알 수 없듯이 그 끝 또한 알 수 없으면 좋으련만. 엄마를 힐끔거리며 솥의 것을 다 쏟아버린다.

　새로 생긴 대형 마트에 가면 잘 손질된 고등어가 뽀얀 속살을 드러낸 채로 진공 포장되어 진열돼 있다. 그 고등어는 비린내도 나지 않고 맨드라미처럼 붉은 아가미와 단단한 가시도 없다. 오로지 탄력 있는 푸른 등과 뽀얀 속살만 있다. 비린내와 아가미와 가시는 애초부터 존재하지 않은 듯 모든 건 완벽하고 철저하다. 언젠가 그것을 사다가 구워 식탁에 올렸다. 밀랍 같아. 엄마는 젓가락을 대지도 않고 상을 물렸다.

　엄마의 젓가락질이 둔해진다. 곧이어 젓가락을 내려놓는다. 화장실로 뛰어간다. 칼국수를 게워내는 소리가 들린다. 이제부터 시작이다. 엄마의 증세는 지금부터 본격적으로 드러난다. 나는 이 모든 일을 예견하고 있었다. 엄마는 밤새도록 화장실을 들락날락할 것이다. 그리고 짝 잃은 고양이처럼 기분 나쁘게 혹은 처연하게 울먹거리다 잠이 들 것이다. 엄마의 목구멍을 타고 뭉텅뭉텅 잘린 고등어 토막들이 올라온다. 붉은 아가미는 선연하게 더 붉어진 채로. 물기 젖은 등은 푸른빛이 더 완연하다. 토막들은 토막들인 채로 살아 움직인다. 핏물 뚝뚝 듣는 토막들이 열을 지어 바다로 간다. 저 살던 곳을 찾아 필사적으로 토막들은 헤엄친다. 바다는 곧 핏물이 든다. 칼국수 게워내는 소리가 집 안을 울린다.

엄마는 화장실 벽에 비스듬히 기대앉아 있다. 어딘가를 보고 있는데 그 시선은 어디에도 없다. 시원한 칼국수 국물을 맛있게 들이켜던 좀 전의 그 눈빛은 온데간데없다. 그러게 뭣 하러 그걸 꾸역꾸역 먹냐구. 손바닥으로 엄마 등을 두드린다. 엄마가 도리질을 한다. 습기 찬 화장실이 더 비좁게 느껴진다. 온몸이 땀으로 흥건하다. 엄마는 기어코 허연 토사물을 바닥에 쏟아놓는다. 짧게 끊긴 국수 가락이 뭉텅이로 쏟아진다. 고통스러운 신음이 토사물에 섞인다. 한동안 이런 식의 행동이 반복될 것이다. 엄마가 우울증을 이기는 법은 잔혹하고 미련하다. 그 강도는 갈수록 심해진다. 의사는 엄마의 그런 행동이 우울증을 이기려는 자신만의 노하우라고 설명했다. 그러니 그것을 억지로 막지 말라는 부탁도 덧붙였다. 자신을 억압하는 그 무엇과 싸우고 있으니 어떻게 보면 좋은 현상일 수도 있다면서 나를 안심시켰다. 실컷 싸우게 내버려두라고. 샤워기의 물을 틀어 바닥의 토사물을 씻어 내린다. 샤워기 물줄기를 엄마 머리에 갖다 댄다. 머리를 적신 물줄기가 목덜미를 타고 아래로 흘러내린다. 엄마는 꼼짝도 하지 않고 물줄기를 맞는다.

건넌방이 조용하다. 다행히 엄마는 잠이 든 모양이다. 눈을 감고 잠을 청한다. 잠이 오지 않는다. 습관처럼 방바닥에 귀를 붙이고 숨을 죽인다. 이상하다. 아무 소리도 들리지 않는다. 노파가 외출을 한 걸까. 방음이 제대로 안 되는 허름한 빌라는 아래층의 소리가 생생하게 전해졌다. 노파는 종일 사는 것 같지도 않게 소리를 죽이고 있다가 초저녁만 되면 슬금슬금 소리를 냈다. 그릇 부딪히는 소리 같기도 하고 칼 가는 소리 같기도 하고. 느리면서도 은밀한 소리들이 구들장을 뚫고 수런수런 스며들었다. 가끔 가래 뱉는 소리가 섞여 올라올 때도 있었다. 혼자 사는 노파의 흔적은 섬뜩하리만치 가볍다. 마치 운전석이 텅 빈 차가 저 홀로 미끄러져 잣나무 울창한 숲길을 소리도 없이 질주하듯.

언젠가부터 그 궤적을 따라 노파의 일상을 쫓기 시작했다. 그리고 기묘한 버릇이 생겼다. 아래층에서 올라오는 소리를 확인하고 나서야 잠을 잘 수 있었다. 새로울 것도 신기할 것도 없는, 빳빳하게 풀 먹인 모시 저고리 스치듯 들려오는 소리. 그 소리를 들어야 비로소 잠이 왔다. 가끔 입구에서 마주치는 노파를 보면 그런 생각이 더 간절해졌다. 노파의 하루는 느리고 더뎠다. 박무가 낀 섬에 벙어리 까마귀 한 마리가 사는 것 같았다. 귀를 더 바싹 바닥에 붙인다. 희미하게 소리가 잡힌다. 나도 모르게 안도의 한숨이 새 나온다. 아주 미세하면서도 명징한 소리다. 그러나 그게 무슨 소리인지는 여전히 알 수 없다. 소리를 따라 한참을 뒤척이다가 가까스로 잠이 든다.

출근 시간이 다 돼오는데. 초조해진 나는 집 안을 서성인다. 엄마를 저대로 혼자 두고 나가는 것도 걸리고 그렇다고 출근을 안 할 수도 없다. 그동안 시간을 조정하거나 휴가를 내서 가까스로 위기를 넘기곤 했는데 오늘은 마땅치 않다. 엄마는 여전히 자고 있다. 저렇게 내처 잔다면 별문제가 없는데. 노파에게라도 부탁을 해볼까 해서 아래층으로 내려갔다. 벨을 누르고 문을 두드려도 인기척이 없었다. 손잡이를 돌리자 문이 열렸다. 노파는 등을 보이고 모로 누워 있었다. 노파를 부르려다가 집 안 전체에 깔려 있는 야릇한 기운에 떠밀려 그 자리에서 되돌아 나오고 말았다.

엄마는 집을 나서는 내게 웃으면서 손까지 흔든다. 밥 잘 찾아 먹고 문단속 잘하고. 얘는 내가 뭐 어린애니. 엄마의 이상한 증세는 아버지의 죽음을 맞으면서 급작스럽게 증폭되었다. 아버지는 여느 때처럼 새벽 시장에서 물건을 떼어가지고 오던 길이었다. 전날 늦게까지 술자리에서 시장 사람들과 대책 없는 앞날을 한탄했다. 재래시장이 더는 버티기 어려울 거라는 비관론이 대세를 이루는 가운데 '그래도 뭐 살길이 있겠지,' 사람들은 술잔에 술을 붓고 또 부었다. 아버지는 습관처럼 새벽에 잠이 깼다. 트럭을 몰고 수산 시장으로 향했다. 싱싱한 생선을 싣고 돌아오는 길에 사고를 당했다. 트럭은 중앙선을 넘어 가드레일을 받고 전복되었다. 역주행이었다. 눈 감고도 갈 수 있는 눈에 익은 길이었다. 트럭에서 쏟아진 생선 박스가 여기저기 나뒹굴었다. 윤이 반들거리는 생선들이 도로로 쏟아졌다. 속력을 내 달리는 차들이 고등어를 밟고 지나갔다. 통통하던 고등어는 금방 피범벅이 되어 바스러졌다. 어떤 차는 바퀴에 고등어 대가리를 붙인 채 질주했다. 트럭 속의 아버지도 고등어처럼 피범벅이 된 눈을 동그랗게 뜨고 죽어 있었다. 아버지 몸에서 알코올은 측정되지 않았다. 일부러 역주행하지 않고는 있을 수 없는 사고라는 결론이 났다. 며칠째 열대야가 이어지는 어느 여름날 새벽의 일이었다. 가게 문은 곧 닫혔다. 고양이도 오지 않았다. 엄마는 멍하니 앉아 있다가 멍하니 누웠다가 잠이 들곤 또다시 멍하니 깨어나서 멍하니 밥을 먹고 멍하니 앉았다. 그러다가는 언제 그랬냐 싶게 방글방글 웃었다. 어느 땐 콧노래까지 흥얼거렸다. 엄마의 기분은 도무지 예측할 수 없을 정도로 변화무쌍했다. 처음에는 일부러 그러는 줄 알았다. 모든 걸 털어버리고 새로 출발하려는 줄 알았다. 그러는 새 시장 사람들은 하나둘 자리를 떴다.

47번 모니터의 정체가 풀리자 이번에는 52번 모니터 차들의 움직임이 둔해진다. 이곳이 뚫리면 저곳이 막히고 저곳이 뚫리면 이곳이 막힌다. 차들은 제자리에서 돌고 도는 듯하다. 속력을 내 달리던 차들도 결국 어느 순간에는 속력을 줄이고 늘어서고 만다. 모니터는 늘 별다를 게 없는 그림만 내보낸다. 정체되는 구간과 시간도 거의 매일 비슷하다. 수식어와 서술어도 필요 없다. 어쩌다가 사용되는 그것들조차 손에 꼽을 정도로 한정돼 있다. 내가 하는 일도 모니터와 별반 다를 게 없다. 나는 아무 생각 없이 '정체'와 '소통 원활'을 왔다 갔다 한다. 정말 괜찮은 수식어와 서술어를 갖고 싶지만 그런 사치를 누릴 경황이 없다. 정의 자리를 차지한 강이 열심히 손을 놀린다. 익숙한 손놀림이다. 계집애. 오늘 처음 왔는데 왜 저렇게 느긋해. 라디오 이어폰을 슬그머니 귀에 꽂는다. 괜찮은 수식어와 서술어를 대신해줄 그 무엇. 그게 라디오다. 근무 중에 라디오를 듣는 것은 갓길 운행이다. 그래도 위험을 무릅쓰고 라디오를 듣는다. 안 그러면 엄마처럼 뜨거운 칼국수를 꾸역꾸역 목구멍 안으로 쑤셔 넣고 싶어질지도 모른다. 정지되어 있던 52번 모니터의 차들이 슬슬 움직이기 시작한다.

저만치 빌라 입구가 보인다. 오늘은 노파가 보이지 않는다.

고양이 소리도 줄었다. 노파 집 앞을 지나치려다가 멈추어 선다. 문에 귀를 대고 안쪽의 기척을 살핀다. 아무런 인기척도 느낄 수 없다. 문을 열어볼까 하다가 그만두고 발길을 돌린다. 노파는 깊은 낮잠을 자고 있는지도 모른다. 아니면 몸이 안 좋아서 쉬고 있는지도. 덕분에 고양이 소리가 사라져서 좋다. 마음 한구석으로 노파를 밀어낸다. 노파가 이곳을 떠나거나 사라지거나…… 죽거나. 누가 쫓아오기라도 하듯 발걸음을 빨리한다. 둔탁한 발소리가 계단을 텅텅 울린다. 땀으로 범벅이 된 등에 셔츠가 달라붙는다.

다행히 엄마는 잠잠하다. 기분이 괜찮은 모양이다. 당신의 기분마저도 조절하지 못하는 엄마를 처음에는 이해하지 못했다. 벽에 똥칠하고 집을 잃어버리는 사람과 다를 바가 없어 보였다. 엄마는 나에게서 차츰 지워졌다. 엄마가 지워졌는지 엄마 자리가 지워졌는지 나는 이를 애써 구분하려 들지 않았다. 엄마는 하필 상습 정체 구간으로 들어선 것이다. 사방이 막혀서 돌아갈 수도 앞으로 나갈 수도 없다. 처음에 나는 이를 어찌해보려고 엄마 대신 운전대를 잡아도 보았지만 방법이 없었다.

병원에서도 별다른 처방을 내리지 못했다. 병원에 갔다 오면 엄마는 다른 날보다 잠을 오래 잤다. 잠이 처방인 것처럼 말이다. 그러나 차츰 그것이 처방이고 약임이 입증되었다. 잠을 자는 동안 엄마는 우울해하거나 노래를 흥얼거리거나 시도 때도 없이 깔깔거리지 않았다. 잠은 가장 단순하면서도 미묘한 맛과 향기를 품고 있었다. 사람들은 쉽게 그것에 취하고 농락당했다. 잠을 자는 동안의 엄마도 그런지 모른다. 일종의 도피처 내지 안식처를 거기서 구하는지도 모른다. 지금도 엄마를 이해하는 것은 아니다. 그건 이해하고 안 하고의 문제가 아니라는 걸 어느 순간 깨달았다.

 가끔 엄마가 마실 물에 수면제를 넣었다. 칼국수를 늘어지게 먹고 난 뒤끝이거나 밑도 끝도 없이 갑자기 수다스러워지면 나는 수면제를 숨겨둔 서랍을 은밀히 열었다. 엄마는 금세 말 잘 듣는 어린애처럼 눈을 감고 잠이 들었다. 엄마가 잠든 동안 장을 보고 청소를 하고 빨래를 하고 목욕을 했다. 그리고 엄마 옆에서 나도 잠들었다. 잠에서 깬 엄마는 길고 긴 꿈 이야기를 했다. 내가 여왕이 됐지 뭐니. 어떤 나라는 나란가 본데 기억이 안 나. 아무튼 그곳에서 내가 제일 높은 여왕이 된 거야. 머리에는 황금빛 왕관을 쓰고 어깨에는 비단 숄을 두르고, 호호호. 엄마는 웃느라고 말을 자꾸 끊었다. 매일 좋은 음식에, 그런 호강 한번 누려봤으면. 근데 사람들이 나만 보면 슬슬 뒷걸음질 쳐. 왜 그러지? 알 수 없어. 나는 여왕인데. 엄마는 끝내 다시 우울해졌다. 그러나 아주 잠시 엄마는 그 누구보다 행복해 보였다. 나는 그것을 꿈이라고 믿지 않았다. 그래도 엄마 옆에서 엄마가 다시 우울해질 때까지 열심히 고개를 끄덕거려주었다.

엄마가 하루 종일 콧노래를 흥얼거린다. 언제 칼국수를 끓여 먹었나 싶게 엄마의 정서 상태는 조증으로 급회전했다. 문제는 조증은 우울증처럼 오래가지 않는다는 점이다. 장을 보고 온 엄마가 시금치를 다듬는다.

"얘, 저기 마트에서 장사하면 괜찮을 것 같은데."

"어디?"

"새로 생긴 마트. 거기서 생선 장사하면 잘될 것 같지 않아?"

나는 싱크대 물을 틀어 손을 씻는다. 엄마의 중얼거림이 물소리에 섞인다. 토막 난 고등어들이 떠오른다. 조증이 아니다. 불길하다. 엄마에게 생선은 불길한 그 무엇이다. 또 얼마만큼의 고등어를 토막 내고 싶은 건지. 장사라니. 당장 이사할 돈도 없는데. 엄마는 미쳐가는 게 아닐까. 이 한증막 같은 더위 속에서 제정신을 놓고 있는 건 아닐까. 나는 멀쩡한 그릇을 꺼내 닦기 시작한다. 엄마의 중얼거림은 계속 이어진다. 간간이 목을 젖히고 웃는다. 갑자기 칼국수가 먹고 싶다. 퉁퉁 불은 국수 가락을 미어져라 입안에 밀어 넣고 싶다. 목덜미에서 땀이 흐른다.

눈을 뜬다. 고양이 소리다. 그동안 잠잠하더니 또 시작이다. 이불을 뒤집어쓴다. 그래 봤자 얇은 이불은 고양이 소리를 막아내지 못한다. 밤이지만 뜨거운 열기가 그대로 있다. 더위 때문에 뒤척이다가 간신히 잠이 들었는데. 한여름 밤의 고양이 울음은 농밀하고 끈적끈적하다. 그래서 신경이 더 거슬린다. 노파가 다시 고양이 밥을 주기 시작했나. 며칠째 아래층에서는 기척이 없다. 방바닥에 귀를 대고 숨을 죽인다. 아무런 소리도 감지할 수 없다. 새벽에 출근을 하려면 조금이라도 눈을 붙여야 하는데. 망할 놈의 늙은이 같으니라고. 자리에서 일어나 문을 열고 나온다.

현관문을 열고 아래층으로 향한다. 끈끈한 밤공기가 들러붙는다. 고양이 소리가 점점 가까워진다. 발소리를 죽이고 계단을 내려온다. 조도 낮은 불빛 때문에 어둑한 계단은 동굴로 향하는 입구 같다. 녹슨 난간이 손끝에서 바스러진다. 입구가 보인다. 주변을 빙 둘러싼 새 아파트에는 아직 불빛이 총총하다. 우리 집이 있는 이곳만 희미하고 어둑어둑하다. 고양이 울음이 규칙적으로 들려온다. 한 마리가 아니다. 마음이 급해진다. 어디일까. 건물 모퉁이를 돈다. 개복숭아나무 밑에 희끄무레한 형체가 보인다. 노파가 아니라 엄마다. 엄마는 개복숭아나무 밑에 무엇인가를 펼쳐놓는다. 후끈한 밤공기를 타고 생선 비린내가 훅 불어온다. 엄마가 생선 토막을 펼쳐놓는 사이 무너진 담 위에 새파랗게 번뜩이는 눈들이 밤하늘 별처럼 박혀 있다.

주머니에서 라디오 이어폰을 꺼내며 모니터를 주시한다. 막바지 휴가를 마치고 돌아오는 차량들로 빽빽하다. 길게 이어진 차량 행렬을 응시한다. 뭔가 수상한 기미가 느껴지는데 아무리 봐도 이상한 징후를 찾을 수 없다. 라디오 이어폰을 귀에 꽂는다. 이 짓도 오늘로써 끝이다. 재계약 언급이 없었다. 이제 다시 저 대열 속으로 들어가고 싶어도 들어갈 수 없다. 영원한 갓길 운행이 될지도 모른다. 엄마의 갓길은 고양이 먹이 주기인가. 아니면 칼국수 끓여 먹기인가.

 엄마의 상태가 심상치 않다. 어제 저녁부터 이상한 조짐을 보였다. 노파를 대신해 고양이 먹이를 주기 시작하면서 한동안 안정을 찾는 듯 보였다. 엄마는 낮에 생선을 사러 나갔다. 밤이 되면 어김없이 개복숭아나무 아래로 향했다. 고양이와 엄마의 조우는 짧고 간결했다. 가끔 누군가가 낡은 창문을 소리 나게 닫았다. 노파가 살던 집에 새로운 사람이 이사를 왔다. 아이들이 밤늦게까지 뛰어다녔다.

 모니터에서 눈을 떼지 않는다. 시그널 뮤직이 깔리면서 라디오 진행자의 낭랑한 목소리가 이어진다. 어젯밤에도 계속되는 열대야 때문에 잠 못 이루신 분들 많으실 겁니다. 이렇게 열대야가 수그러들지 않는 이유는 바로 열섬 효과 때문인데요…… 정체된 도로는 뚫릴 줄 모른다. 덜거덕거리는 소리에 깨 보니 엄마가 아침 일찍 밀가루를 찾고 있었다. 나는 서랍에서 수면제 한 움큼을 꺼내 들었다. 아, 속이 타. 시원한 칼국수 국물을 먹고 싶어. 엄마 몰래 반죽할 물에 수면제를 집어넣었다. 갑자기 핸들을 꺾어야만 했던 아버지의 역주행을 이해하게 된 것은 불행이었다. 길가에 뒹굴던 고등어의 피 맺힌 눈을 기억해낸 건 내 일생 최대의 실수였다. 수면제가 사라진 말간 물속을 한참 바라봤다. 엄마가 그 물을 밀가루 위에 쏟아부었다.

  진행자의 멘트가 나가고 음악이 흐른다. 프로그램에 극심한 정체, 소통 불능이라고 입력을 한다. 이제 어디로 가야 하나. 어디로. 모니터를 뚫어져라 쳐다본다. 차들이 열 지어 늘어선 아스팔트에서 지열이 올라온다. 길에 길이 없다. 분명 길은 길인데 길이 보이지 않는다. 빽빽한 차 대열 속에서 차 한 대가 천천히 움직인다. 어쩌려고. 나는 길이 없음이라고 자판을 두드린다. 아슬아슬하게 움직이던 차가 갓길 쪽으로 방향을 튼다. 그때 사차선 도로를 꽉 메운 차들 사이로 웬 여자 하나가 모습을 드러낸다. 2번 모니터다. 모니터 앞으로 바싹 다가앉는다. 수백 개의 모니터마다 똑같은 여자 형상이 보인다. 여자는 머리에 김이 나는 칼국수 냄비를 이고 있다. 사방이 막힌 도로 한가운데서 갈 곳을 몰라 이리저리 허둥댄다. 열대야 때문에 잠을 못 이루시는 분들이 계시면 한번 이렇게 해보세요. 잠들기 전에 가볍게 운동을 하고 미지근한 온수로…… 이어지는 진행자의 멘트가 아득히 멀어진다. 모니터 속 여자는 여전히 두리번거리고 서 있다. 그사이 갓길로 들어선 차가 순식간에 모니터에서 사라진다.

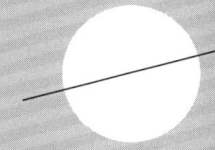

우리는 진화하거나 소멸한다

밥보다 햇빛이 더 기다려지는 이유

 방바닥에 햇빛이 넘실대기 시작한다. 햇빛은 바싹 붙은 이층집을 간신히 비껴 들어온다. 개미 한 마리를 잡아 앞뒤에서 각각 다리 하나씩을 떼어낸다. 개미는 더 이상 앞으로 나가지 못한다. 돋보기를 꺼내 햇빛을 모은다. 방바닥에 유리알처럼 투명한 동그라미가 생긴다. 동그라미를 개미와 겹쳐지게 한다. 손 높이를 조절해 초점을 맞춘다. 동그라미가 작아지면서 빛이 강해진다. 뒤집힌 개미가 버둥댄다. 발끝과 손끝이 저릿저릿해온다. 나는 이 느낌이 좋다. 너는 결코 죽는 게 아니야. 내 힘의 원천으로 새로 태어나는 거라고. 다시 말하면 너는 진화하는 거지. 파워풀한 변신이야. 한 발로 방바닥을 가볍게 두드리며 장단을 맞춘다. 개미의 움직임이 차츰 무뎌진다. 내

발장단도 느려진다. 가느다란 연기가 피어오르며 노린내가 진동한다. 몸에 힘이 솟는다. 내가 살아 있음을 가장 절절하게 느끼는 순간, 행복이란 이런 것이 아닐까.

밖에서 분절기 소리가 난다. 손님이 온 모양이다. 그가 털이 말끔히 뽑힌 닭을 분절기에 들이댄다. 날카로운 칼날이 배를 가르고 날갯죽지를 자른다. 번득이는 칼날이 살 속을 파고든다. 나는 한 손으로 배를 움켜쥔다. 다행히 분절기 소리가 금방 그친다. 이런 경우 백숙이나 삼계탕에 쓸 닭을 사러 온 게 분명하다. 삼계탕용은 배를 가르고 똥구멍에 붙은 기름 덩어리만 떼어내면 된다. 반면에 닭볶음용은 여러 조각을 낸다. 분절기 소리가 길게 이어질수록 그 닭은 잘게 토막 내진다. 개미 여덟 마리를 태우는 동안 닭 세 마리가 팔렸다. 비교적 손님이 많은 날이다.

아홉번째 개미가 타고 있다. 타고 있는 개미 옆으로 다른 개미들이 연신 왔다 갔다 한다. 판자로 칸막이를 한 방은 곳곳이 개미 통로다. 개미는 오로지 죽기 위해서 살고 있는 것처럼 보인다. 서로 먼저 죽기 위해서 바삐 움직인다. 적어도 이곳의 개미들에게는 죽음이 삶 그 자체다. 나보다 개미들이 그걸 즐긴다. 삶을 즐기는 방식, 그것이 곧 죽음이다. 개미들은 이곳에서 가장 현명한 삶의 방식을 체득했다. 저들에게도 기억이나 추억 따위가 존재한다면 상황은 달라질지도 모른다. 삶을 즐기는 방식을 결정짓는 요소가 지혜나 용기 따위보다는 아주 오래된 낡은 기억 한 조각일 수도 있다는 걸 개미들은 모르는 눈치다. 오래전 그들에게 무슨 일이 일어났을까. 기억이나 추억 따위는 결코 우호적인 게 아니다. 개미를 태우다 가끔 이런 생각들을 떠올린다. 간혹 문 저 너머 그가 즐기는 삶의 방식에 대해서도 의혹의 눈초리를 보내면서 말이다. 이것이 내가 살아 있음, 즉 삶을 즐기는 방식이다. 나는 아침부터 방구석에 쪼그려 앉아 밥보다 햇빛을 더 기다린다.

문이 열리고 그가 쟁반을 디밀어 놓는다. 문이 다시 철컥 닫힌다. 쟁반에는 밥 한 주걱과 삶은 닭발 서너 개가 전부다. 밥그릇을 보면 그날 바깥 상황을 알 수 있다. 오늘같이 닭발이나 닭똥집이 나오는 날은 장사가 잘됐거나 그에게 다른 기분좋은 일이 있다는 증거다. 한 끼 밥을 제대로 넣어주는 것만도 다행이다. 어느 땐 반나절이 지나도록 아무것도 주지 않는다. 그래도 나는 함부로 나가지 못한다. 방 밖에는 분절기가 지키고 있다. 분절기는 그의 영역을 지키는 파수꾼이다. 분절기에 눈 코 입이 달린 것도 아닌데 그 앞을 지나치려면 발이 떨어지지 않는다. 이것이 내가 그를 두려워하는 이유이기도 하다. 나는 종종 분절기에 디밀어지는 닭들이 사람처럼 악을 쓰는 꿈을 꾸곤 한다. 닭들은 "살려줘" 혹은 "너 같으면 이렇게 죽고 싶겠니?" 하고 털이 매끈하게 뽑힌 몸을 버둥대며 앙칼지게 외쳤다. 문밖으로 발을 내딛는 순간 닭 대신 내 목이 분절기에 디밀어질지도 모른다.

요란한 기계음이 오래 이어진다. 이번에는 볶음용이군. 분절기 소리가 그치지 않는다. 웬 닭을 저렇게 많이 사. 그는 능숙한 솜씨로 배를 가른다. 이번에도 여지없이 분절기의 날카로운 칼날이 살 속을 파고든다. 사지가 토막토막 잘려 나가는 것 같다. 나는 쟁반 위의 그릇을 집어 던진다. 방바닥에 밥과 닭발이 흩어진다. 눈을 감고 벽에 몸을 기댄다. 이제 닭발이라면 신물이 난다. 햄버거, 아이스크림, 초콜릿, 도넛. 어렴풋한 기억들을 더듬는다. 비참하게도 이제 더는 그 기막힌 맛들을 재생시킬 수 없다. 햄버거와 도넛의 구별도 분명치 않다. 엄마가 곧잘 사주던 버섯 모양의 과자 상자에는 숨은그림찾기가 있었다. 방바닥에 배를 깔고 초콜릿이 묻어 있는 버섯 모양의 과자를 천천히 주워 먹으며 모자와 숟가락, 압정 따위를 하나하나 찾던 재미는 먹는 것 이상의 즐거움이었다. 매번 뻔한 그림이었지만 끝까지 눈에 띄지 않는 게 있었다. 그걸 찾으려고 그림을 이리 돌려보고 저리 돌려보다가 엎드려 잠이 들던 기억들이 끝없이 이어지는 분절기 소리에 처참히 바스러진다.

언제부턴가 내 일상은 오백원짜리 과자 상자에 그려진 숨은그림찾기만도 못한 게 돼버렸다. 그 모든 걸 빼앗아 간 건 힘이다. 그렇다, 힘이다. 힘. 퍼뜩 정신이 든다. 고작 먹는 투정이라니. 나는 다시 의연해지기로 한다. 그까짓 햄버거에 목을 매다가는 일을 그르칠 수도 있다. 내 삶의 목적은 오로지 힘을 기르는 일이다. 언젠가는 유유하게 이곳을 빠져나갈 것이다. 배 속에서 요란한 소리와 함께 참을 수 없는 시장기가 몰려온다. 이런 일로 투정을 부릴 때가 아니지. 힘을 축적해야 해. 밥과 닭발에 금세 개미가 꼬였다. 손으로 밥을 집어 먹기 시작한다. 닭발에 붙은 개미를 털어내고 오도독오도독 씹어 순식간에 먹어치운다. 그의 굵은 팔뚝을 떠올리면서 질긴 닭발을 꼭꼭 씹어 삼킨다.

슬슬 가려움증이 도진다. 정강이에서 시작된 가려움증은 허벅지와 목덜미로 번진다. 손톱을 세워 닥치는 대로 긁어댄다. 온몸이 벌겋게 물든다. 마침내 몸을 웅크리고 구르기 시작한다. 점점 더 격렬하게 움직인다. 방바닥에 몸을 비벼대다 옷장 모서리에 머리를 부딪힌다. 눈물이 찔끔 난다. 좁은 방에 옷장이 있다는 사실을 자주 잊어버린다. 부딪히지 않는 방법은 가려움증이 사라지든지 옷장을 치워버리든지 둘 중 하나다. 그러나 둘 다 불가능하다. 작고 검은 옷장은 아무리 봐도 기분이 별로다. 저런 크기의 옷장이 어떻게 이 방에 존재하는지 불가사의다. 방문이나 창문이나 옷장이 들어오기에는 어림도 없는 크기다. 옷장은 굳게 잠겨 있다. 단 한 번도 속을 들여다본 적이 없다. 내가 죽기만을 기다리는 저승사자 같은 옷장을 내 힘으론 도저히 어찌해볼 수 없다. 애꿎은 머리만 찧어대는, 아무튼 재수 없는 옷장이다.

그의 방에서 여자 웃음소리가 난다. 엄마가 있을 때에는 들어본 적이 없는 소리다. 벽에 귀를 바싹 대고 숨을 죽인다. 간드러지는 여자 목소리가 벽을 타고 넘어온다. 가늘고 알록달록한 뱀 한 마리가 품 안으로 미끄러져 들어온다. 여자가 고양이 앓는 소리를 낸다. 여자의 야들야들한 허벅지에 내 뺨을 대고 있는 기분이다. 불기둥을 품고 있는 것처럼 온몸에 열이 오른다. 뱀이 성기 주위를 맴돈다. 바람을 불어넣듯 성기가 자꾸 커진다. 뱀이 성기를 감는다. 이번에는 내 입에서 여자가 내던 신음 소리가 흘러나온다. 성기를 감고 있던 뱀이 스르륵 몸을 풀고 빠져나간다. 성기를 이불에 쓱 닦고 돌아눕는다. 여자와 요상한 자세로 얽혀 있는 그를 상상한다. 검은 옷장이 나를 내려다본다.

똥개를 동경하다

 밖이 시끄럽다. 아침인가 보다. 아침이라야 딱히 할 일도 없다. 이불을 다시 뒤집어쓴다. 그가 밥을 디밀고 가면 그때 그거나 주워 먹으면 된다. 몸 여기저기가 따갑고 근질거린다. 이불 속에서 빠져나온다. 개미 한 마리가 바짓가랑이 속으로 기어 들어온다. 재빨리 바지를 벗어 털어댄다. 방바닥에 개미가 떨어진다. 팬티도 마저 벗어 살핀다.
 옆방에서 어젯밤 그 여자 소리가 또 들린다. 오늘은 첫째 아니면 셋째 화요일이다. 닭집의 정기 휴일이다. 그는 아직도 여자하고 이불 속에 있다. 아침밥을 먹긴 틀렸다. 여자가 간 후에야 찬밥 한 덩어리를 내줄 것이다. 여자가 또 뱀을 풀어놓는다. 여자의 입에서, 배꼽에서, 사타구니에서 뱀이 쏘옥쏙 빠져나온다. 빠져나온 뱀이 얇은 벽을 뚫고 내게로 온다. 바라만 보고 있는데, 난 아무 짓도 하고 싶지 않은데, 성기가 또 자란다. 뱀이 붉은 혀를 날름거리며 다리를 타고 올라온다. 앉을 수도 누울 수도 없다. 성기를 감아 조인다. 그때 흉터로 얼룩진 다리가 눈에 들어온다. 에잇, 씨발. 창밖으로 고개를 돌린다. 이층집 계집애와 눈이 마주친다. 제기랄. 후다닥 방구석으로 피한다.

"그거 재미있니?"

또랑또랑한 계집애 목소리가 들린다. 그가 들으면 큰일이다. 이불로 대충 몸을 가리고 창가로 간다. 조용히 하라고 손가락을 입에 대 보인다.

"그거 재밌냐구. 심심해 죽겠어."

계집애가 목소리를 낮춘다. 계집애는 지나치게 살이 쪘다. 가뜩이나 작은 눈이 살집에 파묻혀 제대로 보이지도 않는다. 나는 고개를 끄덕해 보인다.

"어떻게 하는 건데?"

웃기는 계집애다. 별걸 다 가르쳐달라니.

"뱀이 있어야 돼."

"뱀?"

"그래. 그러니까 지금은 가르쳐줄 수 없어."

"뱀이 왜 필요한데?"

"아무튼 그런 게 있어."

"난 어때?"

"안 돼. 넌 뱀이 아니잖아."

계집애가 넘어오지 못하도록 손사래를 친다.

"잠깐, 누가 왔나 봐!"

갑자기 계집애 머리가 담 밑으로 쏙 들어간다. 이때다. 얼른 창문을 닫고 돌아선다. 뱀은 어느새 사라지고 없다. 팬티를 집어 든다. 그새 개미가 붙었다. 털어보지만 잘 떨어지지 않는다. 손으로 일일이 집어 뜯는다. 옷을 입고 방구석에 숨겨둔 석유통을 꺼내온다. 햇빛이 들지 않는 날은 개미들의 화형식을 할 수 없다. 종일 잡아도 끝이 없다. 그럴 때는 개미 통로에 석유를 살짝 흘려놓는다. 석유 냄새를 맡은 개미들은 당분간 그 길로 다니지 않는다. 석유통을 기울여 개미 통로에 뿌린다. 길을 잃어버린 개미들이 사방으로 흩어진다. 알싸한 석유 냄새가 좋다.

분절기 소리가 금방 그친다. 반나절이 다 갔는데 겨우 두 마리 팔렸다. 누군가 창문을 두드린다. 계집애다. 비좁은 창문으로 계집애가 넘어온다. 사람이 드나들기에는 너무 작아서 나는 엄두도 못 내는 창문이다. 뚱뚱한 계집애의 몸은 신기할 정도로 유연하다. 마치 젤리처럼 줄어들었다 늘어났다 한다. 벌써 두번째다. 계집애는 나를 보고도 놀라거나 무서워하지 않는다. 계집애는 텔레비전처럼 시끄럽고 수다스럽다.

"이러다 들키면 어쩌려고."

"괜찮아. 도망가면 돼."

계집애는 얕은 뒷담을 타고 몰래 드나든다.

"그럼 심심해 죽겠는걸. 우리 엄마는 나한테 관심도 없어. 학교를 가든지 말든지. 매일 나갈 때마다 그냥 집이나 잘 보래. 차라리 똥개를 한 마리 기르지."

똥개, 계집애 말대로 차라리 똥개였으면 좋겠다. 더러운 몰골로 어슬렁어슬렁 골목을 쏘다니는 똥개. 사람이 똥개를 동경할 수도 있다는 걸 그는 알까. 희한하게도 계집애는 그걸 아는 눈치다. 어쩌면 계집애와 통하는 구석이 있을지도 모른다.

"디지몬이 우리 엄마였으면 좋겠어."

계집애가 호주머니에서 사과를 꺼낸다. 한입 베어 먹고 내게 들이민다. 계집애가 먹은 반대편으로 잇자국을 낸다.

"디지몬?"

"그것도 몰라? 엄청 재미난 만화영화데. 난 매일 디지몬만 봐. 한 백 번은 봤을걸. 엄마보다 디지몬이 백배는 더 좋거든."

계집애가 바닥에 드러눕자 배 속에서 출렁 물소리가 난다. 나는 계집애 옆에 모로 눕는다. 계집애가 잇자국을 낼 차례다.

"그런데 꼭 뱀이 있어야 돼?"

햇빛이 들기 시작한다. 계집애 뺨에 햇볕이 내려앉는다. 복숭아 털 같은 솜털이 바르르 떨린다.

"앗 따가워."

계집애가 놀라서 일어난다. 옷 속에 손을 집어넣고 턴다. 개미가 떨어진다. 먹던 사과로 개미를 누른다.

"그렇게 죽이면 재미없어."

나는 돋보기를 가져와 개미한테 초점을 맞춘다. 개미가 도망간다. 개미 다리 두 개를 떼어내고 다시 초점을 맞춘다. 남은 개미 다리가 요란하게 움직인다. 거대한 개미 위에 올라탄 느낌이다. 저릿저릿한 쾌감이 온몸을 관통한다. 개미 움직임이 차츰 둔해진다. 연기가 피어오르며 노린내가 난다. 계집애는 신기한 듯 숨을 죽이고 쳐다본다. 어깨가 저절로 으쓱해진다. 계집애가 바싹 내 곁으로 다가앉는다.

새우깡으로도 달래지 못한 슬픔

가게 뒤에서 덜거덕거리는 소리가 들린다. 문 틈새로 내다본다. 그가 화로를 내놓고 그 위에 커다란 솥을 올린다. 점심 때는 오랜만에 백숙을 먹겠군. 가끔 그는 화로를 내놓고 닭을 삶는다. 팍팍한 가슴살에 어쩌다 날갯죽지 하나가 디밀어지지만 그래도 닭발이나 똥집보다는 별미다. 저렇게 큰솥에 닭 세 마리는 들어갔을 텐데. 하긴 구십 킬로그램이 다 되는 거구를 지탱하려면 그만큼은 먹어야겠지. 그가 솥뚜껑 위에 커다란 돌 두 개를 올려놓는다. 아직 삼월인데 반소매 차림이다. 팔뚝에 불거진 시퍼런 심줄이 실뱀 같다. 닭 모가지를 자르면 자를수록 그의 팔뚝은 굵어졌다.

 엄마는 전생에 닭이었을지도 모른다. 이 세상에서 닭 잡는 걸 제일 싫어했다. 먹고사는 일인데, 엄마는 마지못해 가게를 지켰다. 칼을 잡은 손이 덜덜 떨렸고 닭을 놓치기 일쑤였다. 차라리 굶어 죽으면 죽었지 이 짓은 못 하겠다며 칼을 내려놓았다. 요런, 맹추 같으니라고. 다 죽은 걸 가지고. 그는 시커먼 발로 엄마 정강이를 걷어찼다. 모가지를 확 비틀어버린다고 으름장을 놓았다. 그런 일이 아니어도 엄마 몸에는 멍이 가실 날이 없었다.

 그는 가끔 산 닭을 사왔다. 닭을 즉석에서 잡아주기를 고집하는 손님들이 있기도 했지만, 그의 목적은 딴 데 있었다. 산 닭을 잡아서 손질하는 것은 늘 엄마 몫이었다. 콩알만 한 엄마 심장을 황소 간만 하게 부풀려놓는다는 명목에서였다. 엄마는 파닥거리는 날갯죽지를 잡는 데만도 시간을 꽤 소비했다. 그렇게 잡혀온 닭은 그와 손님이 보는 앞에서 공개 처형을 당했다. 아니, 거기 말고 좀더 아래. 그렇지. 거길 정확하게 기입쑤욱히 찔러. 단숨에 끝내야 돼. 그는 무술을 전수하는 사람처럼 진지하게 코치를 했다. 엄마는 시퍼렇게 날이 선 칼로 닭의 목을 겨냥했다. 칼을 잡은 손이 부들부들 떨렸다. 칼이 번번이 빗나갔다. 상처만 입고 숨이 끊어지지 않은 닭은 피를 흘리며 몸부림을 쳐댔다. 하얗게 질린 얼굴로 엄마는 다시 닭 모가지에 칼을 꽂았다. 김이 설설 나는 피가 쏟아졌다. 피를 뽑은 닭을 끓는 물에 담갔다 꺼냈다. 뜨거운 물에 데쳐낸 닭은 털이 숭숭 뽑혔다. 엄마 얼굴이 석고상처럼 굳어졌다. 옆에서 지켜보던 그는 야릇한 미소를 흘렸다. 엄마의 닭 잡는 솜씨는 날로 익숙해졌다. 거봐. 자꾸 하니까 재미있지? 그가 낄낄거렸다. 엄마는 밤마다 헛소리를 지르며 깨어났다.

누워서 천장을 본다. 개미 두 마리가 약속이나 한 것처럼 양쪽에서 기어온다. 중간 지점에서 서로 엇갈릴 것 같다. 반도 못 가서 그중 한 마리가 떨어진다. 나는 얼른 몸을 피한다. 떨어진 개미는 비칠비칠 일어나더니 벽을 향해 기어간다. 벽을 오르기 시작한다. 서너 번을 떨어지고 오르기를 반복한다. 개미는 필사적으로 기어오른다. 반대편에서 오던 다른 한 마리는 그새 중앙을 가로질러 내려오고 있다. 바보 같은 놈. 나는 필사적으로 기어오르는 개미를 발로 쳐 떨어뜨린다. 아직 빛이 들어오지 않는다. 흐리거나 비가 오는 날은 종일 빛을 볼 수 없다. 그런 날은 개미들의 화형식을 할 수 없다. 힘을 축적할 수 없다. 그가 가게에서 닭 모가지를 잘라 힘을 기르는 동안 나는 방구석에서 개미를 죽여 힘을 기른다. 개미는 내 힘의 원천이다. 엄마가 이 사실을 일찍 터득했더라면 이를 악물고 닭 모가지를 비틀었을 텐데. 그를 이기기에 엄마의 힘은 역부족이었다.

비릿한 냄새가 방 안으로 스며든다. 문틈에 눈을 갖다 댄다. 그가 솥뚜껑을 연다. 뿌연 김과 함께 비릿한 냄새가 진동한다. 커다란 체에다 내용물을 쏟아붓는다. 형체를 알아볼 수 없는 건더기가 체에 걸러진다. 오늘은 닭이 아니다. 뭘까. 그는 다 걸러진 뽀얀 국물을 사발 가득 담아 후후 불어가며 마신다. 붉게 상기된 얼굴에 기름기가 번질거린다. 툭 불거진 관자놀이와 팔뚝에서 뱀이 꿈틀거린다. 국물을 마시던 그가 멈칫거린다. 이쪽을 쏘아본다. 나는 방문에서 움찔 물러난다. 발소리가 들리고 문이 열린다.

"먹어봐."

그가 국물이 담긴 사발을 디민다.

"어서!"

마지못해 사발을 받아 든다. 기름이 떠 있다. 역한 냄새 때문에 구역질이 난다. 사발을 방바닥에 내려놓는다.

"왜? 독약이라도 탔을까 봐?"

그가 비아냥거리며 국물을 마셔 보인다. 독약이라는 말에 기가 눌린 나는 사발을 마지못해 받아 든다. 천천히 국물을 마시기 시작한다. 역한 냄새에 속이 뒤집힌다.

눈만 뜨면 이 세상 모든 게 불행하게 느껴졌다. 밥을 먹고 새우깡 한 봉지를 다 먹어도 즐겁지 않았다. 어쩌다 갖고 싶던 미니카가 수중에 들어와도 도무지 행복하지 않았다. 그런 어느 날 내게도 깨달음의 시간이 찾아왔다. 모든 건 아빠라는 자리를 차지하고 있는 그 때문이었다. 나는 그 자리가 원래 그런 자리려니 하고 아홉 해를 살았다. 그러나 세상에는 그렇지 않은 아빠가 더 많이 널렸다는 사실을 알고부터 나는 말할 수 없이 슬퍼졌다. 새우깡도 미니카도 나의 슬픔을 막지 못했다. 그것은 엄마도 마찬가지인 것 같았다. 놀랍게도 내가 내린 결론은 아주 간단했다. 그만 없어지면 되었다. 그가 아빠 자리를 내놓거나 아주 사라지거나. 그러면 새우깡을 안 먹어도 미니카를 안 가져도 눈만 뜨면 행복이 밀려올 것 같았다. 밥을 먹다가 밥상이 뒤집히는 일도 없을 것이고, 잠자다가 별안간 엄마 손에 잡혀 맨발로 도망가지 않아도 될 터였다. 마침내 나는 음모를 꾸미기 시작했다. 틈틈이 닭 잡는 칼을 노렸지만 그의 포위망을 뚫을 수가 없었다. 칼은 그에게 밥숟가락처럼 보였다. 별것 아니면서도 막상 없어지면 큰일 나는 거였다. 일단 칼을 이용한 거사는 포기하기로 했다.

이 지구 상에서 그가 사라지기를 기다리는 건 하루아침에 지구가 폭발해버리기를 기대하는 것만큼 무모한 일이었다. 그를 힘껏 밀고 또 밀어 이 지구 밖으로 떨어뜨리기 위해선 내가 직접 나서야 될 것 같았다. 그건 내 행복을 위해서 내가 당연히 해야 할 일이었다. 그가 끓이는 백숙에 내가 구할 수 있는 온갖 나쁜 것은 다 집어넣었다. 바퀴벌레며 이름도 모르는 벌레들을 잡아다 넣었다. 엄마가 가끔 먹는 알약을 몽땅 털어 넣기도 했다. 마지막으로 솥에 대고 오줌도 갈겼다. 이 모든 게 독이 되어 그를 지구 밖으로 서서히 밀어내리라. 어느 순간 그는 중심을 잃고 지구 밖으로 떨어지리라. 영원히. 나는 마지막 한 방울까지 살뜰하게 털었다. 볼일을 다 보고 바지를 올리는데 별로 유쾌하지 않은 기척이 느껴졌다. 묵직한 손이 뒷덜미를 잡아 올렸다. 그였다. 순간 그를 지구 밖으로 몰아내는 것보다 아프리카 밀림에서 콜라병을 찾는 게 더 쉬울지도 모른다는 생각이 스쳤다.

다 마시고 빈 그릇을 내려놓자 그의 입가에 기이한 미소가 걸린다. 그의 입에서 뱀 대가리가 쏟아져 나올 것만 같다.

툭, 압정이 떨어지다

그의 손에 가위가 들렸다.
"머리를 잘라야겠어."
나도 모르게 두 손으로 머리를 움켜잡는다. 머리 자르는 것은 정말 싫다. 다시 말해 그는 좋아한다는 뜻이다. 그는 누군가의 얼굴이 일그러지는 걸 일부러 즐긴다. 머리 자를 때 일그러지는 내 얼굴이나 닭 잡을 때 하얗게 질리던 엄마 얼굴이

나 그에게는 심심풀이 오락 같은 것이다. 그가 삶을 즐기는 방식은 늘 이런 식이다. 목에 보자기를 둘러주고는 뒷머리부터 자르기 시작한다. 날 스치는 소리와 함께 머리카락이 떨어진다. 예리한 가윗날이 목 언저리를 배회한다. 가윗날이 목에 닿을 때마다 온몸에 소름이 돋는다. 그는 언제고 마음만 먹으면 내 목에 가윗날을 푹 박을 수 있다. 그의 얼굴을 힐끗거린다. 배 속에서 조금 전에 마신 국물이 올라온다. 목에 힘을 준다. 순간 귀 끝이 아리다. 손으로 귀를 움켜쥔다. 피다.

"가위가 왜 이 모양이야!"

그가 숫돌에 가위를 간다. 나는 귀를 움켜쥐고 방 안으로 뛰어 들어온다. 온몸에 불이 붙었는데도 용케 머리카락은 타지 않았다. 머리카락은 내 몸 중에서 유일하게 성한 부분이다. 내가 살아 있다는 것을 느끼게 해준다. 그는 길게 자라는 내 머리를 그냥 두지 않는다. 그가 키우는 건 내가 아니라 머리카락이다. 오로지 자르기 위해서 키우는 머리카락이다. 그는 그것을 즐긴다. 가위질을 하는 그의 눈빛은 오래전 닭 모가지에 칼을 꽂던 엄마를 바라볼 때처럼 희열로 가득 차 있다. 언젠가 그의 손끝에 두 귀가 잘려 나갈지도 모른다.

조금 더 크자, 밥을 다 먹고 새우깡 한 봉지를 다 먹어도 결코 행복해질 수 없다는 진리를 알아버리자, 더 이상 새우깡 따위에 손이 가지 않았다. 그 대신 위험하고 아슬아슬한 것들에 자꾸 손이 갔다. 가스 밸브가 눈에 들어왔다. 그가 엄마를 협박하는 데 여러 번 써먹은 수법이었다. 식칼을 손에 움켜쥐었다. 그의 배를 가르듯이 힘을 주어 가스 밸브를 그었다. 쉬익. 가스 냄새가 새 나왔다. 선반에 있는 라이터를 움켜쥐고 밖으로 나왔다. 이제는 새우깡을 안 먹어도 행복해지는 날이 올 것이다. 라이터 불을 켜 부엌을 향해 힘껏 던졌다. 폭음과 함께 불기둥이 치솟았다. 그때 불길을 헤치고 튀어나오는 허연 물체가 보였다. 엄마였다. 그 순간 느닷없이 숨은그림찾기의 단골 메뉴, 압정이 떠올랐다. 숨은그림찾기를 할 때 가장 먼저 찾는 것도, 가장 늦게 찾는 것도 압정이었다. 어느 땐 한눈에 쏙 들어왔다가 어느 땐 아무리 눈을 비비고 찾아도 보이지 않았다. 찾기를 포기하고 방구석에 밀어놓았다가 우연히 거꾸로 본 그림 속에서 압정이 툭 떨어지곤 했다. 엄마는 위험하고 아슬아슬한 배경 속에 압정처럼 숨어 있었다.

날 가는 소리가 그쳤다. 문틈으로 내다본다. 그가 날이 선 가위를 손바닥으로 쓸어본다. 이쪽을 잠시 쏘아보고 일어선다. 나는 짧아진 머리를 두 손으로 감싸 잡는다. 몸속의 기운이 빠져나간 것같이 나른하고 속이 메스껍다. 그가 노리는 게 이것인지도 모른다. 잠시 후 밖을 엿본다. 그가 사라진 자리에 가위가 놓였다. 살그머니 나가 가위를 가지고 들어온다. 가위는 생각보다 날렵하고 가볍다. 한 손으로 머리를 더듬는다. 차라리 몽땅 잘라버리면. 그의 즐거움도 사라질 것이다. 가위를 머리카락 가까이 가져간다. 그런데 내가 살아 있다는 느낌은 어떻게 되는 거지.

우리들의 문장이 빛날 때

 방에 햇볕이 들어올 무렵 계집애가 왔다. 또 개미만 열 마리째 죽이고 있다. 그 표정이 사뭇 비장하기까지 하다. 마치 무슨 의식을 치르는 것 같다. 뱀 얘기는 꺼내지도 않는다. 드러난 목덜미에 하얀 솜털이 보송보송하다. 계집애한테서 알록달록하고 매끈매끈한 뱀이 빠져나올 것 같아서 조마조마하다. 계집애가 오면 좁은 방이 천국처럼 변한다. 여기서 천년만년을 살라고 해도 좋을 듯 계집애는 내가 모르는 곳으로 자꾸 나를 끌고 간다. 계집애는 개미보다 더 강한 그 무엇을 가지고 있다. 그게 힘인지 아닌지는 아직 잘 모르겠지만 아무튼 계집애가 싫지는 않다.
 해가 기울자 계집애는 집에 돌아갔다. 계집애가 먹다 만 사과에 개미가 우글거린다. 사과를 집어 들자 개미가 흩어진다. 남은 개미를 손으로 털어버리고 마저 먹는다. 사과 속까지 말끔히 먹고 배 속에 사과 씨를 심는다. 배 속에서 사과나무가 자라면 좋겠다. 사과나무가 자라 가려움꽃 대신 사과꽃이 피면 좋겠다. 계집애가 매일 내게로 와 사과를 따 먹으면 좋겠다.
 지루한 밤이다. 방구석에 굴러다니는 유리병에 개미를 잡아넣는다. 개미가 병 속을 뱅글뱅글 돈다. 병 바닥이 까매지도록 개미를 채운다. 계집애가 좋아할 것이다. 계집애가 개미 한 마리를 꺼내 태울 때마다 계집애한테서 가늘고 긴 뱀이 빠져나올지도 모른다. 밖에서 인기척이 난다. 얼른 유리병을 이불 속에 숨긴다. 그가 그릇을 디밀어놓고 간다. 이불 속에 숨겼던 유리병을 꺼내 흔든다. 영양제 캡슐이 든 약병을 흔들어대는 기분이다. 이층집을 올려다본다. 불이 꺼져 있다. 이불을 뒤집어쓰고 누워버린다.

사방이 어둠으로 고요하다. 벌떡 일어나 달려 나가면 세상이 끝없이 펼쳐질 것만 같다. 비로소 나는 자유로워진다. 안과 밖의 구분이 없어지고 갇혀 있음에서 풀려난다. 암흑은 보이는 것을 보이지 않게 하고, 보이지 않는 것을 보이게도 한다. 어둠 속에서 나는 상처 없는 온전한 몸이다. 눈을 감고 어둠 속에 안긴다. 그때 그의 방에서 여자 소리가 난다. 두 손으로 귀를 틀어막는다. 아늑함이 깨지려 한다. 나는 개미가 든 병을 마구 흔든다.

다섯번째 개미가 다 타도록 계집애는 오지 않는다. 돋보기를 내려놓고 벽에 기댄다. 재미가 없다. 방바닥에 둥근 모양의 빛이 어른거린다. 빛은 사방으로 움직인다. 창가로 가 이층집을 올려다본다. 눈이 부시다. 계집애가 거울로 빛을 반사시켜 비추고 있다. 나는 바깥 동정을 살피기 위해 귀를 기울인다. 날카로운 분절기 소리가 난다. 계집애가 왔다. 계집애 손에 들린 비닐봉지를 낚아챈다. 콜라와 빵이 들었다. 계집애한테 유리병을 던져주고 빵을 먹는다. 계집애는 유리병에서 개미를 꺼내 태운다. 개미 두 마리를 태우고 난 계집애가 하품을 해댄다.

"아, 심심해."

주위를 둘러보던 계집애가 벌떡 일어난다.

"우리 여기 들어가보자."

계집애가 옷장 문을 잡아당긴다. 꼼짝도 하지 않는다.

"잠겼어."

내 말을 무시한 계집애가 머리핀을 빼 옷장 열쇠 구멍에 넣고 돌린다. 딸깍 옷장 문이 열린다. 그것도 너무 싱겁게. 신기하기도 하고 기가 차기도 하다. 내가 열지 못한 옷장 문을 열다니. 계집애는 나보다 힘이 더 센 것 같다. 옷장 문을 활짝 열어젖힌다. 퀴퀴한 냄새가 쏟아진다. 조심스레 옷장 안을 살핀다. 안쪽에 커다란 거울이 붙어 있다. 무덤 속에서 걸어 나온 듯한 흉측한 형상이 거울 속에 비친다. 벌겋게 속살이 내비치는 얼굴. 심하게 일그러진 눈두덩. 간신히 흔적만 남은 뭉개진 코. 여지없는 괴물의 몰골이다. 구부정한 허리 때문에 키는 십여 센티미터나 작아 보인다. 나는 옷장 속에서 후다닥 뛰쳐나와 가위를 찾아 집어 들고 머리를 자르기 시작한다. 바닥으로 머리카락 뭉치가 뭉텅 떨어진다.

"왜 그래?"

영문을 모르는 계집애가 다그친다. 손에 잡히는 대로 머리카락을 잘라댄다. 방바닥에 머리카락이 흩어져 쌓인다.

"왜 그러는데?"

가위질을 멈추고 계집애를 노려본다.

"솔직히 말해봐. 너도 내가 무섭지?"

"아니. 하나도 안 무서워. 난 혼자 있는 게 제일 무서워."

"이래도?"

나는 바지를 걷어 올려 뼈가 허옇게 드러날 정도로 뒤틀린 정강이를 계집애에게 들이민다.

"이건 진화하고 있는 거야. 디지몬처럼. 진화할 때는 모습이 변해. 어떤 힘이 변하게 해. 그런데 그 힘이 뭔지는 나도 잘 몰라."

"디지몬?"

"그래. 진화하면서 힘이 점점 세져. 나도 진화하고 싶어. 아주 힘이 센 디지몬처럼 절대완전체, 아니 그것보다 더 센 초특급절대완전체가 될 거야."

계집애는 신이 나서 떠든다.

"지금 나한테 만화영화를 믿으라는 거니? 난 얼마 못 살고 죽을 거야."

"넌 죽지 않아. 힘이 더 세질 거야. 진화하고 있는 거라구. 그래서 난 니가 좋아."

"아니야. 난 곧 죽을지도 몰라. 그놈은 나를 밖에 나오지도 못하게 해. 사람들이 나를 보면 닭을 사러 안 올 거래. 그래도 어쩔 수 없어. 그놈은 나보다 힘이 아주 세거든."

"그놈?"

"응, 그런 게 있어."

나는 옷을 벗어 맨몸을 계집애에게 들이댄다.

"이것 봐. 온통 흉터투성이야. 이래도 힘이 세진단 말이야?"

"넌 절대로 안 죽어!"

한참을 들여다보던 계집애의 눈에 눈물이 고인다. 넘쳐나는 눈물이 볼을 타고 뚝뚝 떨어진다. 서럽게 우는 계집애를 품에 안는다. 순전히 나 때문에 누군가가 우는 모습은 처음 본다. 계집애를 더 꼭 끌어안는다. 미지근한 눈물이 내 얼굴에 묻는다. 내가 사과나무면 좋을 텐데. 사과 하나 뚝 따주면 울음을 그칠 텐데. 계집애의 목덜미에 가만히 입술을 갖다 댄다. 울음을 그친다. 목덜미에서 입술을 뗀다. 계집애가 나를 보며 씽긋 웃는다. 젖은 눈매가 더 작아 보인다. 별안간 계집애가 옷을 벗는다. 통통한 살이 뽀얗다. 팬티만 남기고 옷을 홀랑 벗은 계집애가 이번에는 내 옷을 벗긴다. 그리고 옷장 속으로 들어간다. 나도 따라 들어간다.

"디지몬은 다섯 단계로 진화해. 유년기, 성장기, 성숙기, 완전체, 절대완전체."

"그럼, 어떻게 하면 진화하는데?"
"문장이 빛날 때."
"문장?"
"니가 제일 소중하게 생각하는 거. 그게 니 문장이야. 밥이나 사탕 같은 거 말고 음, 눈에 보이지 않는 거. 누구랑 같이 있고 싶은 마음 같은 거."
"그럼, 니 문장은 뭔데?"
"그건 비밀이야!"

계집애는 고개를 가로젓는다. 겹겹이 늘어진 턱살이 흔들린다. 잠시 후 계집애가 슬그머니 팬티를 내린다.

"뭐 하는 거야?"
"쉿, 조용히 해. 여기 디지몬 세계로 가는 문이 있을지도 몰라."

계집애가 속삭인다. 옷장 틈새로 희미한 빛이 들어온다. 손바닥으로 빛이 들어오는 곳을 가린다. 희끄무레하게 보이던 형체가 까맣게 지워진다. 계집애의 뜨거운 숨결이 가까이에서 느껴진다. 계집애의 손이 내 성기에 닿는다. 갑자기 힘이 불끈 솟는다. 뜨거운 불기둥이 치솟는다. 계집애를 끌어안는다.

계집애가 주머니에서 비스킷을 꺼내놓는다. 계집애는 이틀이 멀다 하고 손거울로 신호를 보냈다. 그럴 적마다 나는 분절기 소리를 확인했다. 우린 초특급절대완전체가 되기 위해 옷을 벗고 옷장에 들어가 앉아 있었다. 정말로 힘이 세지는 느낌이 났다. 옷장 속에서 풍기는 야릇한 냄새에 취해 아물아물 깜박 잠이 들었다 깨 보면 계집애가 포동한 손으로 내 몸 이곳저곳을 만지고 있었다. 우린 거울 앞에 나란히 서서 서로 변해가는 몸을 보고 키득거렸다. 계집애는 나날이 뚱뚱해졌고 내 모습은 더 흉측하게 바뀌었다.

계집애가 개미를 태우고 나는 비스킷을 먹는다. 노린내와 비스킷 냄새가 섞여 이상한 냄새가 난다. 꼭 개미를 먹고 있는 기분이다. 요즘 들어 계집애 때문에 개미를 태울 수 없다. 한번 돋보기를 잡으면 해 질 때까지 놓지 않았다. 이러다가 계집애의 힘이 더 세지는 게 아닐까. 계집애는 이제 더는 옷장 속에 들어갈 수 없다. 살이 너무 많이 찐 탓이다. 먹던 비스킷을 방바닥에 내려놓고 계집애 손에서 돋보기를 빼앗는다. 돋보기를 빼앗긴 계집애가 눈을 치켜뜨고 쳐다보다가 나가버린다.

오래간만에 계집애가 왔다. 얼른 귀를 벽에 댄다. 다행히 분절기 소리가 들린다. 계집애는 그새 더 뚱뚱해졌다. 계집애가 봉지에서 오렌지를 꺼낸다. 긴 손톱을 껍데기 속에 푹 박더니 훌렁훌렁 껍질을 벗긴다. 그동안 나는 방에서 열심히 개미만 죽였다. 힘이 얼마큼 더 세졌는지 시험해보고 싶다. 계집애에게 달려들어 오렌지 껍질 벗기듯이 옷을 벗긴다. 투들

투들 삐져나온 허연 살점을 입술로 덥석 문다. 시큼한 오렌지 국물이 입안에 고이면서 힘이 치솟는다. 계집애는 계속 오렌지를 먹는다. 한입 베어 물 때마다 오렌지 국물이 사방으로 튄다. 터질 듯이 부푼 성기를 계집애 속에 집어넣으려는데 방문이 벌컥 열린다. 그가 문을 가로막고 서 있다. 놀란 계집애가 옷으로 얼른 몸을 가린다. 그가 묘한 미소를 흘리며 닭기름 묻은 손으로 부푼 성기를 툭툭 친다.

"원 없이 하게 해주지!"

나는 얼른 계집애를 밖으로 힘껏 밀어낸다. 간발의 차이로 문이 먼저 닫힌다. 자물쇠 채우는 소리가 들린다. 창문에 널빤지를 대고 못질을 한다. 계집애는 악을 쓰며 오렌지를 집어던진다. 터진 오렌지 알맹이가 벽과 바닥에 널린다. 방 안에서 오렌지 냄새가 진동한다. 구역질이 치민다. 사방이 컴컴하다. 엄마는 숨어서 무슨 생각을 했을까. 초특급절대완전체를 꿈꾸었을까.

오후 내내 먹은 게 없다. 가끔 분절기 돌아가는 소리가 들린다. 울다 지친 계집애는 잠이 들었다. 어둑한 방 안에 가늘고 희미한 빛줄기가 그어진다. 널빤지 한옆으로 틈새가 보인다. 그는 절대완전체쯤 될 것 같다. 절대완전체를 이기려면 초특급절대완전체가 되어야 한다. 힘을 모아야 된다. 돋보기를 찾기 위해 방 안을 둘러본다. 거울이 눈에 띈다. 거울을 들어 빛을 창밖으로 반사시킨다. 빛 무늬가 창틀과 널빤지 위에 걸쳐 생긴다. 거울을 이리저리 움직여보지만 틈새가 너무 작다.

옆방에서 간간이 여자 소리가 들리는 것 같기도 하다. 그의 문장은 뭘까. 여자와 뱀? 내 문장은 그를 이기는 것이다. 거울을 유심히 들여다본다. 누구의 얼굴인지 모르겠다. 저 두껍고 우글쭈글한 껍데기 속에 힘센 아이가 숨어 있다. 그가 닭 모가지를 자른 것보다 내가 개미를 더 많이 죽였다. 그 사실만은 틀림이 없다. 드디어 문장이 빛난다. 거울을 내려놓고 방구석에 숨겨둔 석유통을 가져온다. 뚜껑을 열고 판자 틈새로 석유를 흘려 옆방으로 보낸다. 옷장이며 방 가장자리에도 석유를 뿌린다. 돋보기로 빛을 모은다. 석유가 묻은 방바닥에 초점을 맞춘다. 초특급절대완전체가 되기 위한 의식이 시작된다. 이제 우리는 진화하려 한다.

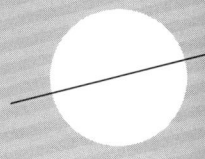

봄날

봄날, 사내는 죽어도 좋다. 봄 햇살을 받은 컨테이너는 들어앉아 있기에 가장 알맞다. 따스한 햇살을 받으며 초등학교 담장 너머로 노랗게 흐드러진 개나리를 보고 있으면 절로 콧노래가 흥얼거려졌다. 사실 사내가 끝까지 부를 줄 아는 노래는 없다. 어느 노래든 사내가 흥얼거리는 것은 언제나 딱 두 소절뿐이다. 처음이든 끝이든 아니면 가운데 토막을 뭉텅 잘라 두 소절이든, 그 두 소절을 돌리고 또 돌려도 사내는 흥이 났다. 사내에게 봄날은 그런 것이다. 아무리 부르고 불러도 싫증 나지 않는 유행가의 두 소절, 사내는 그것만으로도 알맞게 행복했다.

 구두의 세상, 사내는 컨테이너 외벽에 붙어 있는 손바닥만

한 아크릴판을 볼 때마다 어깨에 힘이 들어간다. 세상이 그렇게 좁아 보일 수가 없다. 컨테이너가 온 세상을 품고 있는 듯, 마치 대부족을 거느린 인디언 추장이라도 된 기분이다. 사내가 다스리는 세상이 바로 구두의 세상이다. 한번은 구두 굽을 갈러 온 학생이 아크릴판을 자꾸 힐끔거렸다. 왜, 뭐가 잘못됐어? 저기 아저씨, 구두의 '의' 자를 빼는 게 어떨까요. '의'는 번역 투거든요. 그리고 '의'는 사고를 한정 짓는 습성이 있어서요. 이를테면 그만큼 상상력을 감소시켜서 재미가 덜해요. 학생은 도수 높은 안경을 만지작거리며 새 굽을 단 구두에 발을 디밀었다. 글쎄. 내가 보기엔 그게 그거 같은데. 사내는 학생이 가고 난 후 아크릴판을 뚫어져라 쳐다봤다. 구두의 세상? 구두 세상? 쳇 싱겁긴. 별거 아닌 걸 가지고. 뭘 한정 짓고 뭐가 재미없다는 거야. 사내는 '의'를 그대로 내버려두기로 했다. 그건 사내의 행복과 무관해 보였다. 사내가 보기에 '의'가 있는 세상과 없는 세상은 아무런 차이가 나지 않았다. 한마디로 그게 그거였다.

사내가 구두의 세상에서 반평생을 살면서 터득한 진리는 구두가 사람보다 훨씬 더 인간적이라는 것이다. 구두는 정직하다 못해 바보스럽기까지 했다. 사내는 자연히 사람보다 구두를 더 믿게 되었다. 사내는 사람을 만나면 구두를 먼저 본다. 굳이 얼굴을 보지 않아도 그 사람이 신고 있는 구두만으로 그의 생김새를 짐작하는 경우도 종종 있다. 그 대표적인 예가 L이다. L은 구두의 세상 단골이다. 단골이라고 해봤자 한 달에 한 번 구두 굽을 갈러 오는 정도다. L이 직접 온 적은 없었다. 귀가 어두운 L의 노모가 구두를 들고 온다. 탭댄스를 출 때 신는 작은 사이즈의 남자 구두였다. 구두 안쪽 발뒤꿈치가 닿는 곳에 검은색으로 'L'이라고 적혀 있었다. 그래서 L이 되었다. 구두는 항상 깨끗하게 손질되어 있었지만 바닥과 굽이 심하게 닳아 있었다.

"아드님이 춤을 잘 추시나 봐요?"

사내는 발을 유연하게 움직여 화려한 스텝을 밟는 키가 작고 몸매가 호리호리한 남자 탭댄서를 떠올리며 노모에게 말을 걸었다. 노모는 소 눈처럼 큰 눈망울을 불안하게 이리저리 굴렸다.

"춤을 춘 지 오래되었나 보죠?"

노모는 사내 말을 들었는지 못 들었는지 고개를 돌려 밖을 내다봤다. 사내는 더 이상 말을 시키지 않았다. 땀을 흘리며 부지런히 스텝을 밟을 댄서를 떠올리는 것만으로도 즐거웠다. 땀 냄새가 밴 구두의 굽을 새것으로 갈았다. 구두 굽을 갈러 오는 횟수가 잦아지면 질수록 사내는 L에게 고마웠다. 수리비를 내지 않는다 해도 상관없을 듯했다. 그런 날은 괜히 콧노래가 절로 나왔다. 구두 광을 내는 손에 저절로 힘이 들어갔다. 또 한 명의 젊은이가 열심히 살고 있구나, 어느새 L과 사내는 오래전부터 알고 지내던 사이가 돼버렸다. 그러니까 구두를 먼저 보는 습관이 그냥 생긴 게 아니다.

사람들은 구두를 걸어 다니기 위한 도구라고 생각하기보다는 목걸이나 머리핀처럼 없어도 되는 물건으로 여겼다. 그러나 대부분의 사람들은 없어도 되는 목걸이나 머리핀을 반드시 갖고 있었다. 어떤 사람은 구두를 수십 켤레 갖고 있었다. 그런 사람일수록 구두를 목걸이나 머리핀같이 없어도 되는 물건으로 생각했다. 그건 구두의 세상에서 아이러니였다. 사내 같으면 그렇게 많이 소유하지 않을 것이다. 사내는 그것이 21세기 인간형을 구축하는 요소 중 하나라고 믿기로 했다. 그렇지 않고는 해독 불능이었다. 그런 의미에서 보면 사내 자신은 21세기 인간형이 아니었다. 사내는 구두가 딱 한 켤레밖에 없었다. 그래도 개의치 않았다. 그 대신 사내에게는 구두의 세상이 있지 않은가.

사내에게 요즘 색다른 일이 생겼다. 엠피스리가 그의 수중에 들어왔다. 대학생 딸아이가 남자 친구한테 새 엠피스리를 선물 받은 게 그에게는 더없는 행운이었다. 딸아이가 쓰던 엠피스리를 물려받던 날 그는 음악을 다운 받는 딸아이 곁에 바싹 붙어 서서 어린애처럼 신기해했다. 손가락 두 개만 한 곳으로 「가요무대」한 회분이 몽땅 들어갔다. 열 회분도 더 넘게 들어가도 끄떡없단다. 사실 음악을 들을 수 없어서 노래를 못 배운 건 아니다. 라디오를 마냥 틀어놓고 사는데, 그 사실을 알 만한 사람은 다 아는데, 그는 그냥 멋을 좀 부리고 싶었다. 21세기 인간형은 못 되더라도 그에 준하는 뭔가가 있어야 될 것 같았다. 하루 종일 구두를 수선하면서 그가 부릴 수 있는 멋의 한계는 고작 그것이었다. 라디오 대신 엠피스리를 듣는 거, 그게 그의 유일한 사치다. 그리고 조금 더 행복해지는 봄날, 그는 그래서 또 행복하다.

이어폰에서 생소한 노래가 흘러나온다.

"요즘 유행하는 트로트도 다 집어넣었어요."

엠피스리를 건네주면서 딸아이가 씽긋 웃었다. 사내는 구두 광내던 손을 멈추고 음악에 귀를 기울인다. 그중에 역시 두 소절이 입안에서 맴돈다. 멈추었던 손을 부지런히 놀린다. 전체가 맨질맨질 빛이 나는 깨끗한 구두다. 아직 멀쩡한 뒤축을 갈아달란다. 구두의 인상은 주인에게 달렸다. 구두를 보면 그 주인이 보이고 인생이 보이고 세상이 보이고 웬만한 게 다 보인다. 깔끔하고 깐깐한 성격에 굳이 덧붙이자면 은근히 거만할 듯싶다. 삼십 평 아파트에 살면서 어디 가선 오십 평에 산다고 떠벌릴 것 같은. 이런 구두는 살짝 기를 죽일 필요가 있다. 볼록한 중앙보다는 양옆으로 광을 분산시킨다. 사내만이 분별할 수 있는 기법이다. 노래는 어느새 다른 곡으로 바뀌어 있다.

구두를 닦던 사내가 밖을 기웃거린다. 이 시간이면 버릇처럼 하는 일이다. 약속이나 한 듯 사내의 아내가 골목 끝에 모습을 드러낸다. 사내의 얼굴에 미소가 번진다. 사내가 아내를 사랑하기 시작한 것은 아니, 아내를 사랑한다고 인식하기 시작한 것은 얼마 되지 않는다. 그전에는 그런 인식조차 해본 적이 없었다. 먹고살기 바빠서, 눈만 뜨면 하루 종일 구두와 씨름하고, 꿈속에서조차도 구두창을 꿰매곤 했다. 심지어 마주 앉아 밥을 먹는 아내의 얼굴이 구두로 보이던 때도 있었다. 밥에서는 구두 가죽 냄새가 솔솔 올라왔다. 그런 어느 날 문득 설거지를 하고 있는 아내의 뒷모습이 눈에 들어왔다. 그 모습은 사내가 보아온 그 어떤 구두보다도 아름다웠다. 사내는 살며시 다가가 아내의 허리를 감싸 안았다. 아내한테서 숯불갈비 냄새가 났다.

"이 양반이 왜 이래? 뭘 잘못 먹었나?"

말은 그렇게 했지만 싫어하는 눈치는 아니었다. 아내는 물 묻은 손으로 괜히 머리를 쓸어 넘겼다. 사내는 자신이 아내를 사랑한다는 사실을 알고부터 전보다 행복해졌다. 아내가 자신을 사랑하든 안 하든, 사내는 어제보다 조금 더 행복해졌다.

사내는 도시락을 건네주고 돌아서는 아내의 신발을 바라본다. 노점에서 사 신은 싸구려 신발은 굽이 벌써 닳았다. 갈아준다고 벗어놓고 가라고 해도 아내는 막무가내다. 그게 얼만데, 배보다 배꼽이 커. 하긴 아내 말이 맞긴 맞다. 아내 신발은 금방 굽이 닳아 못 신게 된다. 그래도 아내는 다 닳은 뒤축을 끌고 불판을 닦으러 간다. 아내가 오른쪽 편의점 옆 골목으로 사라진다. 그곳에 아내의 일터가 있다. 아내는 숯불갈비 집에서 고기를 굽고 불판을 닦는다. 인삼 먹인 숯불갈비로 유명한 집이다. 그곳은 인삼 먹인 갈비를 맛보려는 사람들로 언제나 바글거린다. 저녁때가 되면 사내가 있는 구두의 세상까지 고기 굽는 냄새가 진동했다. 구두의 세상이 갈비의 세상이 된다. 아내한테서 늘 나는 냄새지만 저녁나절 풍겨오는 그 냄새는 사내의 시장기를 자극했다. 고기를 먹고 나오는 손님 중에 구두의 세상에 들러 구두를 닦고 가는 이들이 더러 있었다. 그들에게도 아내에게서 나던 냄새와 같은 냄새가 났다. 사내는 구두를 닦으면서 내내 손님 얼굴을 힐끔거렸다. 낯선 남자와 아내가 공유하고 있는 그것을 남편인 사내는 가지고 있지 않았다. 뭔가 께름칙한 게 영 기분이 별로였다. 남자가 한눈을 파는 사이 구두에 대고 캭 침을 뱉었다. 사내는 늦게 들어온 아내 뒤를 졸졸 따라다녔다.

"왜 또?"

아내가 사내를 아래위로 훑어보았다.

"거기 말이야. 진짜 인삼 먹여?"

"누구한테?"

"소한테 인삼 먹인다며?"

"인삼은 무슨 인삼이야. 냄새만 배게 하는 거겠지."

"먹어봤어? 고기에서 진짜 인삼 맛이 나?"

"글쎄, 나는 거 같기도 하고 아닌 것 같기도 하고."

아내는 고개를 갸웃거렸다. 사내는 아직 한 번도 그 집에 가보질 못했다. 아마도 앞으로도 그런 날은 없을 것이다. 인삼 먹인 갈비를 먹기 위해 사내는 구두를 수선하고 싶지는 않다. 사내는 그러지 않아도, 그런 갈비 안 먹어도 늘 조금은 행복하다고 믿는다. 특별히 불행하지 않은 이상 사내는 이런 게 바로 행복이라고 철석같이 믿고 있다. 군대 간 아들 녀석만 무사히 제대해서 돌아오면 남부러울 게 없는 집이라고 굳게 믿고 있다. 사내는 때가 까맣게 낀 손톱으로 도시락 뚜껑을 연다.

라디오에서 엠피스리로 옮겨와도 두 소절만 흥얼거리기는 마찬가지다. 21세기 인간형도 사내에게는 별거 아니다. 뚱뚱한 여자가 수선소를 기웃거린다. 사내는 얼른 이어폰을 빼 들면서 여자 신발로 눈길을 준다. 굽이 나갔다. 여자가 질뚝거리며 안으로 들어온다. 스커트 아래로 드러난 여자 다리는 아내 다리만큼 굵다. 여자가 얼굴을 찡그리며 구두를 벗어주고 슬리퍼를 신는다. 여자의 발은 슬리퍼에 꽉 들어찬다. 여자 발치고는 큰 편이다. 여자가 의자에 앉아서 사내를 물끄러미 쳐다본다. 사내는 여자의 신발을 들어 살핀다. 흰색 에나멜 구두는 볼이 늘어날 대로 늘어나고 콧등에도 여기저기 흠집이 있다.

"얼마 안 신었는데."

여자가 중얼거린다. 여자는 조심성이 없고 매사에 덜렁거린다. 사내에게 신발은 신문의 사회면이다. 신발을 보면 그 사람이 어느 정도의 경제 수준에 어느 정도의 신분과 어느 정도의 생활을 하고 있는지 짐작이 간다. 백 퍼센트 맞는 것은 아니지만 대체로 그렇다. 어느 땐 그 속에서 헤어진 애인에 대한 그리움을 만나기도 하고 또 어느 땐 시퍼런 살의를 느끼기도 한다. 이상하게도 기쁘고 즐거운 일은 신발에 남아 있지 않았다. 남아 있는 것들은 슬프거나 아련했다. 사내는 신문보다 오가는 사람들의 신발을 더 열심히 들여다본다. 사내에게는 그게 훨씬 더 감동적이다. 에프티에이가 뭔지도 모르면서 왜 여자들의 구두 굽이 날로 높아지는지를 이해하려고 애쓴다. 그러나 아직까지 그 해답을 찾지 못했다. 에프티에이보다 더 어려운 게 여자들의 심리다. 지금 이 여자의 구두 굽은 꽤 높은 데다 가늘기까지 하다. 둔중한 여자의 몸무게에 비해 무리다. 구두 굽이 붙어 있는 게 오히려 이상한 일이다. 아무리 조심해서 신어도 굽은 얼마 못 가 또 말썽을 일으킬 것이다.

사내는 구두를 거꾸로 고정시켜놓고 굽이 든 박스를 뒤적거린다. 구두 종류만큼이나 굽 종류도 다양하다. 사내는 박스에 그득한 굽을 보면 괜히 가슴 한편이 뿌듯해진다. 자신이 사회에 커다란 공헌을 하고 있다는 자부심이 든다. 자신 같은 사람이 없는 사회는 생각만 해도 웃음이 절로 나온다. 아무리 좋은 구두라도 천년만년 가는 구두 굽은 없다. 사람들의 걸음걸이는 점점 어느 한쪽으로 기울거나 엇박자로 될 것이다. 그리고 다들 약간은 왼쪽 혹은 오른쪽으로 기운 모습으로 쇼핑을 하고 밥을 먹고 키스를 할 것이다. 위신을 세워야 할 대통령의 걸음걸이도 어쩔 수 없이 찌그덕거리고, 그 주위를 엄호하는 검은 양복의 남자들 역시 어쩔 수 없이 함께 찌그덕거릴 수밖에 없을 것이다. 사내는 가끔 그런 생각을 하면서 혼자 키득거린다. 그러고 보면 구두 굽이야말로 세상을 평정하는 그 무엇 중에 빠져서는 안 되는 중요한 요소다.

여자 구두 굽과 똑같은 모양의 굽을 골라 든다. 날카로운 연장으로 굽의 이음새를 쑤신다. 굽이 제아무리 튼튼하고 보기 좋다 해도 구두 밑창에 붙어 있지 않으면 쓸모없는 플라스틱이나 고무 조각에 불과했다. 구두 밑창과 만났을 때 비로소 굽의 가치가 발휘되었다. 다시 말해 굽의 생명은 밑창과의 단단한 조우에 있었다. 그 둘 사이에는 공기 분자도 끼어들지 못했다. 오로지 꼿꼿한 직립만 허용되었다. 순간의 방심은 불순분자의 침입을 불러오고 그로 인해 둘 사이에 균열이 가기 시작하면 세상은 걷잡을 수 없이 흔들린다. 그리고 마침내 결별의 날이 들이닥치고 사람들은 절뚝거리며 구두의 세상을 찾는다. 사내는 손에 힘을 주어 연장 끝을 이음새 사이로 밀어 넣어보지만 쉽지 않다. 아무리 그래도 이놈은 너무 딱 붙었어. 연장을 쥔 손아귀에서 진땀이 난다.

고놈 보기보다 야무지네. 사내가 고개를 절레절레 흔든다. 연장을 내려놓고 손바닥에 난 땀을 바지에 문질러 닦는다. 다시 연장을 바투 쥐고 힘을 준다. 네가 이기나 내가 이기나. 순간 아차 싶다. 힘이 무리하게 들어가면 오히려 연장이 제 기능을 못하고 튀거나 꺾이는 것을 사내는 잘 알고 있었다. 때는 이미 늦었다. 손에 맥이 풀리면서 연장이 튀어 오른다. 튀어 오른 연장 날카로운 끝이 구두를 잡고 있던 왼쪽 손등을 가로지른다. 예리한 칼날이 맨살을 가르고 지나간다. 손등이 순식간에 쩍 벌어진다. 사내의 동공이 확대된다. 벌어진 틈으로 살 속 풍경이 보인다. 선홍과 초록과 누런색, 사내는 제 살 속에 그렇게 다양한 색이 숨어 있는 줄 몰랐다. 여자가 비명을 지르며 벌떡 일어나 뒷걸음질을 친다. 붉은 핏방울이 여자의 구두 위로 떨어진다. 사내가 피가 흐르는 손등을 다른 한 손으로 감싸 쥔다. 사내는 뭔지 모를 불길한 예감에 휩싸인다. 처음 본 살 속 풍경이 자꾸 마음에 걸린다. 보지 말아야 될 것을 보기라도 한 듯, 금기라도 깨뜨린 듯 불안하다. 여자는 울먹이며 서 있다. 구두 광을 내던 수건 귀퉁이를 북 찢어 상처를 감는다. 여자가 하얗게 질린 얼굴로 매듭을 져준다. 여자 손이 부들부들 떨린다. 손을 놀릴 때마다 동여맨 상처가 아리다. 여자 얼굴은 여전히 굳어 있다.

"괜찮아요."

사내는 억지로 웃어 보인다. 어렵게 빠진 구두 굽에 접착제를 바르고 제자리에 맞추어 붙인다. 통증 때문에 제대로 작업을 할 수 없다. 사내는 그래도 안 아픈 척 태연하게 작업을 한다. 접착제가 마른 구두에 못질을 한다. 못이 자꾸 삐져 나간다. 어렵게 일을 마무리한다. 헝겊 위로 피가 흥건히 배 나왔다. 사내는 다 된 구두를 여자 앞에 내준다. 여자가 급하게 구두를 꿰찬다. 돈을 지불한 여자는 도망치듯 사라진다. 사내는 그제야 아린 손을 감싸 쥔다.

상처는 생각보다 깊고 크다. 조금만 더 깊숙이 들어갔으면 큰일 날 뻔했다고 갈색 구두를 신은 의사가 말했다. 마취를 하고 스무 바늘이나 꿰맸다. 사내는 태어나서 처음으로 상처에 바늘을 대봤다. 모든 상처에는 빨간약 하나면 됐는데, 어허 참 별 호사를 다 누리는군. 사내는 그렇게 중얼거리면서도 속으로는 걱정이 태산이다. 잔뜩 동여맨 손으로 할 수 있는 일은 그다지 많지 않기 때문이다. 구두의 세상이 아른거린다. 수선해야 될 구두들이 쌓였는데. 하루에도 수많은 구두 굽이 삐걱대는데. 사내는 이 세상의 모든 망가진 구두 굽을 걱정한다. 자신이 아니면 그 많은 구두 굽들이 어떻게 제자리를 찾아갈까. 사내는 밥도 안 먹힌다.

엠피스리를 챙겨 들고 아내 몰래 집을 나선다. 딸아이가 전문대학에 들어갔을 때 사내는 세상에서 제일 견고하고 단단한 구두 뒤축을 가진 듯했다. 어디를 가도, 그 누구와 비교를 해도 겁나거나 주눅 들지 않았다. 뚝딱뚝딱 당당하게 어깨에 힘을 주고 망치질을 했다. 그런 대견스런 딸아이가 준 엠피스리를 자랑스럽게 목에 걸고 구두의 세상으로 향한다. 이까짓 통증쯤이야. 사내의 걸음걸이는 씩씩하다.

사내는 몇 시간째 음악만 듣고 있다. 두 소절만 따라 부르던 것이 어느새 다섯 소절도 넘게 흥얼거리고 있다. 한 손으로는 도저히 작업을 할 수 없다. 손님들이 왔다가는 다시 돌아간다. 노래가 나올 상황이 아닌데, 이상하게도 노랫가락이 입에 와서 착착 들러붙는다. 까짓 거 며칠 푹 쉬지 뭐. 그런다고 뭐 그리 손해 볼 게 있겠어. 사내는 주섬주섬 자리를 털고 일어난다. 다음 날 사내는 또 구두의 세상으로 향한다. 여전히 할 수 있는 일이 없다. 초등학교 담 밑에 노랗던 개나리가 어느새 연둣빛으로 변하고 있다. 엊그제부터 병아리를 파는 노인이 그 밑을 점령했다. 하굣길의 아이들이 와르륵 쏟아져 나와 병아리와 노인을 둘러싼다. 며칠 새 노래 한 곡이 저절로 다 외워졌다. 사내는 조금씩 불안해지기 시작한다. 오늘은 어제보다 조금 덜 행복하지만 곧 나아질 거야, 사내는 노래를 흥얼거린다.

아내가 일찍 들어와 있다. 아내한테서 숯불갈비 냄새가 나지 않는다.

"웬일이야?"

"걸렸어. 인삼은 무슨 인삼 먹인 한우야. 다른 갈비 집에서 찔렀나 봐. 한 달 영업 정지 먹었어."

말끝을 흐린 아내가 한숨을 쉰다. 그때 왜 살 속의 풍경이 떠오르는지. 생고깃덩이처럼 시뻘건 살 틈에 몽글몽글 고여 있던 선홍과 초록과 누런 덩이들. 급작스런 개봉에 놀라 미처 숨지 못하고 들킨 것처럼 부릅뜨고 바라보던 눈. 사내는 붕대가 감긴 손등을 다른 한 손으로 쓸어내린다. 아내는 보이지 않는 눈들, 부적처럼 절대로 펼쳐 봐서는 안 되는 것을 이미 봐버린 사람의 표정이다. 사내는 갑자기 몸이 한쪽으로 기우는 것 같은 느낌이 든다. 함부로 겨루는 게 아니었는데. 이미 구두 굽과 밑창 사이에 불순물이 끼어들었다. 둘 사이의 간격은 차츰 벌어질 것이다. 그것만 보지 않았어도. 사내는 발꿈치에 꾸욱 힘을 준다.

사내는 오래간만에 아내와 단둘이 집에 있다. 사내와 아내는 늦게까지 잤다. 세수도 안 하고 늦은 아침을 먹고 아내는 설거지를 하고 사내는 그런 아내를 뒤에서 흘깃흘깃 본다. 불판을 쌓아놓고 닦느라고 허리가 홀쭉해졌다. 현관에 놓인 아내의 신발을 들어본다. 뒤축이 닿아서 볼품이 없다. 이거 하나쯤이야. 사내는 이 틈에 아내의 신발 굽을 수리해줘야겠다고 생각한다. 아내의 신발을 챙겨 들고 집을 나서려는데 아내가 부른다.

"어디 가? 신발은 왜? 나 뭐 신고 나가라고."

"나갈 거야?"

"안 그럼. 당신도 그러고 있는데. 어서 이리 내."

사내는 아내 신발을 도로 내려놓는다. 갑자기 할 일이 없다. 이놈의 손만 아니었어도. 사내는 방으로 들어온다. 설거지를 마친 아내가 집을 나선다. 아내에게 미안하다. 마치 자기 때문에 아내가 일자리를 잃은 것 같다. 손이 나으면 제일 먼저 아내 신발부터 수리해주리라. 아내가 나가고 난 후 사내도 집을 나선다. 엠피스리의 볼륨을 높인다. 두 아이 모두 번듯하게 자라 대학에 다니고. 사내는 기분을 달래보려고 애를 쓴다. 딸아이가 좋은 신랑감을 만난 것 같아서 다행이다. 대학도 나왔고 게다가 요즘 인기 좋다는 공무원이다. 사내는 어제보다는 조금 덜 행복하지만 그래도 이만하면 행복한 거 아니냐고 누구든 아무한테나 물어보고 싶다. 사실 요즘 사내는 조금씩 덜 행복해지려 한다. 음악만 듣고 싶다. 두 소절 세 소절이 문제가 아니라 그냥 귀를 틀어막고 싶은 심정이다. 하지만 사내는 굳건히 믿고 있다. 모든 건 원상 복귀될 거야. 상처가 아물면 통증이 사라지듯이. 예전처럼 딱 두 소절만 흥얼거리는 날이 올 거야.「가요무대」한 회분이 수도 없이 반복해 돌고 돌았다. 오늘도 그만 문을 닫아야 하나 보다. 그때 L의 노모가 구두의 세상을 기웃거린다. 사내는 환한 미소로 L의 노모를 맞는다. 구두 두 켤레를 내려놓는다.

"어휴, 두 켤레 다 굽을 갈게요?"

"미친년이 시집갈 생각은 안 하고 허구헌 날 춤만 춰."

"아드님이 아니라 따님이었어요?"

"비가 오려나."

노모는 좁은 의자에 등을 기댄 채 주먹으로 무릎을 탕탕 쳤다. 사내는 전보다 더 주의를 기울였다. 힘을 줄 적마다 예리한 통증이 손등을 훑고 지나갔다. 사내는 열심히 발을 놀리는 아리따운 탭댄서를 떠올렸다. 오늘부터 L은 여자가 되었다.

꿰맨 자리가 터졌다. 어제 무리를 해서 일을 한 탓이다. 검은 구두로 바꿔 신은 의사는 터진 곳을 다시 꿰매주면서 당분간 손에 무리를 주지 말라고 당부했다. 안 그러면 영영 구두 수선을 못 하게 될지도 모른다고. 사내는 정신이 번쩍 들었다. 영영이라니. 그럴 수는 없다. 차라리 며칠 못 하고 말지. 구두 수선을 못 한다는 건 사내에게 밥을 먹지 말라는 것과 같은 뜻이다. 밥을 먹지 말라는 건 죽으라는 말과 다름없다. 슬쩍 기울기 시작한 한쪽 발이 그새 더 기운 것 같다. 걸음을 멈추고 자꾸 구두 뒤축을 들여다본다. 양쪽을 번갈아가며 들여다봐도 어느 한쪽이 심하게 닳지는 않았다. 이상한 노릇이야. 사내는 고개를 갸웃거리며 자세를 바로 한다. 거리는 알록달록한 봄빛으로 넘쳐난다. 봄빛을 받은 사람들의 발걸음은 날개라도 달고 하늘로 날아오를 듯 살짝 흥분되어 있다. 그들의 구두는 다들 견고한 굽을 가진 모양이다. 누구 하나 찌그덕거리지 않는다. 사내가 구두 수선을 못 한다고 해서 달라지거나 불편해할 사람은 없어 보인다.

사내는 다시 도리질을 한다. 사내는 잠깐 세상의 그 많은, 닳거나 해지거나 혹은 송두리째 못 쓰게 됐거나 하는 구두 뒤축을 잊었었다. 그것은 어쩌면 사내가 살아야 하는 이유 중 가장 중요한 것인지도 모른다. 어쨌거나 사내는 봄날의 컨테이너를 떠날 수 없다. 그렇지 않고서는 어디에서도 그런 비슷한 감흥을 느낄 수 없다. 대한민국의 행복한 시민이라는, 말도 안 되지만 말이 되는, 무언가 이 사회의 구성원이라는, 자명한 일이지만 자주 의심스러운, 확고한 믿음이 안 가는, 불확실성. 그에 대한 변명을 사내 스스로 허물고 구축하는 그 짓거리가 바로 삐걱거리는 구두 뒤축을 바로잡는 일이다. 사내는 스스로를 대견하게 여기려고 노력한다. 하지만, 그럼에도 불구하고, 유치하게 골이 날 때가 종종 있다. 그럴 땐 어떻게 해야 될지 아무 노래, 아무 구절을 닥치는 대로 흥얼거린다. 처음에는 봄 햇살이 좋아 절로 흥얼거려지던 노래였는데. 남들은 사내가 노래를 퍽이나 좋아하거나 잘 부르는 걸로 여긴다. 딸아이도 그런 생각에 엠피스리를 주었을 거라고 사내는 믿고 있다. 다시 자세를 바로 하고 힘차게 발걸음을 내디딘다. 그러나 곧 중심이 흔들린다. 봄빛이 흔들린다.

며칠 만에 보는 구두의 세상이 반갑다. 통증도 사라지고 얼마든지 일을 할 수 있을 것 같다. 언제 그랬느냐 싶게 사내는 살짝 주먹 쥐는 시늉을 한다. 며칠 있으면 아들이 온다는데, 군대 간 아들이 무사히 돌아온다는데 이까짓 상처쯤으로 방구석에 웅크리고 있을 수만은 없다. 텔레비전에서 군 사고 소식을 접할 때마다 신고 있던 구두 뒤축이 갑자기 뚝 부러져 나가는 것처럼 몸의 균형이 흔들렸다. 아들만 무사히 돌아오면 남부러울 게 없는 집이라고 굳게 믿던 사내다. 이제 다시 어제보다 조금 더 행복해지는 날들이 오나 보다. 사내는 방구석에서 상처만 들여다보고 있을 수 없었다.

한동안 닫혀 있던 컨테이너 안은 매캐한 냄새로 가득하다. 사내는 그래도 마냥 즐겁다. 대충 정리를 하고 손님을 기다린다. 반나절이 지나도록 손님이 없다. 손등에 다시 통증이 도진다. 이어폰을 꽂고 볼륨을 높인다. 한참 후에 남자 하나가 구두 뒤축을 갈러 왔다. 사내는 오래간만에 연장을 쥐고 일을 한다. 아픈 손 때문에 힘을 제대로 줄 수 없다. 굽은 자꾸 어긋나고 이마에서는 땀이 솟는다.

"안 되나요?"

"안 되긴요. 됩니다, 손님."

의심쩍은 눈빛으로 붕대를 감은 사내의 손등과 연장을 쥔 오른손을 번갈아 쳐다보던 남자가 가늘게 한숨을 내쉰다.

"굽 하나 가는 데 그렇게 서툴러서야 어디 장사하겠어요?"

"아, 예. 죄송합니다. 제가 손이 좀 아파서."

"그럼, 장사를 하지 말아야지요. 시간도 없는데. 이리 주세요. 다른 곳을 알아보든지 해야지. 이거 원 답답해서."

투덜대던 남자가 구두를 낚아채듯 가져간다. 남자는 다 닳은 뒤축을 끌고 사라진다. 사내는 들고 있던 연장을 구석으로 집어 던진다. 엠피스리의 볼륨을 한껏 높인다. 두 소절을 아무리 돌리고 돌려도 도무지 흥이 나지 않는다. 문득 언젠가 굽을 갈러 왔던 학생 말이 떠오른다. 아크릴판을 들여다본다. 구두의 세상. 사내는 구두의 '의' 자를 지운다. 구두 세상. 이제 좀 재미있어지려나. 사내는 고개를 이리저리 갸웃거려가며 중얼거린다. 구두 세상 구두 세상 구두 세상…… 아, 햇살이 눈부시다.

아내한테서 다시 숯불갈비 냄새가 나기 시작했다. 이번에는 버스를 타고 가야 하는 곳이다. 아내는 전보다 일찍 출근을 서두른다. 아내 신발은 그만큼 더 닳고 해질 것이다. 그전에 어떻게 해서라도 굽을 갈아주었어야 했는데. 사내는 집을 나서는 아내의 다 닳은 구두 뒤축을 물끄러미 바라본다. 아내의 일상도 다 닳은 구두 뒤축만큼이나 찌그덕거릴 테다. 고기를 쉼 없이 구워대고 불판은 갈아대는 대로 검게 그을고. 오죽하면 아내는 숯불갈비라면 고개부터 젓는다. 그런 아내가 또 숯불갈비 집에 간다. 고기를 구우러, 불판을 닦으러 아내는 다 닳은 구두 뒤축을 찌걱거리며 간다. 사내 마음도 함께 찌걱거린다.

초등학교 담장에 물오른 연둣빛이 완연하다. 이제 병아리 장수는 오지 않는다. 병아리가 너무 커버린 탓이다. 초여름 햇살이 컨테이너를 뜨겁게 달군다. 사내는 이어폰을 귀에 꽂고 눈을 감고 있다. 그새 상처는 아물었고 손등에는 굵은 지렁이처럼 벌건 흉터가 남았다. 아들도 무사히 돌아왔다. 그러나 사내는 전보다 행복해지지 않았다. 아내는 전보다 불판을 더 많이 닦았고 딸아이는 여전히 그 남자 친구와 그렇고 그런 관계를 유지하는 듯 보였다. 식구 중 아무도 불평을 하거나 불만을 이야기하는 이는 없었다. 사내가 걱정 안 해도 다들 적당히 즐겁고 적당히 행복해 보였다. 사내는 자신만 왜 행복하지 않은지, 왜 자꾸 어제보다 덜 행복해지는지 답답했다. 출근 준비를 서두르는 아내에게 "당신, 행복해?" 하고 물어보고 싶을 지경이었다. 구두 수선을 하기 시작하면 괜찮아질 거야, 하고 싶은 일을 못 해서 그래. 사내는 일감이 생기기를 기다렸다. 드문드문 일감이 들어왔다. 사내는 최선을 다해 일을 했다. 손님들은 사내 손등에 난 커다란 흉터를 힐끗힐끗 쳐다봤다. 한 번 왔다 간 손님은 다시 오지 않았다. 손등의 흉터는 사내가 봐도 흉측하고 불길했다. 살 속의 풍경들이 밖으로 돌출한 듯 보면 볼수록 섬뜩했다. 굽을 갈고 깔창을 새 것으로 바꾸고 광을 내 구두를 닦고. 아무리 열심히 일해도 도무지 행복하다는 생각이 안 들었다.

봄이 다 가서일 거야. 나는 봄날이 좋거든. 사내는 애써 자신을 위로하려 든다. 그럴수록 비참해지는 기분을. 지금도 불판을 닦느라 정신없을 아내를 생각하면 더 우울해진다. 생기가 사라진 얼굴은 점점 사납게 변해간다. 눈 코 입은 여전한데 예전의 사내 얼굴이 아니다. 어딘가 모르게 음울하고 험악하게 뒤틀려간다. 사람들은 차츰 사내를 멀리한다. L의 노모도 보이지 않는다. 아내도 말수가 줄었다. 소에게 인삼을 먹이는지 황기를 먹이는지 사내가 아무리 졸졸 쫓아다니며 물어도 대꾸를 하지 않는다. 사내는 이 모든 사실을 알지 못한다. 자신의 얼굴에서 뭐가 달아나고 생겨나는지 아내가 왜 대답을 안 하는지 사람들이 구두 세상을 왜 찾지 않는지, 사내는 쓸데없이 빈 망치만 바닥에 대고 두들긴다. 시커멓고 단단해 보이는 구두들이 저벅저벅 머릿속을 누비고 다닌다. 사내는 머리를 힘껏 흔든다. 초여름 오후의 햇살이 정수리에 따갑게 꽂힌다.

사내는 담배를 피워 물고 지나가는 사람들의 신발을 쳐다본다. 이 세상에 흉기가 아닌 것은 없다. 컨테이너는 점점 삭막해졌다. 그리고 아주 조금씩, 사내가 덜 행복해지는 만큼씩 낡아갔다. 지나가는 사람 누구도 컨테이너를 구두 수선소라 여기지 않았다. 누추한 사내 하나가 그곳에 기대앉아 지나가는 사람들을 힐끗힐끗 훔쳐본다고 생각했다. 행여 어두운 밤에 그 옆을 지나갈 일이 생기면 구두 수선소 앞을 빙 둘러 돌아갔다. 사내의 구두 세상은 사람들에게 흉기로 작용했다. 그 반대로 사내를 위협하는 흉기도 생겨났다. 아무렇지도 않게 지나다니는 무수한 구둣발들. 사내는 그들이 두려워지기 시작했다. 저들에게 이유 없이 짓밟히는 기분이다. 오로지 사내를 짓밟기 위해 존재하는 구두 굽들. 사내는 아주 사소한 일에 놀라고 흥분했으며 분노했다. 사내는 아주 조금씩 어제보다 덜 행복해져갔다.

세상의 모든 구두들은 더 이상 굽을 갈지 않아도 되는 것처럼 사람들의 구두는 갈수록 견고하고 튼튼해졌다고 사내는 결론을 내렸다. 그렇지 않고서야 이럴 수 있을까. 사내는 머릿속을 헤집는 다른 생각들을 일부러 떨쳐버린다. 그렇지 않으면 망치로 자신의 머리를 내려칠 것만 같다. 빈 망치로 바닥을 두드려대던 사내가 자신의 신발을 내려다본다. 굽은 아직 멀쩡하다. 사내는 신발을 벗어 굽을 떼어낸다. 사내가 할 수 있는 일은 이것밖에 없다. 사내는 이제 음악을 듣지 않는다. 딸아이의 남자 친구에 대해서도, 아들의 생활에 대해서도, 아내의 숯불갈비 냄새에 대해서도 아는 척하지 않는다. 귀가 시간이 늦어지는 딸아이는 점점 더 가늘고 높은 굽이 달린 신발을 신었고 엠피스리에 음악을 다운 받거나 하는 일은 하지 않았다. 그보다 더 좋은 그 무엇을 보물처럼 들여다봤다. 아들 또한 전보다 멋진 통굽이 달린 구두를 신고 밤늦도록 야경 속을 헤매고 다녔다. 아내는 시장에서 전보다 좀더 비싼 신발을 사 신었다. 가족들 중 그 누구도 사내의 흉터를 염려하거나 눈여겨보지 않았다.

사내는 박스에서 가장 높고 탄탄한 굽을 찾아 든다. 굽을 자신의 신발에 대본다. 크기가 얼추 맞는다. 접착제를 바르고 신발에 대고 꾹 눌러 붙인다. 사내는 이제 더 좋은 봄날을 기다리며 콧노래를 흥얼거릴 수 없다. 그나마 알고 있던 두 소절도 모두 까마득히 지워졌다. 망치질을 하는 사내의 손이 떨린다. 번쩍 치켜든 손을 내리친다. 망치가 사내의 손등을 비껴간다. 다시 망치를 들어 올린다. 조준을 잘한다고 했는데 망치는 또 굽을 비껴간다. 사내는 약이 오른다. 컨테이너 안에 있는 찾아가지 않은 구두들을 다 꺼낸다. 사내가 정성스레 수선을 한 구두들은 다들 새것 같다. 사내는 구두들의 굽을 모조리 떼어낸다. 단단하게 박힌 굽들은 좀처럼 쉽게 떼어지지 않는다. 사내는 손아귀에 힘을 주어 못을 빼낸다. 그래. 아직은 쓸 만한걸. 내 솜씨는 녹슬지 않았다고. 모처럼 어제보다 아주 약간 행복해진다. 정말 모처럼 느껴보는 기분이다. 사내는 새로운 이치를 깨닫는다. 이렇게도 행복해질 수 있구나. 사내 입에서 노래가 흘러나온다. 잊고 지내던 두 소절을 돌리고 또 돌린다. 구석에 팽개쳐놓았던 엠피스리 이어폰을 다시 주워 귀에 꽂는다. 갑자기 컨테이너 안이 밝아진다.

 사내는 밤새 뜯었던 구두 굽을 다시 제자리에 박는다. 망치질을 하는 손이 힘차고 가볍다. 사람들이 구두 수선소를 둘러싼다.

 "정신이 어떻게 됐나 봐. 만날 똑같은 걸 뜯었다 박았다 저

짓거리야."

사람들 말소리가 사내 귀에는 들어오지 않는다. 「가요무대」 한 회분이 다 돌아가도록 사내의 손놀림은 그칠 줄 모른다. 사내는 자신이 수리한 구두를 신고 거리를 활보하는 사람들을 떠올린다. 만약 자신이 구두를 수리해주지 않으면 온통 세상은 이리 찌그덕 저리 찌그덕거릴 것이다. 사내는 전처럼 자신이 이 사회, 이 국가에 뭔가 쓸모 있는 존재라는 걸 희미하게 깨닫는다. 그러자 그동안 잊어버렸던 행복감이 한꺼번에 마구 치솟는다. 사내는 내일보다 오늘이 더 행복할까 두렵다.

사내는 거리를 쏘다니며 버려진 구두들을 주워온다. 그리고 그것들의 굽을 새것으로 간다. 컨테이너에는 주인 모르는 구두들이 쌓여간다. 사내의 행복도 그만큼씩 늘어간다. 사내는 이제 손등의 흉터를 숨기지 않는다. 오히려 자랑스럽게 내보인다. 가을이 오고 겨울이 지나가는 동안 사내의 컨테이너에는 그가 수리한 구두들이 그득히 쌓였다. 언젠가는 주인들이 제 신발을 찾으러 올 거라고. 사내는 담배를 피워 문다. 그동안 딸아이는 남자 친구와 헤어졌고 아들은 여전히 더 화려한 야경을 즐겼다. 아내의 신발은 또 닳아버렸다. 사내는 그래도 기껏 되찾은 행복한 마음을 놓치고 싶지 않았다. 미친 듯이 구두 굽에 망치질을 했다. 더 이상 구두가 들어찰 곳이 없어졌다. 사내가 그 속에 파묻힐 지경이다. 아크릴판의 구두 세상을 지우고 '세상의 구두'라고 다시 적어 넣는다. 역시 '의'의 차이는 아무것도 없었다. 있거나 없거나 달라지는 건 없었다. 이제는 세상의 구두를 품기로 한다. 다시 봄이다.

 생각에 잠겼던 사내가 담배를 비벼 끈다. 수선한 구두를 도로변에 늘어놓기 시작한다. 구두는 가지런히 짝을 지어 도로변을 장식한다. 헌 구두들은 어느새 반짝반짝 윤이 나는 구두로 변했다. 봄 햇살을 받은 구두들은 아름답게 빛난다. 사람들이 구두를 힐끔거리며 지나간다. 마침내 사람들이 하나둘 멈춰 서고 수선소 앞을 둥글게 에워싼다. 그러나 누구 하나 선뜻 나서지 않는다. 그중 한 사람이 별일 아니라는 듯 무리를 뚫고 돌아선다. 또 다른 누군가도 돌아선다. 사람들이 제각각 바삐 사라진다. 그들을 따라 봄 햇살도 사라진다. 사내는 잠시 불쾌해지려던 마음을 가라앉히고 주위를 둘러본다. 사방이 어두워진다. 봄 햇살이 사라진 자리에 검은 그림자가 드리워진다. 초등학교 담장을 넘어서는 어마어마하게 큰 구두다. 뒤로 한 발짝 물러난다. 사내가 보아온 구두 중 가장 거대하고 견고한 모양이다. 사내의 입이 벌어진다. 저 구두 하나면 더없이 행복해질 수 있을 것 같다. 그런데 구두 뒤축이 없다. 뒤축이 없는 구두는 구두가 아니다. 연장통을 샅샅이 뒤져보지만 저런 구두에 맞을 만한 뒤축이 있을 리 없다.

 사내는 마침내 자기 스스로가 저 거대한 구두의 뒤축이 되기로 결심한다. 어떤 장애물에도 흔들리지 않는, 한 치의 틈새도 허락하지 않는 견고하고 단단한 구두 굽이 되기로 마음먹는다. 꽃물이 질척거리고 병아리가 아장대던 봄 길을 저벅저벅 밟아보리라. 한 손에 망치를 들고 흉터가 난 손은 바싹 움켜쥐고 구두를 향해 발걸음을 옮긴다. 지나가던 사람들이 사내를 피해 황급히 달아난다. 사내는 봄날이 좋다. 햇살이 따스한 컨테이너에 들어앉아 있으면 알맞게 행복했다. 더도 말고 덜도 말고 알맞게, 어제보다 조금 더 행복해지는 봄날, 사내는 그래서 또 행복했다. 멀리 골목이 시작되는 곳, L의 노모가 질뚝거리며 모습을 드러낸다.

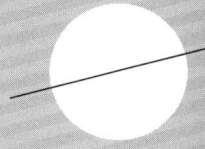

서울, 평권, 비둘기

유리창이 온통 비둘기 똥 천지다. 이런 빌어먹을. 머리카락이 쭈뼛쭈뼛 곤두선다. 어제 퇴근할 때까지만 해도 말갛던 유리다. 안내소 외벽도 허연 비둘기 똥으로 얼룩졌다. 창문과 거의 일직선으로 된 지붕은 제구실을 하지 못한다. 처마 끝이 한 뼘만 더 넓었어도 수직으로 낙하하는 비둘기 똥이 유리창에 묻는 것은 막을 수 있었을 것이다. 열쇠를 쥔 손에 힘을 준다. 딸각 소리가 나며 문이 열린다. 밤새 고여 있던 눅진한 공기가 훅 끼친다. 안으로 들어서자마자 창문부터 열어젖힌다. 창틀에도 비둘기 똥이 쌓였다.

점퍼 차림 그대로 플라스틱 물통과 걸레를 들고 화장실로 간다. 플라스틱 통에 물이 차오른다. 주머니에서 담배를 꺼내 문다. 공원 안내소에서 오십여 미터 떨어진 자전거 대여소 지붕도, 자전거가 늘어서 있는 보관대 아크릴 지붕도 비둘기 똥으로부터 자유롭지 못했다. 둥근 아크릴을 타고 켜켜이 아래로 흐른 그것은 얼핏 보면 무슨 기하학적 무늬 같아 보였다. 하지만 조금만 유심히 들여다보면 비둘기 똥이 쌓여 이루어진 것임을 금세 알아차릴 수 있다. 축구장에는 벌써부터 사람들이 모여 공을 차고 있다. 꽃이 지고 난 후 더 파래진 유채밭이 강바람에 흔들린다. 물안개가 뿌옇게 일어나는 강변은 간밤의 역사를 알고 있을까. 담배 연기가 유채밭 푸른 물결 따라 흩어진다. 플라스틱 통에 물이 넘쳐흐른다. 천천히 수도꼭지를 비튼다. 쌀쌀한 강바람이 옷깃을 파고든다.

유리창에 물을 뿌리자 비둘기 똥이 어느 정도 씻겨 나간다. 젖은 걸레로 남은 찌꺼기를 박박 문지른다. 그때그때 닦아주지 않으면 단단하게 굳은 비둘기 똥을 일일이 긁어내야 한다. 비둘기가 급격하게 는 것은 얼마 전부터다. 이곳에는 원래 비둘기가 없었다. 축구장 옆 공터에 한두 마리씩 날아들던 비둘기는 한 달 새에 수십 배로 늘어나더니 하늘을 새까맣게 덮었다 흩어지곤 했다. 비둘기는 사람들을 따라다녔다. 인적이 드문 이른 아침이나 한밤중에는 어딘가에 꼭꼭 틀어박힌 것처럼 고요했다. 그런데 요즘 비둘기들은 한밤중에도 활동을 하는 모양이다. 밤새 말끔해야 될 유리창이 비둘기 똥으로 범벅이 돼 있곤 한다. 분명 누군가가 몰래 비둘기를 불러 모으는 게 틀림없다.

맑아진 창문으로 바람이 불어온다. 커피포트에 물을 붓고 전원 스위치를 누른다. 이곳에서 일을 시작하고 얼마 안 돼 아내는 귀엽고 앙증맞은 커피포트를 사왔다. 답답할 텐데 커피라도 마셔야지. 당신, 커피 없인 못 살잖아. 아내는 종이컵과 커피 믹스를 함께 챙겨주며 웃었다. 커피포트는 커피를 타 먹는 것보다 컵라면을 먹는 데 더 유용하게 쓰인다. 어느 땐 달걀을 삶아 먹기도 한다. 어쩌면 아내는 이 모든 것을 고려해서 커피포트를 장만해준 것인지도 모른다. 아내는 곧잘 내가 모르는 세상에서 불쑥불쑥 튀어나왔다. 온종일 이곳에 틀어박혀 있으면 머리 위에 비둘기 똥이 켜켜이 쌓이는 듯했다. 날씨라도 흐리면 역겨운 냄새까지 동반한다. 정말이지 빌어먹을 비둘기 놈들과 하루 종일 싸우려면 아침부터 머리를 말갛게 비워둘 필요가 있었다. 안개 낀 선착장에 유람선이 보인다. 화려한 조명등이 꺼진 유람선은 안개 때문에 그 윤곽만 희미하게 잡힌다. 아내가 봤으면 유령선이라고 생떼를 썼을지도 모른다. 한강에 유령선이 나타났다고 아는 전화번호를 모두 눌러댔을 것이다. 흰 가운을 입은 장정들이 아내 팔을 하나씩 부여잡고 통제구역 너머로 사라지던 날 꿈속에서 유령선을 탔다. 망망대해 한가운데 배가 떠 있었다. 짙은 안개가 드넓은 바다를 통째로 삼킬 듯이 넘실댔다. 배 여기저기에는 거미줄이 걸리고 다 찢어진 돛이 미풍에 너덜거렸다. 나는 가판에 홀로 서 있었다. 끈끈하고 비릿한 습기가 살갗으로 스몄다. 살찐 쥐들이 발등을 타고 지나갔다. 배는 서서히 기울었다. 안개 속인지 바닷속인지 모를 고요하고 적막한 그곳으로 더디게 빠져들었다. 바닷물이 발목을 적시고 가슴까지 차오르는 동안 나는 희고 둥근 아내의 이마를 떠올렸다.

거의 한 달 만에 찾아갔을 때 아내는 살이 통통 오른 민어를 먹고 싶다고 했다. 아내는 생선을 좋아하는 편이 아니었다. 병원에 입원을 하기 전에도 그런 징후는 여러 번 나타났다. 잠을 자다가 느닷없이 옷을 갈아입었다. 청어 떼가 밀려와, 어서 잡아야 돼. 아내는 팔을 걷어붙이고 바깥으로 나갔다. 희미한 가로등 아래를 서성이던 아내는 더 이상 어둠 속으로 나가지 못하고 서 있었다. 아이를 가진 사람처럼 아내의 식성은 예측할 수 없었다. 다음에 올 땐 민어를 사오겠다고 다짐을 하고 돌아섰다. 그새 아내의 이마는 더 창백해져 있었다. 이곳에 비둘기가 날아들기 시작한 것은 그즈음이었다.

포트 주둥이에서 김이 솟는다. 커피 믹스를 꺼내 가볍게 흔들다가 커피 믹스를 그대로 내려놓고 포트에 물을 더 붓는다. 유리창 너머 공터를 청소하는 박이 보인다. 박은 하루 종일 이곳을 돌며 청소를 한다. 잠깐 밥을 먹을 때를 제외하고 박의 손에는 항상 긴 빗자루가 쥐여 있다. 박을 생각하면 얼굴보다 형광색을 띠는 연둣빛 긴 빗자루가 먼저 떠오른다. 청소하다가 죽은 조상이라도 있는지 멀쩡한 데를 쓸고 또 쓸어댔다. 젊은 사람이 그러고 다니니까 성실해 보이기보다는 오히려 답답해 보인다. 커피 두 잔을 타 가지고 공터로 향한다.

"어이, 커피 한잔 마시고 하자구."

고개를 든 박이 모자를 벗어 보인다. 나는 잔디밭에 자리를 잡고 앉는다. 엉덩이가 금방 축축해진다. 한걸음에 달려온 박이 빗자루를 내려놓고 옆에 주저앉는다. 양손에 들고 있던 커피 중 하나를 박에게 건넨다. 박은 두 손으로 공손히 커피를 받아 든다.

"쉬어가며 적당히 해. 병나면 자네만 손해야."

"바람이 많이 부네요."

커피를 마시는 박의 옆얼굴을 힐끔거린다. 사람이 변해도 저렇게 변할 수가 있을까. 이제는 제법 여유로움까지 배어 있다. 여유로움을 넘어 숙달된 조교처럼 노련함마저 엿보인다. 이곳에 온 첫날 박은 발톱을 뽑힌 맹수 같았다. 있는 대로 성난 표정에 청소를 하는 손놀림은 어눌하고 거칠다 못해 난폭하기까지 했다. 비질을 하다가 이유 없이 휴지통을 걷어차거나 비를 내팽개치고 잔디밭에 훌러덩 누워 모자로 얼굴을 가리고 잠을 잤다. 취직을 해 일을 하러 온 건지 사회에서 몹쓸 죄를 짓고 유배를 온 건지 알 수 없을 정도였다. 어느 날은 미친 듯이 쓸고 또 쓸더니 또 다른 날은 건성건성 청소는 하는 둥 마는 둥 하다가 빗자루를 내려놓고 멍하니 앉아 하늘만 올려다봤다. 그런 날들을 여러 번 겪은 후에야 조심스레 악수를 청할 수 있었다. 잘해봅시다, 하며 손을 내밀자 박은 빗자루를 쥐고 있던 손을 작업복 바지에 여러 번 문질러 닦았다. 그리고 천천히 내 손을 맞잡았다. 그때 빤히 쳐다보던 박의 눈에는 뭘 잘해보자는 거요, 당신이나 잘해보슈, 난 당신 같은 부류들과 달라, 하는 경멸의 문구가 씌어 있었다. 그랬던 박이 이제는 내가 타주는 커피를 맛나게 마신다. 청소부 모집에 사람들이 몰려왔다. 그중에 박도 끼어 있었다. 마지막 체력 테스트에서 쌀 한 가마니 들고 백 미터를 전력 질주하던 힘이 어디서 나왔을까 싶게 박의 팔뚝은 희고 가늘다. 그 희고 가는 팔뚝에는 머리와 손만 가지고 살아온 전력이 고스란히 배어 있었다.

"쌀 한 가마니가 그렇게 무거운 줄 몰랐어요. 죽을힘을 다해 버텼지요. 여기서 끝나면 모든 게 끝장이다, 이판사판이었으니까요."

그래도 청소부가 되겠다고 마음먹을 때보다 쌀 한 가마니 들고 뛰는 게 훨씬 쉬웠다고 술 한잔에 벌게진 얼굴로 웃었다. 그 말에 저절로 고개가 끄덕여졌다. 규모가 크진 않았지만 그래도 직원 수십 명을 거느리던 사장이 공원 안내소를 지키게 될 줄 누가 상상이나 했겠는가. 더군다나 그런 일이 바로 나 자신에게 일어나리라고는 꿈도 꿔본 적이 없었다. 배곯아본 사람이 배고픔을 안다고 박을 보면 안쓰러움과 동시에 연유를 알 수 없는 분노가 확 치밀어 올랐다. 그건 나 자신에 대한 노여움이기도 했다. 사업의 실패는 인생의 실패를 의미했다. 냉혹한 현실은 한 치의 틈도 허락하지 않았다. 다시 재기를 꿈꾼다거나 역경을 딛고 일어난다느니 하는 말들은 오래되어 식상해버린 광고 문구처럼 아무런 의미도 담아내지 못했다. 나는 예고도 징후도 없이 어느 순간 외계인이 돼 있는 나 자신을 발견했다. 이도 저도 아닌, 이곳에도 저곳에도 어울리지 않는. 그 모든 일은 하도 꿈결 같아 마치 날 때부터 그러하거나 아니면 이 모든 만물의 원리가 그렇게 돌아가게끔 설계되어 있는 것처럼 지극히 자연스럽게 느껴지기까지 했다. 비극은 오감을 마비시키는 것도 모자라 착각과 착시 현상을 동반했다. 지구 반대편에서 땅이 흔들리고 거대한 파도가 도시를 삼키고 수십 층 빌딩이 순식간에 사라져버려도 그런 느낌은 들지 않았었다. 차라리 아주 미세한 진동이라도 느낄 수 있었다면 이렇게까지 배신감이 들지는 않았을 것이다. 뭐라 딱 꼬집어서 말할 수 없을 정도로 눈에 보이는 주변의 생활은 지극히 정상적이었으며 평온하기까지 했다. 실은 어느 한 귀퉁이가 조금씩 무너져 내리고 있었는데, 어느 한 귀퉁이가. 눈에 보이는 것만이 전부가 아니라는 것을, 때론 그것이 더 위협적이고 무섭다는 것을 공장 문을 닫은 후에야 알았다.

비둘기 무리가 선착장 쪽으로 날아오른다.

"저놈의 비둘기 때문에 골치야. 유리창이 성할 날이 없어.

닦고 돌아서면 금세 또 싸고. 자전거 대여소, 주차장이 온통 비둘기 똥 천지야. 이러다간 여기가 다 비둘기 똥으로 뒤덮이겠어. 도대체 어디서 꾸역꾸역 모여드는 거지?"

"먹을 게 있나 봐요. 그러니까 모여들지요."

"그렇지? 자네도 그렇게 생각하지? 틀림없어. 누가 그 미친 짓을 하는 게."

나도 모르게 목소리가 높아진다.

"그게 왜 미친 짓이에요?"

박이 정색을 하며 쳐다본다.

"생각해봐. 그렇잖아. 일부러 먹이를 안 줘도 잘 살 텐데, 뭐 꼭 그렇게까지 할 필요가 있느냐 말이야. 안 그래?"

내 입장에서 보면 비둘기에게 먹이를 주는 것은 백번 미친 짓이다.

"비둘기한테 먹이를 주는 사람들은 대개 세 부류라더군. 어린이와 노약자 그리고 할 일 없는 사람들. 세 부류의 공통점이 뭔지 자네 혹시 아나?"

"글쎄요?"

박이 고개를 갸웃거린다.

"세 부류 모두 머니가 없다는 거야. 돈, 돈 없는 사람들이 오히려 제 호주머니를 털어 비둘기 모이를 산대. 자네 전공이 사회학이라면서. 어떻게 생각하나?"

"그럴듯한 얘기네요. 하지만……, 글쎄요. 제가 뭘 알아야지요."

"그러니까 진정으로 비둘기를 위해 먹이를 주는 게 아니라 순전히 자기만족이라니까. 나도 비둘기를 먹여 살린다, 보상 심리 뭐 그런 거 아니겠어?"

"듣고 보니까 뭐 그럴 수도 있겠네요. 근데 뭐 그렇게 어렵게 생각하세요? 그냥 비둘기가 좋아서 줄 수도 있는 거잖아요."

박이 할 일 없으면 비둘기 똥이나 닦으라는 투로 쳐다본다.

"아무튼 비둘기라면 신물이 나네."

박이 남은 커피를 단번에 털어 넣는다. 커피를 다 마신 박이 빗자루를 움켜쥐고 일어서더니 가볍게 목례를 하고 축구장 쪽으로 걸어간다. 빈 종이컵을 손으로 우그러뜨린다. 또 괜한 일을 가지고 혼자서 열을 올린 것 같다. 전에는 안 그랬는데 작은 일에도 쉽게 흥분을 하곤 한다. 공장 문을 닫고부터인가, 아내가 이상한 행동을 하고부터인가. 언제부터인지 모르게 대상도 모르는 그 누군가에게 툭하면 화가 났다. 화 내봐, 어디 화 좀 내보라고. 누군가가 옆구리를 쿡쿡 찔러댔다. 화사한 봄날 강변을 구르는 자전거 바퀴, 고요한 밤 강을 거슬러 올라가는 유람선의 색색가지 조명등, 하찮은 비둘기 똥에까지 화가 치밀었다. 그리고 그 주변 어디에든 한결같이 아내가 어른거렸다.

아내는 갑자기 너무 친절해졌다. 과일을 하나 먹어도 그 과일의 생산지에서부터 씨의 생김새, 한 개당 들어 있는 비타민 C의 함유량까지 구구절절 읊어댔다. 나는 들고 있던 포크를 내려놓았다. 왜 더 안 먹고? 하루에 다섯 쪽은 먹어야 해. 아내의 눈빛은 깊고 낯설었다. 말이 많아진 아내는 커다란 두 눈을 쉴 새 없이 굴렸다. 살이 빠졌어. 아내는 아침 식탁에서 바싹 구운 굴비 세 마리를 머리까지 꼭꼭 씹어 먹었다. 나는 공장 문을 닫고 일자리를 찾고 있는 중이었다. 아내는 한 번도 이제 어떻게 살지? 라든지 일자리를 알아봐야겠어, 라는 말을 하지 않았다. 그냥, 아무 일도 없었다는 듯, 매번 피고 지는 꽃을 대하듯 했다. 나를 위한 배려겠지, 저 속이라고 괜찮을 리가 있겠어. 처음에는 그렇게 생각했다. 그리고 그럴수록 아내에게 더 미안했다. 아내는 불평 한마디 없이 나름대로 구조 조정을 해나갔다. 불필요한 지출을 없애고 꼭 필요한 지출도 최소한으로 줄였다. 당장 눈앞에서 피해를 보는 것은 아이들이었다. 툭하면 시켜 먹던 간식거리가 사라졌고 두 개씩 다니던 학원도 모두 끊었다. 방과 후 일찍 돌아온 아이들은 방구석에 쪼그려 앉아 텔레비전을 보거나 오락을 하다가 잠이 들었다. 속이 뒤틀리고 화가 치밀었지만 내색을 할 수 없었다. 아내와 현실 중에서 어디를 디뎌야 될지 내 발은 항상 허공에서 머뭇거렸다. 아내를 현실 속으로 끌어오고 싶지 않았다. 용납할 수 없었다. 나는 현실을 끌어안는 대신 아내를 그

밖으로 내몰았다.

　어렵게 이곳에 일자리를 얻었을 때도 아내는 별말이 없었다. 다만 그 특유의 친절함을 발휘하는 것은 잊지 않았다. 유람선 선착장이 있어서 심심하지는 않겠어. 아무것도 안 떠 있는 강을 종일 바라보는 것보다는 낫잖아. 자전거 대여소가 바로 앞에 있어. 밤에 종종 자전거가 없어진대. 해가 지면 맞바람이 불 거야. 조기 축구 회원들은 새벽 5시면 모인대. 아내는 한참 동안 눈을 감고 있다가 떴다. 그리고 아주 친절하게 또박또박 일러주었다. 그래도 좀 심심하긴 하겠다. 당신이 그곳에서 할 일은 그다지 많지 않아. 그래서 사람들이 오래 붙어 있지 못한대. 너무 심심해서. 그리고 음 …… 펭귄이, 펭귄이 산대. 게네들의 퇴화는 왜 어중간하게 이루어졌을까. 어느 한쪽으로 확실하게 기울지 못하고. 왜 그랬을까. 아내는 노래 부르듯 작은 소리로 중얼거렸다.

　아내 말대로 유람선은 심심치 않게 지나갔고 자전거가 두 대 없어졌다. 조기 축구 회원들은 구름이 끼나 바람이 부나 새벽 5시면 어김없이 모였고 해가 지면 강 쪽에서 맞바람이 불어왔다. 그게 다였다. 어쩌다 화장실이 어디냐고 물어오는 어린애들 빼고는 말을 걸어오는 사람도 없었다. 수시로 도는 순찰을 제외하면 할 일이 없었다. 이따금 마주치는 박을 불러 커피 한잔을 마시는 게 유일한 일이었다. 나는 시도 때도 없이 강변을 어슬렁거렸다. 따분했다. 발걸음은 점점 느리고 게

으르게 바뀌었다. 뇌와 심장과 손발이 동시에 퇴화되고 있었다. 진화하고 있는 것은 밤의 한강변이었다. 그러나 펭귄은 보이지 않았다. 한강에 펭귄이 살 리 없었다.

 여자의 시선은 바닥에 놓인 컵라면에 박혔다. 한 손에는 예외 없이 앙증맞은 아기 신발 한 짝이 들렸다. 손때가 묻은 신발은 여자의 트레이드마크다. 어디를 가나 한 손에는 어른 손바닥 반만 한 분홍빛 신발 한 짝이 들렸다. 여자는 가끔 안내소를 기웃거린다. 그럴 때마다 커피를 타주기도 하고 주머니 속에 뒹구는 껌 조각을 꺼내주기도 한다. 하다못해 물이라도 한 컵 따라주면 여자는 구십 도로 허리를 숙였다. 컵라면 용기에 물을 부은 후 손짓으로 여자를 부른다. 여자는 생글생글 웃으며 안내소 안으로 발을 들여놓는다. 여자는 자리를 비켜주기가 무섭게 의자를 차지한다. 컵라면과 나무젓가락을 여자 앞으로 밀어준다. 여자가 나무젓가락을 집어 들고 용기 뚜껑을 벗기려 한다. 나는 손바닥으로 컵라면 뚜껑을 지그시 누른다. 라면이 익으려면 좀더 있어야 한다. 내 손을 보는 건지 손 밑의 컵라면을 보는 건지 여자는 나무젓가락을 입에 문 채로 눈을 내리깔고 있다. 컵라면 뚜껑에서 손을 떼고 여자에게 먹는 시늉을 해 보인다. 여자가 고개를 끄덕이더니 컵라면을 먹기 시작한다. 여자는 라면을 소리 내지 않고 밥 먹듯이 잘도 먹는다. 겉으로 보기에 아무런 이상이 없어 보인다. 차림새도 말쑥하고 머리도 단정하다. 여자는 말이 없다. 소리 내어 말하는 것을 본 적이 없기 때문에 일부러 안 하는 건지 장애를 가지고 있는 건지 도통 짐작할 수 없다. 여자의 배는 이제 멀리서 봐도 눈에 띌 정도로 불룩해졌다.

국물까지 말끔히 먹어 치운 여자가 일어난다. 여자는 내 앞으로 바투 다가서더니 손 좀 줘보라는 시늉을 한다. 나는 별다른 생각 없이 손을 내보인다. 여자가 가만히 내 손을 움켜쥐더니 자신의 옷 속으로 밀어 넣는다. 당황한 나는 여자 손을 뿌리친다. 여자가 해맑게 웃으며 내 손을 다시 잡으려 한다.

"이 여자가 왜 이래!"

나는 여자 손을 피해 몸을 이리저리 흔든다. 여자 손이 허공에서 춤을 춘다. 놀이를 하듯 끅끅거리며 웃는다. 열린 문으로 황급히 여자를 떠민다. 여자는 떠밀려 나가면서도 웃음을 그치지 않는다. 여자의 손에서 분홍 신이 흔들린다.

"별 미친년 다 보겠네."

여자가 뒤뚱뒤뚱 공터 쪽으로 멀어진다. 아내도 저 여자처럼 어딘가를 헤매고 다닐지도 모른다. 여자에게 잡혔던 손을 바지에 문질러 닦으면서 여자에게서 쉽사리 눈을 떼지 못한다.

아내는 전보다 안정을 찾은 듯 보였다. 나는 어렵게 준비해 간 민어찜을 아내 앞에 풀어놓았다.

"먹어봐. 민어야. 당신 민어 먹고 싶다고 했잖아."

아내는 물끄러미 민어를 내려다봤다. 젓가락으로 민어 살점을 발라 아내에게 내밀었다.
"자, 먹어봐. 어서."
아내는 마지못해 입을 벌렸다. 민어 살점을 받아 천천히 오래 씹었다.
"어때? 맛있어?"
대답 대신 아내 눈가에 생기가 돌았다. 두번째 젓가락질을 하려는데 아내 손이 민어찜으로 향했다. 아내는 손으로 허연 살점을 크게 떼어내 입으로 가져갔다. 입속의 것을 다 씹어 삼키기도 전에 살점을 또 뜯어 입에 넣었다. 두 손으로 번갈아가며 살점을 뜯어 먹었다. 젓가락을 든 채로 아내를 지켜봤다. 입을 반쯤 벌린 민어는 눈동자가 충혈돼 있었다. 어찌 보면 민어는 웃고 있는 것처럼 보였다. 너무 웃겨서 눈이 충혈될 정도로 죽도록 웃다가 정말로 죽어버린 놈. 가시가 앙상하게 드러난 민어를 아내가 집어 들었다. 살점이 너덜거리는 민어를 통째로 들고 뜯어 먹었다. 아내가 민어를 먹는지 민어가 아내를 먹는지 모를 지경이었다. 민어 대가리가 바닥으로 툭 떨어졌다. 동강 난 민어 대가리는 여전히 웃고 있었다. 나는 들고 있던 젓가락을 슬그머니 내려놓았다.

방금 떨어진 비둘기 똥이 유리를 타고 흐른다. 녀석 똥은 상태가 안 좋다. 창틀에 닿을 듯 말 듯 흐르다가 아슬아슬하게 멈춘다. 아이들이 자전거를 탄다. 자전거가 햇빛에 반사돼 반짝인다. 자전거 대여소에도 선착장에도 다른 날보다 일찍 사람들이 모여든다. 눈을 부릅뜨고 사람들을 살핀다. 저 속에 아내가 섞여 있을지도 모른다. 비둘기가 모여들고부터 그런 생각이 더 들었다. 조만간 아내를 만날지도 모른다. 잠이 오지 않았다. 퇴근 시간이 한참 지났는데도 어둠에 싸인 강변을 서성거렸다. 비둘기 똥이 문제가 아니었다. 아내만 돌아온다면 그깟 비둘기 똥쯤이야 얼마든지 쓸고 닦을 각오가 돼 있었다. 아내만 돌아온다면. 부릅뜬 눈을 손등으로 문지른다. 화사한 봄옷을 입은 사람들이 무리를 지어 지나간다. 주말이 되면 평소 때보다 사람들이 두 배로 넘쳐난다. 선착장은 늦게까지 유람선을 타려는 사람들로 붐빈다.

  공터에 비둘기들이 몰려든다. 뭔가 먹을 게 있는 모양이다. 재빨리 일어나 공터를 살핀다. 젊은 남자와 여자가 뭔가를 바닥에 던지고 있다. 공터로 달려간다. 여자 손에 과자 봉지가 들렸다. 남자와 여자는 재미있다는 듯 과자 부스러기를 바닥에 던진다. 비둘기들이 똑같은 자세로 역시 똑같은 소리를 내며 과자 부스러기를 쪼아대느라 정신이 없다. 남자가 손바닥에 과자 부스러기를 올리고 구구구 하자 비둘기 두 마리가 남자 손바닥으로 날아오른다. 비둘기들은 남자 손바닥에 서로 앉겠다고 날개를 퍼덕거린다. 그 모습을 본 여자가 까르륵 웃는다.

"저기, 비둘기한테 먹이 주면 안 되는데요."

남자가 나를 힐끔 쳐다본다. 그새 남자 손에 앉았던 비둘기들이 날아간다.

"죄송합니다. 이곳에서는 비둘기 먹이를 주지 못하게 돼 있습니다."

"그런 게 어디 있습니까? 여기 어디에 비둘기 먹이 주지 말라고 써 있냐고요?"

남자가 목소리를 높인다. 왜 분위기를 깨느냐는 투다.

"비둘기가 하도 많이 늘어나서……"

남자 말대로 문서로 명시돼 있는 사항은 아니다. 그것을 단속하라고 지시를 받은 적도 없다. 순전히 내 생각이고 바람일 뿐이다. 뻐딱한 남자 태도에 그만 말끝을 흐리고 만다. 사태를 파악한 여자가 남자를 잡아끈다. 남자는 여자에게 끌려가면서도 뭐라고 중얼거린다. 속에서 불이 확 일어난다. 쫓아가서 멱살이라도 잡고 싶은 걸 간신히 참는다. 전 같으면 그러고도 남았을 것이다. 나는 지금 내가 아니다, 나는 지금 내가 아니다, 멀어지는 남자 뒤통수에 대고 중얼거린다.

처음에는 무슨 일이든지 일거리만 생긴다면 마다하지 않을 생각이었다. 그런데 막상 공원 안내소에서 일을 하려니까 내키지가 않았다. 누가 보기라도 하면 어쩔까. 처음 한 달은 좁은 안내소에 처박혀서 나오지도 않았다. 나를 밖으로 불러낸 것은 박이었다. 성난 짐승처럼 으르렁대던 박은 날이 갈수록 온순해졌다. 이른 아침부터 해 질 때까지 하루 종일 열심히 빗자루질만 했다. 젊은 사람이 어디 모자라지 않고서야 저럴 수 있을까 싶을 정도로 성실했다. 그런 박을 보고 있노라면 가슴 한쪽이 먹먹해졌다. 그까짓 거 청소가 뭐 그리 대단하다고 저렇듯 열심이야. 그때까지만 해도 나는 이 구석에서 금방 벗어나리라 마음먹었다. 박도 마찬가지라고 여겼다. 얼마 못 가 주저앉겠지, 했다. 그러나 박은 달랐다. 변함없이 성실했고 아무리 궂은일도 마다하지 않았다. 박에게 물었다. 어디서 그런 마음이 생기느냐고. 안 그러면요? 박이 씩 웃었다. 박은 대학 졸업 후 서른 군데도 넘게 이력서를 디밀었다. 그 후 말이 줄었다. 읽던 책을 손아귀에서 놓았고 신문 사설도 건너뛰었다. 대신 꼭 말이 필요할 때 안 그러면요? 하고 씩 웃었다. 그리고 중얼거렸다. 나는 지금 내가 아니에요. 맞는 말이었다. 나는 지금 내가 아니다. 나는 박을 따라 중얼거렸다. 그러자 모든 게 한꺼번에 용서가 되고 납득이 되었으며 이해가 되었다. 아내에게도 그 말을 해주고 싶었다. 당신은 지금 당신이 아니야. 우리 모두는 지금 우리 모두가 아니야.

공터에서 공익광고 촬영이 한창이다. 배우들 사이에 낯익은 얼굴이 보인다. 안내소를 기웃거리던 그 여자다. 회사원, 간호사, 모범 운전사, 광부, 농부 등 각 분야를 대표하는 복장의 배우들 틈에 만삭의 여자가 말끔한 옷차림으로 웃고 있다. 만삭의 임산부 역할을 하던 배우가 갑작스레 복통을 호소했다. 배우는 배 속에 광주리를 집어넣은 채 응급실로 실려 갔다. 출산 장려 콘셉트에 맞추려면 만삭의 임산부가 꼭 있어야 했다. 마침 감독의 눈에 사람들 사이에 끼여 촬영을 구경하던 여자의 불룩한 배가 눈에 들어왔다. 광주리로 위장한 배보다 훨씬 리얼리티가 살아 있었다. 조감독이 여자를 무리에서 불러냈다. 여자는 조감독의 말이 무슨 뜻인지 도통 몰랐지만 신문에 대문짝만 하게 실린다는 말에 얼른 고개를 끄덕거렸다. 여자는 곧 스태프들에 의해 말끔하게 단장되었다. 여자를 사이에 두고 배우들이 자연스럽게 늘어선다. 감독 사인이 떨어지기가 무섭게 스태프들이 튀어나와 배우들이 서 있는 주변에 비둘기 먹이를 뿌린다. 약속이라도 한 듯이 사방에서 비둘기 떼가 날아든다. 비둘기들은 여자와 배우들 주변에 내려앉아 먹이를 먹는다.

"액션!"

배우들 연기가 시작된다. 여자와 배우들이 함께 비둘기에게 먹이를 주는 장면이다. 칠팔십 년대나 있을 법한 공익광고다. 복고 열풍을 타고 공익광고도 그런 쪽으로 콘셉트를 맞춘 모양이다. 모범 운전사 복장을 한 남자 배우가 자꾸 실수를 한다. 컷과 액션이 몇 차례 반복된다. 의외로 여자는 잘하고 있다. 안내소를 기웃거릴 때와는 전혀 다른 모습이다. 나는 여자에게서 눈을 떼지 못한다. 카메라가 돌아가지 않는 틈을 타 스태프들이 먹이를 계속 뿌린다. 비둘기들은 먹이를 먹고 또 먹는다. 비둘기들이 제일 자연스럽게 연기를 잘한다. 간호사 복장의 여배우 이마가 땀으로 번질거린다. 촬영이 잠시 중단된다. 코디가 분첩을 들고 여배우에게 뛰어간다. 스태프들도 장비를 내려놓고 물을 마시고 기지개를 켠다. 휴식 시간이 길어진다. 비둘기들은 계속 먹고 있다. 어느 놈은 먹으면서 똥을 싼다. 다시 카메라가 돌아가고 컷을 외치는 감독의 목소리를 끝으로 촬영이 끝난다. 배우와 장비를 실은 차량이 움직인다. 비둘기들이 일제히 날아오른다. 촬영 팀이 철수하고 난 자리에 비둘기 깃털과 똥들이 널렸다. 스태프들이 버리고 간 담배꽁초와 쓰레기들도 섞여 있다. 기다렸다는 듯 박이 빗자루를 들고 나타난다. 비질을 할 때마다 깃털이 날려 흩어진다. 박의 비질에 넘실대는 강물도 쓸려 나갈 참이다. 여자는 그새 어디론가 사라졌다. 비질을 하던 박이 허리를 굽혀 쓰레기 더미 속에서 무엇인가를 집어 든다. 여자의 분홍 신이다.

스웨터를 납품하던 공장은 항상 매캐한 먼지가 떠다녔다. 공장과 붙어 있던 살림집도 지저분하기는 마찬가지였다. 아내는 스웨터에 단추 하나라도 더 달기 위해 밥도 서서 먹었고 청소도 몰아서 했다. 어느 날 모든 기계가 예고도 없이 멈추어 섰다. 완성되지 못한 스웨터들이 갈기갈기 찢긴 짐승의 몸통처럼 공장 여기저기에 굴러다녔다. 먼지가 쌓인 작업장은 동물들의 시체가 묻힌 무덤 같았다. 아내가 잠든 틈을 타 작업장을 치웠다. 이제 서서 밥을 먹을 일도 청소를 몰아서 할 일도 생기지 않았다. 아내는 텅 빈 작업장을 서성댔다. 그리고 청소를 하기 시작했다. 스웨터가 사라진 작업대를 걸레로 닦고 또 닦았다. 얼마 안 있어 작업장이 문을 닫았다. 아내는 좁은 집 안을 닦고 또 닦았다. 청소기를 돌리고 또 돌렸다. 빨래를 하고 또 했다. 집 안 곳곳을 닦고 쓸고 윤을 냈다. 처음에는 그동안 미루어두었던 집안일들을 하는가 보다 했다. 시간이 좀 지난 다음에는 얼마나 마음이 헛헛하면 저럴까, 내 마음도 헛헛해졌다. 아내의 빨래는 그칠 줄 몰랐다. 티셔츠는 하도 빨아 목이 늘어났고 운동화는 낡아 해졌다. 한밤중에도 세탁기 돌아가는 소리에 눈을 뜨면 옆자리가 비어 있곤 했다.

아내에게 새로운 습관이 하나 더 생겼다. 베란다에 비둘기를 불러 모으는 일이었다. 우연히 날아든 비둘기 한 마리가 문제였다. 발목이 유난히 붉은 놈이었다. 비둘기는 베란다에서 오랫동안 떠나지 않았다. 그 모습을 아내는 놓치지 않았다. 그다음 날 아내는 베란다에 좁쌀을 뿌렸다. 기다렸다는 듯 비둘기가 날아왔다. 비둘기는 한 마리가 아니었다. 발목이 붉은 비둘기는 발목이 좀더 빨간 놈을 데리고 왔다. 발목이 좀더 빨간 놈은 부리가 흰 놈을 데리고 왔다. 부리가 흰 놈은 몸집이 큰 놈을 데리고 왔다. 놈들은 점점 늘어났다. 몰려온 놈들은 구구거리며 좁쌀을 주워 먹었다. 놈들은 단지 좁쌀을 먹고 있는 것 같지 않았다. 머리를 맞대고 파티라도 즐기듯 가끔씩 윤이 나는 서로의 날개를 다정하게 비볐다. 음악이라도 흐르면 빙글빙글 돌며 춤이라도 출 듯했다. 그들의 식사는 한없이 평온하고 한가로웠으며 오래 이어졌다.

"그때 비둘기 생각나? 우리 신혼여행 갔을 때 무슨 공원이었지 아마? 신혼부부들 손에 다들 근처 매점에서 파는 똑같은 비둘기 모이가 들려 있었잖아. 발밑에는 먹이를 보고 몰려든 비둘기들이 깔려 있고 마치 무도회장 같았는데. 무슨 의식을 치르는 것 같기도 했고. 그 틈에서 우리 둘이 손잡고 살짝살짝 스텝을 밟은 거 기억나? 누가 먼저랄 것도 없이 자연스럽게 저절로 발이 움직였는데."

몸을 더듬던 아내가 슬그머니 손을 빼고 돌아누웠다. 아내는 점점 더 많은 양의 좁쌀을 뿌렸다. 비둘기가 한바탕 몰려왔다 가고 나면 베란다는 똥으로 범벅이 되었다. 아내는 열심히 비둘기 똥을 물로 씻어 내렸다. 일부러 일거리를 만들기 위해 비둘기를 불러 모으는 사람처럼 보였다.

"왜 사서 고생을 해!"

아내에게 좁쌀을 주지 말라고 당부했다. 아내는 말을 듣지 않았다. 피리 부는 남자가 피리 소리로 쥐들을 유인하듯 아내는 비둘기들을 유인했다.

"이리 와서 저것 좀 봐. 그때 우리가 본 비둘기들이야. 속은 거야. 우리가 쟤네들한테 속은 거라고."

아내는 그 틈에 앉아 비둘기들을 노려보았다. 아내 눈에서 광채가 번득였다.

잔뜩 흐린 날이었다. 아내는 아침부터 비둘기를 불러 모았다. 비릿하고 쿰쿰한 냄새가 집 안으로 들어왔다. 또 시작이군. 나는 서둘러 집을 나섰다. 머릿속을 종일 비둘기가 쪼아 댔다. 광고지에 난 전화번호를 전부 훑고 인력시장 서너 군데를 돌았지만 마땅한 일거리를 찾지 못했다. 그날따라 집 안이 고요했다. 아내는 베란다 문턱에 앉아 있었다. 베란다에는 수많은 비둘기들이 뒹굴고 있었다. 좁쌀 속에 머리를 묻고 죽어 있거나 눈을 반쯤 뜨고 사지를 떨었다. 아내는 눈을 부릅뜨고 그 광경을 지켜보고 있었다. 나는 허겁지겁 죽은 비둘기들을 검은 비닐봉지에 쓸어 담았다. 누가 보기라도 하면 큰일이었다. 날카로운 비둘기 발톱이 비닐봉지를 뚫고 밖으로 미어져 나왔다. 검은 비닐봉지를 다시 자루에 담았다. 그래도 날카로운 발톱을 온전하게 숨길 수는 없었다. 군데군데 뚫어질 듯 부풀어 오른 자루를 발로 꾹꾹 눌렀다. 뚝뚝 나뭇가지 부러지는 소리가 났다. 눈에서 눈물이 흘렀다. 그날 내가 꾹꾹 밟아 누른 건 죽은 비둘기가 아니라 번득이는 아내의 눈동자였다. 마지막으로 자루를 주황색 종량제 봉투에 담고 주둥이를 단단히 동여맸다. 그날 밤 아내는 밤새도록 겨드랑이를 긁어댔다. 왜 비둘기를 죽였는데? 하고 물어보는 대신 아내를 병원에 데리고 갔다. 면담을 하는 간간이 아내는 생긋 웃었다.

한 움큼의 알약을 경쾌하게 털어 넣고 아내는 좁쌀을 사러 갔다. 이건 국내산 차조야. 씹어봐. 느낌이 달라. 아내는 샛노란 좁쌀 알갱이를 내 입에 넣어주었다. 깔깔한 알갱이는 너무 작아 입안에서 겉돌았다. 아내는 베란다에 다시 좁쌀을 뿌리지 않았다. 좁쌀은 싱크대 깊숙이 처박혔다. 그런데도 비둘기가 날아왔다. 살찐 비둘기는 베란다를 서성이며 구구거렸다. 나는 아내가 좁쌀을 흩어놓기 전에 비둘기를 쫓아버렸다. 다행히 아내는 비둘기를 보지 못했다. 새로 사온 좁쌀은 저녁밥에 섞여 식탁에 올라왔다. 밥은 노란 꽃가루를 뿌려놓은 것처럼 화사했다. 밥을 한술 떠 입에 넣었다. 가늘고 붉은 다리를 바르르 떨며 죽어가던 비둘기들이 떠올랐다. 젓가락으로 흰 쌀알만 골라 먹기 시작했다. 아내는 노랗게 좁쌀이 박힌 밥을 수북하게 한 그릇 맛있게 비웠다. 그리고 한 움큼의 알약을 또 경쾌하게 입안에 털어 넣었다.

비 오는 밤 옆자리가 허전해 눈을 떴다. 아내는 잠옷 차림으로 운동화를 신고 있었다. 살찐 연어를 잡아올게. 배가 고파. 비둘기가 내 밥을 다 먹어버렸어. 아내는 운동화 끈을 조여 매면서 웃었다. 게네들은 날개가 있잖아. 빨리 가지 않으면 연어를 다 먹어치울 거야. 요즘 비둘기들은 잡식성이래. 당신, 그거 알고 있었어? 아내 손을 움켜잡았다. 밤낮으로 스웨터 단추를 다느라 손바닥은 거칠게 갈라져 있었다. 아내를 끌어안았다. 눈가가 붉어졌다. 이거 놔. 빨리 가야 돼. 배고

파 죽겠어. 아내가 몸을 틀어 품에서 빠져나오려고 애를 썼다. 아내를 더 꼭 끌어안았다. 당신 좋아하는 비빔국수 해줄게, 가지 마. 아내가 금방 조용해졌다. 조여 맨 운동화 끈을 풀고 방으로 들어갔다. 가스레인지에 물을 올리고 김치를 꺼냈다. 삶아 건진 국수를 그릇에 담고 종종 썰어 무친 김치를 올려 방으로 가지고 들어갔다. 아내는 모로 쓰러져 코를 골며 자고 있었다. 다음 날 아내를 정신병동에 입원시켰다.

비둘기들이 무리를 지어 농구장 쪽으로 날아간다. 얼른 안내소를 뛰쳐나온다. 오늘은 기필코 잡고야 말겠어. 도대체 어떤 녀석이 미친 짓을 하는 거야. 조금 전까지만 해도 바람기 하나 없던 날씨가 어둠을 타고 일렁거린다. 막 어스름이 내려앉고 있는 한강변은 쌀쌀한 날씨 탓인지 일찍 인적이 끊겼다. 조명등을 켠 유람선이 강을 거슬러 올라간다. 비둘기 무리가 아래로 급강하한다. 속력을 내 달린다. 어쩌면 아내일지도 모른다. 밤마다 자는 비둘기들을 불러 모으기 위해 아내는 소리소문도 없이 병동을 빠져나왔는지 모른다. 생각이 거기에 미치자 속에서 뜨거운 덩어리가 울컥 올라온다. 있는 힘을 다해 발을 떼어놓는다.

떼를 지어 내려앉은 비둘기 무리는 수많은 아기들의 돌무덤 같다. 더 이상 다가서지 못하고 멀찍감치 서서 주위를 살핀다. 아내는커녕 그 누구도 없다. 다리에 힘이 풀린다. 바람이 점점 거세게 분다. 그날도 오늘처럼 바람이 느닷없이 찾아왔다. 커피를 마시기 위해 포트에 물을 끓이고 있었다. 노랗게 고요하던 유채밭이 갑자기 흔들리기 시작했다. 전화벨이 울렸다. 병원이었다. 아내가 사라졌다고. 간밤에 감쪽같이 없어졌다고. 혹시 집에 안 갔느냐고. 슬금슬금 술렁이던 유채밭이 미친 듯이 흔들렸다. 광풍기를 들이댄 것처럼 노란 유채꽃이 몸부림을 쳐댔다. 다른 곳은 모두 고요했다. 이상하게도 유채밭만 그랬다. 날개라도 달고 삼 층 창문에서 사뿐히 날아가버린 듯 아내는 아무런 흔적도 남기지 않았다. 한동안 아내가 갈 만한 곳을 전부 훑고 다녔다. 아내는 발자국도 그림자도 남기지 않았다. 아내가 남긴 것은 성난 듯 흔들리는 유채밭뿐이었다. 아내는 그 속으로 숨어버린 것 같았다. 유채꽃 향기 가득한 어느 이른 봄날이 저물고 있었다.

  눈을 크게 뜨고 주위를 둘러본다. 어쩐지 아내가 이 주변을 어슬렁거리고 있을 것 같은 예감이 든다. 푸드득. 비둘기들이 일제히 날아오른다. 어둠이 몰려오는 하늘 저편으로 새까맣게 몰려간다. 비릿한 냄새가 바람결에 실려 온다. 그때 덤불 숲에서 인기척이 느껴진다. 그림자 하나가 축구장 쪽으로 재빠르게 걸어간다. 가만히 몸을 일으켜 그림자를 쫓아간다. 잔뜩 몸을 사린 그림자는 손에 커다란 사료 봉지를 들고 있다. 그림자가 가로등 아래를 지나간다. 낯익은 모습이다. 연두색 빗자루 대신 사료 봉지를 든 박이 축구장을 가로질러 어둠 속으로 사라진다.

 밤새 또 유리창이 비둘기 똥으로 얼룩졌다. 엊저녁 박이 준 먹이를 먹고 비둘기들은 밤새도록 살을 찌웠을 것이다. 얼룩 너머로 박이 보인다. 비질을 하며 이쪽으로 다가오고 있다. 커피포트 물이 끓는다. 커피 두 잔을 타 가지고 나간다. 비둘기 한 마리가 박의 주변을 맴돌다 선착장 쪽으로 날아간다. 잔디밭에 쭈그리고 앉아 박이 오기를 기다린다. 다가온 박이 빗자루를 내려놓고 커피를 마신다. 박의 눈치를 살핀다. 엊저녁의 그 모습은 찾아볼 수 없다. 종이컵을 슬며시 입에 갖다 댄다. 선량한 눈매가 오늘따라 유난히 도드라져 보인다. 강변을 응시하던 박이 빈 종이컵을 우그러뜨린다. 왜 몰래 비둘기에게 먹이를 주는데? 목구멍까지 넘어오는 말을 다시 삼킨다.
 "혹시 펭귄을 본 적 있어?"
 "어렸을 때 동물원에서요."
 "아니. 여기서 말이야."
 "무슨 소리예요?"
 박이 뜨악한 표정으로 쳐다본다.
 "아닐세. 그냥 해본 소리야. 한강에 펭귄이 살 리 없지."
 "모르지요. 앞으로는 이곳에서 펭귄이 살고 비둘기들이 남극으로 날아갈지. 펭귄은 고이 접어두었던 날개를 활짝 펴고 하늘 높이 비상할지도 모르죠. 반대로 남극으로 날아간 비둘기의 날개는 점점 무용지물이 돼버리고요. 혹시 그런 생각 해 본 적 없어요?"

나는 대답 대신 멀리 수평선을 응시한다.

"왜 그런 생각이 드는지 모르겠어요. 아, 그건 비극이에요."

"비극은 이미 시작됐어."

"그렇죠? 그런 거죠? 아저씨도 그렇게 생각하는 거죠?"

하지만 펭귄과 비둘기가 바뀐다 한들 우리와 무슨 상관이 있겠어요, 박이 중얼거리며 일어나 공터 쪽으로 걸어가다가 홱 몸을 돌려 소리친다.

"그런데 게네들 말이에요, 펭귄. 조류인가요, 어류인가요? 어디에 더 가까운 거죠?"

구름이 빠르게 몰려온다. 비둘기 똥 냄새가 더 짙어진다. 하루 동안 닦지 않은 창문은 더께 앉은 비둘기 똥으로 범벅이 되었다. 불을 밝힌 유람선이 뚜우 소리를 내며 선착장에서 멀어진다. 마지막 항해다. 오늘은 종일토록 여자가 보이지 않는다. 오후 내내 강변을 샅샅이 훑었다. 배에 오르는 사람들. 자전거를 타는 사람들. 꽃밭에서 사진을 찍는 사람들. 비둘기에게 과자 부스러기를 던져주는 사람들. 강변을 거니는 사람들. 사람들, 사람들. 그 많은 사람들 중에 역시 아내는 없었다. 가로등에 불이 들어온다. 사람들의 발걸음이 빨라진다.

비둘기도 자취를 감춘다.

　가로등 불빛만이 고요하다. 구석에서 좁쌀 봉지를 꺼낸다. 싱크대에는 아내가 사온 좁쌀이 남아 있었다. 좁쌀 봉지를 움켜쥐고 밖으로 나온다. 후텁지근한 공기가 바람에 실려 온다. 박이 먹이를 주던 곳에 좁쌀을 흩뿌린다. 비둘기들이 이제 더는 몰려오지 않을 것이다. 후드득. 멀리서 둔탁한 날갯짓 소리가 들려온다. 점점 가까워진다. 마음이 바빠진다. 어둠 속에서 비둘기들이 날개를 퍼덕이며 내려앉는다. 한밤중 여자는 곧잘 매표소 앞 벤치에 웅크리고 있곤 했다. 발길을 돌려 매표소를 향해 걷기 시작한다. 오늘따라 바람이 더 차다. 주머니에 양손을 찔러 넣고 몸을 한껏 움츠린다. 주머니 속의 분홍 신이 손에 잡힌다. 참기 힘든 가려움증이 스멀스멀 겨드랑이를 파고든다.

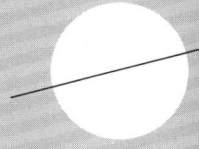

섬에는 비상구가 없다

사람들이 노란 선을 밟고 선다. 열차가 들어온다. 열차를 볼 때마다 아나콘다처럼 징글맞게 큰 뱀이 떠오른다. 광화문 해태상 지하 수십 미터 아래를, 경복궁 이끼 낀 주춧돌을 비껴 압구정 테헤란로 가로등 밑을 허겁지겁 돌아온 물뱀에게서 비릿한 물비린내가 난다. 저놈은 간밤에 경회루 깊은 연못 속에서 시커먼 몸체를 틀어가며 짝짓기를 했을지도 모른다. 놈의 식탐은 그악스럽다. 꾸역꾸역 사람들을 집어삼킨다. 물뱀이 이윽고 어둡고 긴 터널 속으로 사라진다. 사람들이 썰물처럼 빠져나간 승강장에 일순간 적막이 흐르며 졸음이 몰려온다.

 꿈을 꾼다. 어디선가 물이 스민다. 맑간 물이 가판대 양옆

선로에 고인다. 물은 점점 시퍼렇게 깊어간다. 금세 선로를 삼키고 빠르게 차오른다. 선로에 숨어 있던 쥐들이 물살에 떠밀려 나온다. 쥐들은 필사적으로 허우적댄다. 똑같은 모양새의 까만 눈들이 제각기 다른 눈빛으로 울부짖다 차츰 잠잠해진다. 퉁퉁 붇은 죽은 쥐들이 떼를 지어 떠오른다. 불어난 물이 승강장을 집어삼킨다. 아직 숨이 끊어지지 않은 쥐들이 가판대 유리벽을 안간힘을 다해 기어오른다. 쥐 발톱에서는 피가 흐른다. 유리벽은 핏물로 범벅이 된다. 나는 꼼짝없이 사방 이 미터도 안 되는 유리 박스 안에 갇힌다.

반대편 선로에서 열차가 굉음을 내며 들어온다. 퍼뜩 눈을 뜬다. 몇몇 사람들이 올라타고 내린다. 또 그 꿈이다. 몸서리가 쳐진다. 셔츠 주머니에서 휴대폰을 꺼낸다. 오전 8시 45분. 걸려온 전화는 없다. 휴대폰 착신음을 진동으로 바꾼다. 벨소리를 아무리 크게 해놔도 열차 소음을 당해낼 재간이 없다. 아르바이트생 모집 광고를 낸 지 일주일이 다 돼 오는데 전화 한 통 걸려오지 않는다. 하루에도 서너 번씩, 심지어는 깜빡 눈을 감았다가 떠도 그놈의 쥐들이 꿈속을 어지럽힌다. 이제는 그게 꿈인지 현실인지조차도 헷갈린다. 쥐 때문에 이곳을 떠나려 하는 건지 나 스스로도 헷갈릴 정도다. 이제는 무감각해질 때도 됐는데 선로에 드나드는 쥐를 보면 소름이 돋았다. 쥐 때문이든 아니든 나는 이곳을 떠나려 한다. 내 인생의 새로운 장을 위해서다. 파릇한 이십대를 저 투실한 쥐들과 보낼

수는 없다. 그동안 모은 돈으로 다른 일을 해볼 생각이다. 아르바이트생이 와야 마음 놓고 다른 일자리를 알아보는데. 휴대폰에서 눈을 떼지 못한다.

오늘은 D일보만 팔린다. 신문 일 면에 탤런트 하수진이 요염한 포즈로 엎드려 있다. 풍만한 가슴을 긴 머리칼로 살짝 가린 그녀의 백만 불짜리 미소 위에는 붉은색으로 투신자살이라고 씌어 있다. 하수진은 요즘 제일 잘나가는 스타다. 그녀는 오래전부터 심한 우울증과 불면증에 시달려왔다. 어제 오후 드라마 촬영 내내 살갗이 타들어가는 것 같다며 연신 물을 찾았다고 한다. 그리고 얼마 후 근처의 허름한 호텔 화단에서 싸늘한 시신으로 발견되었다.

신문을 보면서도 휴대폰에 온 정신이 쏠린다. 열차가 들어온다. 유리벽이 파르르 떨린다. 휴대폰이 부르르 떨 때처럼 누군가가 보낸 메시지가 도착했다는 신호음 같다. 그러나 그뿐, 나와는 전혀 상관없는 떨림이다. 마음 한구석이 욱신거린다. 흐트러지지도 않은 신문을 괜히 만진다. 가판대에 D일보를 더 올려놓는다. 저렇게 다 고쳐놓고 죽긴 왜 죽니. 그러게 말이야. 처들인 돈이 얼만데. 돈이 아깝다 얘. 저 가슴은 어떻고. 우울증? 우울증은 무슨 우울증이야. 뭐 딴 게 있었겠지. 맞아. 한동안 재벌 2세랑 말이 많았잖아. 짧은 스커트를 입은 여자 둘이 신문을 힐끔거리며 속닥거린다. 돈 때문에 죽었는지 사랑 때문에 뛰어내렸는지. 그 속을 어떻게 알겠어.

섬에는 비상구가 없다 231

신문을 정리하고 동전꽂이에 여분의 동전을 채워 넣는다. 그때 누가 유리벽을 두드린다. 츄파춥스다.

"어, 오랜만이네."

츄파춥스가 사탕을 꺼내 가판대 위에 올려놓는다. 그렇지 않아도 츄파춥스가 다 떨어졌는데. 오랜만에 보는 그녀보다 사탕이 더 반갑다. 졸음이 올 때 사탕이라도 물고 있으면 그나마 견딜 만했다. 츄파춥스는 보름 만에 나타났다. 그새 얼굴이 더 하얘졌다. 입에는 여전히 사탕을 물고 있다.

"그동안 왜 안 왔니?"

중년 신사가 신문 한 부를 집어 들고 돈을 내민다. 거스름돈을 거슬러 주며 츄파춥스 얼굴을 살핀다. 츄파춥스는 D일보를 들여다보느라 정신이 없다.

"무슨 일 있었니?"

"이 여자 기어코 갔네요. 어쩐지 그럴 것 같았어요."

"뭐가?"

"너무 오버해서 웃잖아요. 그동안 목젖이 다 보이도록 웃느라고 얼마나 힘들었을까. 그래도 그렇지. 어디서 그런 용기가 생겼을까요?"

신문을 들여다보던 츄파춥스가 쓸쓸히 웃는다.

"어디 갔다 왔니? 통 안 보이더니."

"학교에요."

"학교?"

그러고 보니 노란 머리가 검은색으로 바뀌었다. 요란한 귀걸이도 하지 않았다. 두툼한 귓불에 바늘구멍만 한 흔적 세 개가 보인다. 뭔가 달라지긴 달라졌다.

"왜 그렇게 놀라세요? 학생이 학교 가는 게 뭐가 잘못됐나요?"

츄파춥스가 물고 있는 사탕 막대를 빙그르르 돌린다.

"아, 미안. 난 그냥……"

"그런데 역시 잘못이었어요. 미안해하실 거 없어요."

"무슨 소리야?"

열차 들어오는 신호음이 들린다. 사람들이 승강장에 늘어선다.

"뭐, 달라진 게 없더라고요. 잘해보고 싶었는데. 둘 다 그래요."

"뭐가?"

"재미없어요."

요란한 소리를 내며 열차가 들어온다. 츄파춥스의 목소리를 놓치지 않으려고 입을 뚫어져라 쳐다본다. 열차 소음 때문에 무슨 말을 하는지 알아들을 수가 없다. 열차 문이 열리고 사람들이 내리고 올라탄다. 츄파춥스 눈가에 물기가 비친다. 츄파춥스에게 무슨 말이든 해줘야겠다고 마음먹는다. 그때 남자 둘이 연달아 D일보를 집어 든다. 그들에게 시선을 잠깐 돌리는 사이 츄파춥스가 사라진다. 고개를 빼고 승강장을 살핀다. 뭐가 두렵다고 하던 것도 같은데. 츄파츕스는 보이지 않는다.

장마가 한창이던 날이었다. 교복을 입은 여자아이가 승강장을 서성거렸다. 젖은 교복 아래로 속옷이 훤히 드러났다. 손에는 가장자리에 레이스가 화려한 핑크 빛 우산을 들고 있었다. 그녀는 길을 잘못 든 것처럼 사방을 두리번거렸다. 한 손으로 젖은 머리를 털어대며 가판대로 다가왔다. 저기, 츄파츕스 있어요? 나는 그때까지 츄파츕스가 막대 사탕이라는 걸 알지 못했다. 노란 커트 머리 아래로 귀가 보였다. 대못 같은 귀걸이가 세 개나 박혀 있었다. 얼핏 봐서는 나이를 가늠할 수 없었다. 푸른 실핏줄이 내비치는 손목은 잡아당기면 북 찢어질 듯했다. 그런 건 없다,고 하자 두 손을 비비며 큰 눈을 껌벅거렸다. 그러고는 승강장을 수도 없이 왔다 갔다 했다. 고개를 숙인 채로 승강장 끝에서 끝까지 노란 선을 밟고 걷기를 반복했다. 나는 젖은 교복과 손에 들린 우산을 번갈아가며 쳐다봤다. 열차가 열 대쯤 지나갔을 때 비로소 그 애가 보이지 않았다.

며칠 후 그 애는 막대 사탕을 입에 물고 또 나타났다. 학생들 등교 시간이 한참 지난 뒤였다. 가판대로 다가와 작고 하얀 손으로 신문을 들췄다. 스포츠 신문에 실린 어느 연예인 결혼 기사를 읽는 것 같았다. 고개를 든 그 애와 눈이 마주쳤다. 그 애는 멋쩍은지 들고 있던 막대 사탕을 내게 내밀었다.

츄파춥스 바닐라 맛이었다. 나는 그제야 츄파춥스가 막대 사탕이라는 것을 알았다. 그 애는 거의 매일 같은 시간대에 승강장에 나타났다. 어김없이 츄파춥스를 물고 승강장을 서성였다. 빨간 플라스틱 의자에 앉아 무엇인가를 골똘히 생각하다가 갑자기 벌떡 일어나 승강장 끝으로 타박타박 걸어갔다. 그럴 때마다 유리 박스 밖으로 고개를 길게 빼고 그 애의 뒷모습을 지켜봤다. 어린 버드나무 가지가 바람에 흔들리는 듯했다. 승강장 끝까지 다 걸어간 그 애는 한참을 꼼짝 않고 서 있었다. 열차가 들어온다는 신호음이 흘러나왔다. 그 애가 승강장 앞으로 바싹 다가섰다. 희미한 불빛과 함께 열차가 들어왔다. 그 애의 짧은 머리카락이 바람에 날렸다. 유리 박스 밖으로 내밀었던 고개를 거둬들였다. 돈을 받고 거스름돈을 거슬러 주는 사이 그 애가 사라졌다. 그 후 이름도 모르는 그 애를 츄파춥스라고 불렀다.

승강장을 아무리 살펴도 츄파춥스는 보이지 않는다. 그 애가 두고 간 츄파춥스는 콜라 맛, 사과 맛, 복숭아 맛, 모두 세 개다.

출근 시간이 지난 승강장은 한산하다. 청소부 이 씨가 대걸레질을 한다. 지금 지상에서는 벌써부터 쇼핑 센터에 사람들이 몰려들 것이다. 은행과 종금사에도 사람들의 발길이 바빠진다. 밤새 불을 밝혔던 나이트클럽의 입간판은 채 식지 않은 열기를 뿜어댄다. 롯데리아에서는 빙수 기계가 쉴 새 없이 얼음을 갈아대고 에어컨을 튼 차들이 뜨거운 아스팔트 위를 분주히 오갈 것이다.

휴대폰에서 눈을 떼지 못한다. 전화 한 통 없다. 귀를 통해 들어온 열차가 몸속을 관통한다. 철컥철컥 어둡고 깊은 터널을 지나간다. 신문을 뒤적인다. 오늘의 생활 날씨 지수. 지하 삼 층 유리벽 안에서는 바깥 날씨를 알 수 없다. 머리 위 바깥세상에서 폭우가 쏟아지고 눈이 내려도 승강장에는 항상 메마른 먼지 뭉치만 굴러다닌다. 오늘은 나들이 지수 80, 빨래지수 100이다. 갑자기 머리 위에 뜨거운 무쇠솥을 이고 있는 기분이다. 이럴 줄 알았으면 빨래를 옥상에라도 널어놓고 오는 건데. 방 안에 널어놓고 온 빨래가 떠오른다. 아무리 빨래지수가 100이어도 방에 널어둔 빨래에서는 언제나 쿰쿰한 냄새가 났다. 가끔씩 그녀가 집에 들러 밀린 빨래를 해놓고 가곤 했다. 그나마도 그것들은 햇빛이 아닌 지하 방을 대각선으로 가로지른 줄에 널렸다. 햇빛을 보지 못한 빨래에서는 곰팡이 냄새가 났다. 몸속 여기저기에서 곰팡이 포자가 툭툭 터지는 것 같았다. 화장실에 가서 겨드랑이를 들여다보기도 했고 음부의 엉긴 털을 손바닥으로 쓸어보기도 했다. 어디에도 곰팡이의 흔적은 없었다. 하지만 곰팡이는 분명히 존재했다. 보이지 않는 곳에서 포자낭을 늘려갔다. 머릿속에는 뇌의 용량보다 곰팡이 포자가 더 많이 자리를 차지하고 있는 듯했다.

눈에 보이는 세상은 점점 색을 잃어갔다. 지상의 현란한 간판이 그리웠다. 밤거리를 수놓는 수많은 종류의 불빛이 뇌 한쪽 구석에서 고장 난 가로등처럼 껌뻑거렸다. 나는 곰팡이의 숙주가 돼가고 있었다.

왼쪽 가슴에 진동이 느껴진다. 황급히 폴더를 연다.
"여보세요?"
"광고 보고 전화하는 건데요."
굵은 남자 목소리다.
"아, 그러세요."
"여기 남양동인데, 거기 무슨 역이지요?"
"연신내역이오. 6호선입니다."

열차가 지나간다. 소음 때문에 저쪽 소리가 잘 들리지 않는다. 어렵사리 지금 바로 가겠다,는 말을 감지해낸다. 저편에서 먼저 전화를 끊는다. 일이 생각보다 잘 풀리는 것 같다. 드디어 이곳을 벗어나게 되다니. 내일은 그녀에게 근사한 점심을 사주고 모레부터 본격적으로 일자리를 찾아보는 거야. 벌써 모든 일이 해결된 듯 마음이 가볍다.

나보다 세 살이나 많은 그녀는 연신내역 바로 위에 있는 쇼핑몰에서 일을 한다. 내 꿈은 그녀와 쇼핑몰에 스파게티 전문점을 차리는 것이다. 화사한 분위기의 스파게티 전문점. 원래 스파게티를 좋아하지 않는데 그녀가 해주는 스파게티는 색다르다. 토마토가 곁들여진 새콤달콤한 소스가 나를 자꾸 유혹

섬에는 비상구가 없다

한다. 알맞게 삶아낸 국수는 입안에서 살살 구르다가 언제 넘어갔는지 모르게 목구멍으로 사라진다. 아마도 그녀는 스파게티 전문점을 해야만 하는 천명을 띠고 이 땅에 태어난 게 아닐까. 나 역시 그녀를 위해 싱싱한 토마토를 고르고 새우를 손질하라는 천명을 받은 것이고. 휴대폰을 꺼내 그녀에게 문자 메시지를 보낸다. 내일 점심시간 비워둬. 콧노래를 흥얼거린다.

속이 쓰리다. 아직껏 먹은 게 없다. 한 손으로 배를 쓸어내리며 승강장을 살핀다. 저편에서 한 무리의 아줌마들이 엉덩이를 흔들며 몰려온다. 서로 등을 치며 깔깔댄다. 예수 믿고 구원받으세요. 턱수염을 기르고 성경책을 옆구리에 낀 남자가 아줌마들 사이를 헤치고 지나간다. 열차가 들어온다. 아줌마들이 노란 선 있는 곳으로 우르르 몰려간다. 열차는 꾸역꾸역 사람들을 토해내고 아줌마들의 웃음소리까지 깨끗이 집어삼키고 사라진다. 한바탕 바람이 쓸고 간 것처럼 승강장이 휑하다. 건너편 승강장으로 눈을 돌린다. 츄파춥스다. 고개를 숙이고 빈 승강장을 왔다 갔다 하다가 빨간 플라스틱 의자에 앉는다. 바닥을 내려다보다가 다시 일어나 노란 선을 밟고 걷는다. 열차가 들어온다. 츄파춥스가 열차에 가려진다. 열차가 떠나고 난 자리, 사람들이 승강장에서 멀어진다. 츄파춥스가 보이지 않는다. 잠시 후 텅 빈 승강장에 츄파춥스가 나타난다. 좀 전에 밟아갔던 노란 선을 되밟아 오고 있다.

우동을 먹고 온 사이 열차를 기다리는 사람들이 가판대를 빙 둘러싸고 하수진 기사를 읽고 있다. 그 속에 츄파츕스도 끼었다. 눈이 번쩍 뜨인다. 나는 사람들을 헤치고 유리 박스 안으로 들어간다. 사람들이 흩어진다. 츄파츕스는 심각한 표정이다. 유리벽을 톡톡 두드린다. 츄파츕스가 고개를 들고 쳐다본다.

"왜 그렇게 심각해?"

"이 여자요……"

"뭐가?"

"웃는 게 너무 예쁘지 않아요?"

츄파츕스는 D일보에 눈을 박고 있다.

"학교에 갔었다며?"

츄파츕스는 말없이 손가락으로 신문 위의 여배우를 따라 그리기 시작한다. 손가락이 천천히 여배우 콧등성이를 지난다. 나는 물끄러미 손가락을 쫓는다. 여배우 얼굴은 생각보다 작다.

"그냥요. 그래요."

손가락이 여배우의 살짝 올라간 입꼬리를 왔다 갔다 한다. 잔잔하고 해맑은 미소다. 승강장 노란 선을 밟고 왔다 갔다 하던 것처럼 그 미소 위를 츄파츕스의 희고 가는 손가락이 길고 지루하게 서성인다. 사람들이 D일보를 계속 찾는다. 그럴 때마다 츄파춥스는 손가락을 떼고 누군가가 신문을 집어갈 때까지 기다린다. 신문이 한 장 들려 나가면 그다음 신문에 이어서 그린다. 얼굴을 다 완성하기 전에 신문은 또 다른 누군가의 손에 들려 나간다. 츄파춥스는 손가락 그림을 멈추지 않는다. 여배우와 이야기라도 나누듯 츄파춥스의 손가락 움직임은 더디고 느리다.

"그걸 뭘 그렇게 들여다봐. 뭐 좋은 일도 아닌데."

나는 츄파춥스 눈치를 살피며 슬그머니 내뱉는다. 입꼬리를 열두 번도 넘게 지나친 손가락이 역시 열두 번도 넘게 왔다 갔다 한 콧망울을 타고 위로 올라간다.

"그걸 누가 알아요. 좋은 일일 수도 있는지."

츄파춥스가 혼잣말로 중얼거린다. 열차 들어오는 신호음이 들린다. 신문에서 손을 뗀 츄파춥스가 주위를 둘러보더니 승강장 끝으로 걸어간다. 나는 츄파춥스의 뒷모습을 따라간다. 그러나 곧 사람들 틈에 섞인 츄파춥스의 작은 등을 잃어버리고 만다.

D일보 삼십 부를 더 얹는다. 매캐한 공기 때문에 목이 근질거린다. 츄파춥스 하나를 까 입에 문다. 콜라 향이 목을 시원스레 뚫어준다. 사탕을 입에 문 채로 신문을 들춘다. 세차 지수 90, 세차하기 좋은 날입니다. 운동 지수 50, 실외 운동 즐기세요. 지금 바깥 날씨는 화창하게 갠 무더운 한여름 날씨

다. 그 남자는 지금 어디쯤 오고 있을까. 아르바이트생이 빨리 왔으면 좋겠다. 운이 좋으면 오늘 당장 호프집에서 시원한 생맥주 한잔을 들이켤 수도 있을 텐데.

휴대폰이 진동한다. 내일 점심 선약 있음. 그녀가 보낸 문자 메시지다. 선약이라니? 즉시 답장을 보낸다. 맥주 생각이 싹 달아난다. 오늘 밤은 어때? 바로 답신이 온다. 나는 냉장고에 오이가 있는가를 먼저 떠올린다. 그녀는 섹스가 끝나고 나면 오이를 먹는다. 갈증이 난다며 벌거벗은 몸으로 냉장고를 뒤져 싱싱한 오이를 꺼내 우적우적 씹어 삼켰다. 무 속처럼 흰 살 위로 삼킨 오이가 식도를 타고 아래로 내려가는 형상이 그대로 드러났다.

"맛있어?"

나는 그녀가 잘라준 오이를 천천히 오래 씹었다. 오이를 다 먹기도 전에 이미 오이를 다 먹은 그녀가 목덜미에 입술을 대 왔다. 먹다 만 오이를 그녀의 입속에 쑤셔 넣었다. 오이가 식도를 타고 아래로 내려갔다. 내 시선도 아래로 향했다. 몸이 다시 한 번 부풀어 올랐다. 지친 내 다리는 그녀의 달궈진 몸 아래서 제멋대로 흐느적거렸다. 오이가 없어, 라고 문자 전송을 하려다 그만둔다. 갑자기 피곤함이 엄습해온다. 오래된 오이는 냉장고 안에서 누렇게 짓물렀을지도 모른다.

사람들이 젖은 머리를 털며 지하도 계단을 내려온다. 옷들이 빗방울 자국으로 얼룩졌다. 빨래 지수 100인데, 소나기가 왔나 보다. 날씨하고는. 서류 봉투를 든 남자가 선로에 침을 찍 뱉는다. 흰 원피스 차림의 젊은 여자가 신경질적으로 젖은 옷을 턴다. 내일 선약이 있다니. 아무래도 마음이 놓이지 않는다. 혹시 그새 다른 남자라도 생겼나? 그녀를 본 지 꽤 오래됐다. 하루도 빠짐없이 새벽부터 밤늦게까지 가판대를 지켜야 하니 만나서 밥 한 끼 제대로 먹기도 쉽지 않다. 일 끝내고 밤늦게 자취방에서 기다리고 있는 그녀를 만나 서로의 몸을 탐하는 게 고작이다. 나는 손톱을 물어뜯는다. 자꾸 다른 남자와 오이를 먹고 있는 그녀 모습이 떠오른다. 엄지손톱을 입에 대고 잘근잘근 씹는다.

"아무래도 가야겠어. 무덤 속에 누워 있는 것 같아서 잠이 안 와."

그녀는 내 지하 방에서 잠을 자지 않았다. 한밤중이라도 옷을 챙겨 입고 집으로 돌아갔다. 밤새도록 그녀와 살을 맞대고 소곤거리고 싶은데.

"넌 어떻게 낮이고 밤이고 땅속에서만 사니? 마치 그걸 즐기는 것 같구나. 난 체질에 안 맞아. 숨 막히고 답답해. 이 곰팡이 냄새, 너무 싫어."

내 몸을 탐하던 때와 달리 그녀는 냉랭했다.

"우리 아파트로 이사 가자. 아니면 스파게티 전문점 어때? 테이블은 핑크 톤으로 하고, 창가에는 작은 허브 화분들을 늘어놓고. 곳곳에 예쁜 접시들로 장식을 하고, 은은한 조명 아래 분위기 있는 클래식이 흐르고. 너 모아둔 돈 좀 있잖아?"

그녀의 들뜬 목소리가 생생하게 귓전을 맴돈다. 학생 하나가 신문을 집어 들고 동전을 디민다. 반사적으로 입에서 손톱을 뗀다. 그나저나 아르바이트생은 왜 이렇게 안 오는 거야.

열차는 끊임없이 오고 간다. 그 사이사이 깊은 적막이 끊어졌다 이어진다. 졸음이 몰려온다. 승강장을 가득 메운 매캐한 냄새와 후텁지근한 공기가 숨통을 조여온다. 숨이 막힌다. 물을 마시기도 하고 고개를 좌우로 흔들어보기도 한다. 그래도 눈꺼풀이 가벼워지지 않는다. 이곳에선 졸음이 가장 무서운 적이다. 양쪽 선로에서 열차가 동시에 들어온다. 가판대에 미세한 진동이 느껴진다. 유리에 사방으로 금이 갈 것만 같다. 금 간 유리가 흔적도 없이 무너져 내리면 쥐들이 꾸역꾸역 밀려들어 올 것이다. 순간 퍼뜩 잠이 깬다. 동시에 휴대폰이 부르르 떤다. 아르바이트생이다. 목소리가 드문드문 끊겼다 이어진다.

"뭐라구요?"

"지금 가…… 있는데…… 어……지 ……습……다."

정신을 집중해 끊긴 말들을 이어 붙인다. 지금 가고 있는 중인데 어딘지 잘 모르겠습니다. 열차가 지나가며 간신히 끌어 모은 말들을 사방으로 흩어놓는다. 도대체 무슨 말을 하는지 알아들을 수가 있어야지. 전화가 끊긴다. 아무튼 오긴 오고 있는 모양이다. 기다리는 수밖에. 철걱철걱, 열차가 지나가고 그 사이사이 졸음이 엄습한다. D일보를 펼친다. 아까 츄파춥스가 했던 것처럼 손가락으로 여배우 얼굴을 따라 그린다. 얼굴선을 따라 내려간다. 그녀도 이 정도까지는 아니지만 이와 비슷한 얼굴선을 가졌다. 큼직한 눈과 콧망울을 거쳐 츄파춥스의 손가락이 오래 머물렀던 입술을 더듬어 내려온다. 내 손가락은 츄파춥스처럼 느리거나 더디지 않다. 빠르고 거침없다. 붉게 씌어진 '투신자살'을 건너뛰어 보일락 말락 한 가슴까지 내려온다. 눈꺼풀이 무거워진다. 여배우의 가슴이 훤히 드러났다가 까맣게 지워졌다가 한다. 철걱철걱, 얼굴 없는 아이들이 몰려온다. 손에는 나무 막대기가 들렸다. 입도 없는 아이들이 왁자지껄 떠든다. 아이들은 긴 막대기로 선로변을 들쑤신다. 쥐들이 막대기 끝에 찔려 끌려 나온다. 막대기에 꽂힌 쥐들은 눈을 부릅뜨고 살아 있다. 아이들은 막대기에 가지런히 꿴 쥐를 메고 선로 사이를 뛰어간다. 아이들이 사라진 피 묻은 선로에 아이들이 잡아간 것보다 더 크고 윤이 흐르는 쥐들이 멀어지는 아이들 뒷모습을 바라보고 있다. 나는 여배우 가슴팍에 얼굴을 묻고 잠이 든다.

아르바이트생은 언제쯤 올까. 퇴근 시간이 가까워올수록 열차는 더 많은 사람들을 부려놓는다. 열차에서 내린 사람들이 빠른 걸음으로 가판대를 지나쳐 계단을 오른다. 저녁에 신문을 사는 이는 별로 없다. 아침처럼 가판대 앞에서 얼쩡거리지도 않는다. 그들은 모두 바삐 가야 할 곳이 있는 것처럼 보인다. 하나 남은 츄파춥스를 집어 든다. 연두색 포장의 사과 맛이다. 비닐 포장을 벗기고 입에 문다. 눈가에 물기가 비치던 츄파춥스가 떠오른다. 인파 속에 숨어 있을지도 모른다. 엉덩이를 들고 승강장 여기저기를 살핀다. 터널 입구가 보이는 저쪽 승강장 끝에서부터 노란 선을 밟으며 걸어올 것만 같다. 츄파춥스는 철길을 따라 어두운 터널 속으로 들어가보고 싶다고 했다. 경계를 분간할 수 없는 암흑 속에서 비틀스의 노래를 듣고 싶다며 어쭙잖게 웃었다. 그런데 용기가 안 난다고. 두렵고 무섭다고. 그래서 자꾸 츄파춥스를 먹게 된다고. 지금 츄파춥스는 저 사람들처럼 어딘가를 향해 부지런히 발걸음을 내딛고 있을 것이다. 저녁은 아침보다 사람 마음을 너그럽게 하는 힘이 있으니까. 속이 더부룩해진다. 물고 있던 츄파춥스를 내려놓는다.

 사내 하나가 신문을 산다. 아랫배를 살살 문지르면서 사내를 주시한다. 사내는 구직란을 샅샅이 훑는다. 열차가 와도 타지 않는다. 플라스틱 의자에 앉아 오랫동안 신문을 본다. 한참 후 사내는 신문으로 얼굴을 덮고 의자에 길게 누워버린다. 사내가 덮고 누운 신문 전면에 주상복합 아파트 광고가 보인다.

 살살거리던 복통이 더 심해진다. 급히 지하 이 층으로 향한다. 화장실에서 향긋한 냄새가 난다. 유리 박스 안보다 오히려 화장실이 아늑하다. 볼일을 보고 다시 계단을 내려간다. 승강장에 사람들이 모여 웅성거린다. 젊은 여자가 비명을 지르며 무리 속에서 뛰쳐나온다. 여자는 계단을 오르다 말고 주저앉아 헛구역질을 해댄다. 갑자기 뛰어들었어요. 혼자서 중얼거리는 여자 목소리는 흐느낌에 가깝다. 피비린내가 훅 끼친다. 나는 더 내려가지 못하고 여자 옆에 멈춰 선다.

들것을 든 구급대원들이 스치듯이 황급히 내려간다. 몸이 기우뚱 앞으로 쏠린다. 하마터면 넘어질 뻔한다. 구급대원들이 사람들 무리를 헤치고 선로로 내려간다. 둘러싸인 사람들 때문에 선로 상황은 잘 보이지 않는다. 밝은 섬광이 서너 번 번쩍인다. 잠시 후 하얀 시트를 뒤집어씌운 들것을 들고 구급대원들이 올라온다. 그 순간 웅성거리던 승강장에 침묵이 흐른다. 나는 계단 가장자리에 몸을 바싹 붙인다. 헛구역질을 하던 여자는 두 손으로 얼굴을 가리고 돌아앉아 신음 소리를 낸다. 들것이 아슬아슬하게 비껴간다. 머리카락 한 올 보이지 않는 새하얀 시트가 출렁이며 멀어진다.

승강장에 몰려 있던 사람들이 하나둘 흩어진다. 한참을 서 있던 나는 천천히 발걸음을 뗀다. 허방을 짚는 것처럼 감각이 없다. 몇몇 사람이 선로 가까이 다가선다. 경찰이 사람들을 막아선다.

"다음 열차는 삼십 분 후에 있습니다."

열차를 타지 못한 사람들이 투덜대면서 흩어진다. 제발 저

속으로 들어갈 때까지만이라도 고개를 드는 일이 생기지 않기를. 나는 고개를 숙인 채 가판대 있는 곳으로 향한다. 이제 한 발자국만 가면 가판대다. 철문을 막 여는 순간 누가 어깨를 친다. 반사적으로 고개를 든다. 콘크리트 바닥에 묻은 핏물이 눈에 들어온다. 얼른 고개를 돌린다.

"D일보 없어요?"

중년 남자가 눈짓으로 가판대를 가리킨다. D일보 자리가 비었다. 천천히 유리 박스 안으로 들어간다. 한쪽에 쌓여 있는 D일보 한 부를 집어 중년 남자에게 건넨다. 화장실에 가지 않았다면. 내가 자리를 비워서 일어난 일 같다. 중년 남자가 나를 아래위로 훑어보면서 돌아선다. 나는 자리에 앉지도 못하고 정면을 주시한 채로 한참을 멍하니 서 있다. 청소부 이 씨와 몇몇 직원들이 양동이에 든 물을 선로에 뿌린다.

"요즘 것들은 참을성이 없어서 탈이여. 툭하면 뛰어내리고 약 먹고. 어떡허든 살 생각은 않고."

이 씨는 연신 중얼거리며 물을 뿌린다. 이 씨 옆의 누군가도 투덜대면서 물을 뿌린다. 선로에 물이 닿을 때마다 몸이 움찔 움츠러든다. 나는 녹슨 선로가 되어 물을 맞는다. 일이 끝날 때까지 고개를 돌리지 않는다.

"이제 됐어!"

누군가의 외침을 끝으로 물소리가 들리지 않는다. 이 씨와 직원들이 계단을 오른다. 천천히 고개를 돌린다. 말끔히 씻긴 선로가 반짝 빛난다. 한동안 열차가 다니지 않는다. 승강장에는 아무것도 모르는 사람들이 열차를 타기 위해 하나둘 모여든다. 사람들은 옆 사람과 떠들기도 하고 신문을 사기도 한다. 나는 습관처럼 그들에게 돈을 받고 거스름돈을 거슬러 준다. 갑자기 사람들의 옷 색깔이 흑백으로 보인다. 얼굴도, 들고 있는 가방도 모든 게 흑백이다. 동시에 목소리도 들리지 않는다. 열차가 소리도 없이 들어온다. 소리 없이 문이 열리고 소리 없이 사람들이 내리고 올라탄다. 소리 없이 열차가 출발한다. 나는 흑백의 무성영화를 보고 있다. 사람들이 필름 속의 잔영으로 흘러간다. 세상을 비추는 거대한 스크린 속으로 말없이 줄지어 들어간다. 나도 그 대열에 합류하기 위해 줄을 선다. 바로 그때 콘크리트 바닥에 묻어 있던 피가 떠오른다. 옅은 피비린내가 코끝을 스친다. 그 순간 한꺼번에 많은 소리들이 귓속으로 쏟아져 들어온다. 사람들의 옷차림이 서서히 알록달록하게 물든다. 열 지어 스크린 속으로 들어가던 사람들이 물 폭탄이라도 맞은 듯 뿔뿔이 사방으로 흩어진다. 반대편에서 열차가 굉음을 내며 들어온다.

휴대폰을 들여다본다. 오후 8시 52분. 그녀가 벌써 퇴근했을 시간이다. 그녀에게 전화를 건다. 전화를 받을 수 없어 음성 사서함으로 연결해준다는 안내 멘트가 흘러나온다. 열차가 들어온다. 그냥 폴더를 닫는다. 사람들이 내리고 올라탄다. 문이 닫히고 열차 소리가 멀어질 때까지 기다린다.

 온다던 아르바이트생은 아직까지 소식이 없다. 자꾸 선로로 눈이 간다. 물기가 마른 자리는 아무런 흔적도 없다. 쥐 한 마리가 선로 위를 돌아다닌다. 열차가 승강장에 진입할 때까지 침목 사이를 이리저리 옮겨 다닌다. 열차가 다가오자 아슬아슬하게 피한다. 열차가 빠져나가자마자 쥐가 다시 고개를 내민다. 쥐를 응시하며 천천히 휴대폰 단축 버튼을 누른다. 좀 전과 같은 안내 멘트가 들려온다. 삐, 하는 신호음이 떨어짐과 동시에 입을 연다. 어디 있니…… 막상 말을 하려고 하니 할 말이 없다. 머뭇거리다 말을 잇는다. 우리 스파게티 전문점 이름 뭐라고 할까. 한번 생각해봐. 저 끝에서 열차가 들어온다. 꿈꾸는 스파게티? 내 사랑 스파게티? 나는 큰 소리로 악을 쓴다. 열차는 끝내 스파게티 가락을 처참히 짓뭉개고 지나간다. 그러고 보니 스파게티에 대해서 구체적으로 아는 게 없다. 섹스할 때 습관 말고는 그녀에 대해 아는 것이 없는 것처럼. 폴더를 닫자마자 진동이 온다. 그녀다.

 "지금 어디 있는데?"

 나는 들뜬 목소리로 묻는다. 이번에는 저편이 시끄럽다. 시끄럽게 울려대는 음악 소리가 휴대폰을 타고 흘러나온다. 그녀가 뭐라고 얘기하는데 귀에 제대로 들어오지 않는다. 아, 정말 답답해.

 "잘 안 들려. 스파게티가 어쨌다구? 여보세요?"

전화가 끊겼다. 그녀는 분명 내 지하 방에는 없다. 현란한 조명 아래서 격렬한 춤을 추고 있거나 노래방에서 탬버린을 흔들며 노래를 부르고 있을지도 모른다. 휴대폰 저 너머 들려오는 소리로 봐서는 그럴 가능성이 크다. 어째 좀 수상하다. 별 볼 일 없는 놈인 걸 그녀가 눈치 챈 걸까. 자리에서 일어났다 앉았다 하다가 철문을 박차고 나온다. 요란한 열차 소리가 적막을 뚫고 달려온다. 자판기에서 음료수를 하나 빼 들고 가판대 속으로 기어 들어간다.

자정이 다가올수록 승강장을 오가는 사람들의 발길은 바빠진다. 쓰레기와 먼지가 엉켜 뒹구는 승강장은 썰물이 빠져나간 갯벌만큼 스산하다. 선로로 슬그머니 눈길을 돌린다. 아무 일도 없었다는 듯 선로는 시치미를 떼고 있다. 그런 일이 진짜 있긴 있었는지 꿈을 꾼 건 아닌지, 꿈속에서 만난 쥐들처럼 현실적인 게 가장 비현실적인 순간이다. 내 기억을 비웃기라도 하듯 선로 사이에서 쥐가 고개를 삐죽 내민다. 살이 통통 오른 쥐는 침목 사이를 미끄러지듯 활보하고 다닌다. 동전 서너 개를 움켜쥔 채 가판대 문을 박차고 나간다. 쥐를 향해 동전을 던진다. 쥐는 도망갈 생각을 안 한다. 두번째 동전이 쥐꼬리를 스친다. 놀란 쥐가 선로 안쪽으로 숨는다. 여기서 숨어봤자 독 안에 든 쥐야. 허리를 굽혀 선로를 살핀다. 침목 사이에 막대 사탕이 떨어져 있다. 으스러진 사탕이 하얀 플라스틱 막대에 엉켜 붙었다. 또다시 주위의 모든 것이 흑백으로 변하면서 음이 소거된다. 흑백 바탕 속에서 으스러진 사탕만이 분홍빛으로 도드라진다. 머릿속이 하얀 시트를 뒤집어쓴 것처럼 지워진다. 지워진 머릿속에 비틀스의 감미로운 선율이 흐른다. 노란 선을 밟고 터널 속으로 걸어 들어가는 츄파춥스의 뒷모습이 보인다. 츄파춥스의 발걸음은 음악에 맞춰 살짝 빨라지기도 하고 느려지기도 한다. 보슬비처럼 촉촉하던 선율이 차츰 굵은 빗발로 변한다. 츄파춥스의 발걸음이 휘청거린다. 이윽고 터널 속으로 이어지는 선로 위를 뛰기 시작한다. 흔들리는 뒷모습이 어둠 속으로 희미해져간다. 고막을 찢는 파열음이 감미로운 선율을 삼켜버린다. 선로에 복숭아 향 츄파춥스가 떨어져 뒹군다. 츄파춥스는 어둠 속 깊은 곳에 어둠으로 남는다. 머리를 세차게 뒤흔든다. 경적 소리와 함께 맞은편 터널에서 희미한 불빛이 번져온다.

도대체 아르바이트생은 어떻게 된 걸까. 승강장 끝에서 이씨가 대걸레질을 하며 다가온다. 불을 환히 밝힌 열차가 승강장으로 들어온다. 차창 너머 사람들이 무표정한 얼굴로 서 있다. 열차가 흔들리면 잘못 조립된 레고 블록처럼 신체 각 부분이 와르륵 무너져 내릴 듯 생동감이라곤 찾아볼 수 없다.

술 취한 남자 둘이 어깨동무를 하고 비틀거리며 내린다. 뒤따라 내린 몇몇 사람들이 그들을 힐끔거리며 피해 간다. 이씨가 대걸레질을 하며 슬금슬금 그들을 살핀다. 그중에 덜 취한 남자가 어깨에 걸었던 팔을 풀고 계단으로 올라간다. 남은 사내는 비칠거리며 자판기 쪽으로 걸어가 오줌을 눈다. 그 옆을 지나가던 여자들이 비명을 지르며 뛰어간다. 이를 본 남자들이 킬킬거리며 지나친다.

사람들이 모두 빠져나간 승강장에 술 취한 사내만 남는다. 오줌을 눈 사내는 그대로 옆으로 고꾸라진다. 이 씨가 바닥을 슬슬 닦으며 다가간다. 졸음이 쏟아지는 눈을 비벼대며 이 씨를 주시한다. 주위를 살핀 이 씨가 대걸레를 내려놓고 쭈그리고 앉는다. 사내의 주머니를 뒤지기 시작한다. 이 씨 머리 위에서 CCTV가 내려다보고 있다. 아줌마, 누가 보고 있어요. 나는 이 씨를 향해 속삭인다. 그러나 입이 말을 듣지 않는다. 졸음이 쏟아지는 눈꺼풀만큼 무겁다. 이 씨 손놀림이 점점 빨라진다. 이윽고 지갑을 꺼내 바지 안주머니에 쑤셔 넣는다. 열차가 들어오는 신호음이 난다. 이 씨가 급히 일어나 슬슬 바닥을 문지르며 반대편으로 사라진다.

텅 빈 승강장이 고요 속에 묻힌다. 무거워진 눈꺼풀이 자꾸 내려온다. 아르바이트생이 온다고 했는데. 지금쯤 거의 다 왔을 텐데. 눈에 힘을 주어 내려온 눈꺼풀을 밀어 올린다. 고개가 앞으로 수그러진다. 막차가 들어온다. 열차 소음이 역구내를 뒤흔든다. 눈을 뜨려 애를 쓴다. 사람들의 발소리가 커졌다가 잦아든다. 적막이 유리 박스를 휘감는다. 사방에서 물이 밀려온다. 선로에 물이 차오른다. 승강장의 노란 선이 차츰 지워진다. 주억거리던 고개가 빠르게 아래로 곤두박질쳐진다. 물살이 더욱 거세어진다. 물 위에 유리 박스만 섬처럼 처연히 떠 있다. 달빛처럼 차가운 물결이 유리에 부딪친다. 아저씨, 집에 안 가요? 츄파츕스가 입에 문 막대 사탕을 빙그르르 돌리며 서 있다.

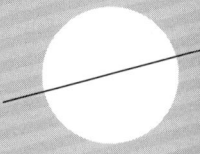

응

이모는 장롱을 닮았다. 장롱 중에서도 하필이면 못생긴 장롱을 닮았다. 노송의 은은함이 배어 있는 원목장도, 무늬가 화려한 자개장도, 광택이 눈부신 하이그로시 붙박이장도 아니다. 매장 맨 구석에 처박혀 있는 시커먼 싸구려 장롱을 닮았다. 이모를 본 사람들이 다들 그렇게 생각하는 것은 아니다. 이런 사실을 입 밖으로 발설한 적도 없거니와 어느 누구하고도 이런 이야기를 나눠본 적이 없으니 정확히 말해 그건 알 수 없다. 이모를 아는 사람들이 다 나와 같은 생각을 하고 있는지 어떤지는 별로 중요하지 않다. 중요한 것은 이모가 왜 하필이면 그 못생긴 장롱을 닮았을까 하는 점이다. 왜 내 눈에는 그렇게 보일까, 그게 핵심이다.

이제 이모와 장롱의 닮은 점을 조목조목 따져보자. 그러면 의문이 좀 풀릴지도 모른다. 이모와 장롱의 제일 큰 공통점은 둘 다 심상치 않은 분위기를 지녔다는 데 있다. 심상치 않은 분위기, 그건 뭐라 꼬집어서 설명할 수 없는, 나와 호태 오빠나 아저씨한테서는 찾아볼 수 없는, 기분이 썩 유쾌하지만은 않은 그 어떤 느낌이다. 장롱은 언뜻 보기에 진한 갈색의 평범한 모양이다. 별다른 장식도 무늬도 없는 밋밋한 모양새다. 그런데 그걸 한참 바라보고 있으면 머릿속이 서늘해지며 한기가 돈다. 마치 장롱을 이루는 나무 틈새에서 검붉은 물이 스며 나와 표면으로 흘러내릴 것만 같다. 그래서 이십 초 이상 쳐다보지 않는다. 이모도 처음에 보면 길거리에서 만나는 여느 아줌마와 다를 바 없는데, 자꾸 쳐다보면 볼수록 그리 유쾌한 기분이 들지 않는다. 어른들 말에 의하면 귀기가 서렸다나. 그것은 이모의 심기가 편치 않을 때 더 드러난다. 이모와 이십 초 이상 눈을 맞추고 있으면 이상하게 오줌이 마렵다. 아무튼 장롱과 이모는 오랫동안 들여다봐서 좋을 게 없다. 그런데도 자꾸 눈길이 간다. 그런 면에서 둘은 닮았다.

 다른 장롱들이 천장에 닿을 만큼 키가 큰 데 비해 이것은 터무니없이 작다. 이모도 열다섯 살인 나보다 한 뼘이나 작다. 장롱 크기 또한 애매하다. 내 양팔을 벌려 두 번을 가까스로 채운다. 열 자보다 크고 열 한 자에는 못 미친다. 좀더 정확히 말하자면 열 자 반의 반 크기다. 호태 오빠가 장롱을 수거해온 날 아저씨는 줄자를 몇 번이고 늘였다 감았다 하면서 고개를 갸웃거렸다. 그러고는 병신이야, 라고 가래침을 뱉듯이 내뱉었다. 십 년 넘게 수많은 장롱을 팔았지만 이런 치수는 처음이라고 했다. 애초에 나올 수 없는 크기란다. 뚱뚱한 이모처럼 균형이 맞지 않아 비정상적으로 보인다. 불쏘시개나 해야 할 것 같다고, 이런 쓸모없는 걸 왜 수거해왔느냐는 투로 호태 오빠를 쏘아봤다. 아저씨 표현을 빌리자면 이처럼 못생기고 볼품없는 장롱은 처음 봤단다. 이모한테는 늘 찌든 바셀린 냄새가 난다. 장롱 문짝을 열어젖히면 그와 비슷한 냄새가 난다. 그런 의미에서 둘은 또 닮았다.

장롱 문짝에는 타원형 문양의 나뭇결이 희미하게 보인다. 한쪽으로 일그러진 무늬는 죽은 노파의 얼굴처럼 음산해 쳐다볼 때마다 등줄기로 서늘한 뱀이 지나간다. 여섯 쪽의 문짝에는 각각 같은 형상의 노파가 검붉은 베일 뒤에서 살았다 죽었다, 눈을 떴다 감았다 한다. 어느 때 보면 눈을 똑바로 뜨고 있다가도 돌아서서 다시 보면 감쪽같이 감고 있곤 했다. 눈을 뜨고 있어도 살아 있는 것으로 보이지 않긴 매한가지다. 죽은 노파의 얼굴 표피를 얇게 저며 붙여놓은 것처럼 음산하다. 간혹 텔레비전을 켜놓고 잠든 이모 얼굴을 들여다보다가 후다닥 방을 나와버릴 때가 있는데 그때 그 느낌하고 똑같다.

마른걸레질을 끝내고 왁스 걸레를 집어 든다. 나무로 된 가구는 절대로 물걸레질을 하면 안 된다. 아저씨의 철칙이다.

마른걸레로 먼지를 닦아낸 다음 왁스 걸레로 다시 한 번 윤을 낸다. 가구를 비롯해 컴퓨터, 가전제품, 소파 등이 진열돼 있는 매장은 전리품을 쌓아둔 창고다. 매일같이 털고 닦아서 다들 새것처럼 보인다. 하지만 자세히 살펴보면 눈에 잘 띄지 않는 곳에 상처들을 숨기고 있다. 대개는 스쳐 지나갈 만한 것들이지만 개중엔 깊고 험한 꼴을 짙은 칠이나 강한 접착제로 간신히 숨기고 있는 것들도 있다. 다들 한때는 사랑과 관심을 받았을 물건들이다. 이제는 세상에서 밀려나 새 주인을 기다린다. 새로운 주인을 맞기까지 그들은 쓰레기에 불과하다. 어느 놈은 제 몸에 비해 과분한 주인을 만나 하루아침에 팔자를 고쳐 호강하는가 하면, 어느 놈은 겉보기에 쓸 만한데도 끝내 새 주인을 만나지 못하고 진짜 쓰레기로 남는다. 쓰레기 아닌 쓰레기를 매일 아침마다 닦는 게 내 임무다. 열심히 닦는다고 새것이 되는 것도 아닌데 아저씨는 매일 밥 먹듯이 닦으라고 한다. 그래 봤자 중고품인데.

매장에는 모두 네 개의 침대가 있다. 그중 두 개에 판매 완료 표지가 붙었다. 표지가 붙은 침대들을 건너뛰어 다음 물건으로 간다. 두 개 중 하나는 아직 비닐 커버를 벗겨내지 않은 이월 상품이다. 걸레로 비닐 위를 한 번 쓱 문지르고 주위를 살핀다. 아무도 없다. 가장 안쪽에 있는 퀸 사이즈 침대에 벌렁 드러눕는다. 매장 안에 있는 물건들 중에 침대가 제일 좋다. 청소를 하다가 이렇게 한 번씩 누워보는 게 습관처럼 돼버렸다. 한참을 누워 있으면 옆이 허전하다. 누군가가 옆에 있었으면 좋겠다. 침대는 내게 막연한 그리움을 가르쳐준다. 흔들리는 배 위에 누운 것처럼 멀미가 난다. 품 안에 끼고 다니던 새끼 고양이가 어느 날 홀연히 사라져버린 기분이랄까.

오늘도 침대에서 나를 일으켜 세우는 건 역한 바셀린 냄새다. 흰 매트리스에 머리카락이 잔뜩 들러붙었다. 밤새 이모가 누웠다 들어간 흔적이다. 유리문으로 밖을 살핀다. 가게 앞에 트럭이 보인다. 아저씨가 새벽에 들어왔나 보다. 밤늦도록 아저씨가 들어오지 않으면 이모는 이곳에 나와 잔다. 퀸 사이즈의 우아한 복고풍 침대를 애인 삼아 다소곳이 안겨 있곤 한다. 그래야 비로소 잠이 온단다. 그럴 때 이모는 한없이 연약해 보였다.

매트리스에 떨어진 머리카락을 일일이 줍는다. 이모는 탈모가 심하다. 두 해 전부터 빠지기 시작한 머리카락은 정수리가 훤히 들여다보일 정도다. 병원에도 가보고 약을 먹어도 보고 발라도 봤지만 별 소용이 없다. 이모의 노력을 비웃기라도 하듯 자고 나면 머리맡에 시커멓게 머리카락이 빠졌다. 가느다란 머리카락은 손에 잘 잡히지도 않는다. 손바닥으로 머리카락을 침대 아래로 쓸어내린다. 바닥에 흐트러진 머리카락을 빗자루로 쓸어 담는다. 집 안뿐만 아니라 매장 곳곳에 머리카락이 돌아다녔다. 어느 땐 총각김치의 무청에서 배배 꼬인 머리카락이 딸려 나오기도 했다. 그러면 아저씨는 숟가락을 소리 나게 놓고 일어섰다. 그런 아저씨의 눈 밖에 나지 않으려면 이모 뒤를 졸졸 따라다니며 떨어진 머리카락을 주워야 한다.

이모는 아직도 잔다. 벌써 일어났어야 할 아저씨도 기척이 없다. 매장 문을 열고 온 호태 오빠가 식탁 의자에 앉는다. 매장 뒤로 살림집이 있고 살림집 뒤에는 컨테이너 박스가 있다. 매장에 다 들여놓지 못한 물건들을 보관하는 곳이다. 호태 오빠는 그 한 곁에 칸막이를 하고 산다. 나는 생선 가운데 토막을 호태 오빠 쪽으로 밀어놓는다. 요즘 들어 얼굴이 부쩍 까칠해졌다. 호태 오빠 얼굴을 흘깃거리며 생선 가시를 바른다. 호태 오빠는 시어빠진 깍두기만 집어간다. 가시를 발라낸 허연 살점을 호태 오빠 밥그릇에 얼른 넣어준다. 숟가락질을 하려던 호태 오빠가 멈칫거린다.

"아저씨 언제 들어오셨는데?"

나는 깍두기를 우적우적 씹는다.

"몰라. 엊저녁 낌새가 어째 좀 그렇더니만."

호태 오빠는 내가 발라준 살점을 입에 넣는다. 아저씨가 술을 먹고 늦게 들어오는 것도 내 입장에선 과히 나쁘지 않다. 이모와 아저씨가 없는 밥상은 이상한 착각을 불러일으킨다. 우리는 결혼을 했고 나는 오빠와 아침을 먹는다…… 핑크 빛 환상도 잠깐, 밥을 다 먹은 호태 오빠가 일어나고 이모가 하품을 하며 들어온다. 한쪽 뺨에 베개 자국이 선명하다. 잠이 덜 깬 얼굴로 밥을 먹는다. 이모는 친이모가 아니다. 내 생각에 그렇다. 한 번도 이모를 친이모라고 생각해본 적이 없다. 함께 찍은 사진이 있는 것도 아니고, 공유할 만한 추억이나 사건이 있는 것도 아니다. 애써 찾으려고 하지도 않았지만 친이모임을 증명할 만한 물질적, 정신적 증거가 하나도 없다. 아저씨 부르듯이 하면 아줌마라 불러야 옳다. 그런데 왜 이모라 부르는지, 아저씨는 왜 이모부라 부르지 않는지 그건 모르겠다. 아주 오래전부터, 내 기억이 싹트기 시작할 무렵부터 이미 그렇게 부르고 있었다. 어느 누구도 이모를 아줌마로 혹은 아저씨를 이모부라 불러야 한다고 수정해주거나 눈을 부라리며 윽박지른 적도 없었다.

이모와 아저씨의 관계는 나와 이모의 관계처럼 묘하다. 두 사람은 엄연한 부부이면서도 그렇지 않아 보일 때가 더 많다. 이모는 이모대로 아저씨는 아저씨대로 산다. 서로 누가 더 말을 아끼나 내기라도 하는 사람들처럼 보인다. 아저씨는 하루가 멀다 하고 자고 들어온다. 어느 땐 나 때문이 아닐까 하는 생각도 든다. 내가 부르는 짝짝이 고무신 같은 호칭 때문에. 한번은 심각하게 고민을 한 적이 있었다. 그까짓 호칭 때문이라면, 내가 아저씨를 이모부라 불러서 두 사람 사이가 좋아진다면, 뭔들 할 수 있을 것 같았다. 마음을 다잡고 헛기침으로 목청까지 가다듬고 용기를 내 아저씨를 불렀다.

"이모……"

"왜? 이모 방에 있잖아."

아저씨가 먼저 '이모부'라 불리기를 거부했다. 이모는 가끔 엄마 이야기를 했다. 니 엄마는 키도 크고 얼굴도 허여멀건해. 부잣집 외동딸 같았지. 윤기 흐르는 새까만 머리가 얼마나 탐스러웠는데. 똑똑해서 공부도 잘했고. 뭐 하나 나무랄 데가 없는 애였는데. 이모는 끝내 길게 한숨을 내쉬었다. 나는 텔레비전 드라마 보듯이 앉아 있다가 이모 곁을 빠져나오곤 했다. 그래서 그다음 어떻게 됐는데요? 텔레비전 드라마라면 그렇게 물었을 텐데. 내 머릿속에는 도무지 엄마가 그려지지 않았다. 진짜 이모일까? 의구심만 풍선처럼 부풀어 올랐다.

이모 국그릇에 콩나물국을 더 부어준다. 밖에서 호태 오빠가 트럭 몰고 나가는 소리가 난다. 낡은 트럭은 한참을 쿨럭댄다. 간신히 시동이 걸린 트럭은 가래 끓는 소리를 내며 멀어진다. 얼마 못 가 문짝이 떨어지고 핸들이 뽑히고 바퀴가 튕겨 나갈 것만 같다.

"입이 왜 이리 써. 이거 누렁이 줘라."

국에 밥을 말아 퍼먹던 이모가 몇 숟가락 안 뜨고 일어선다. 이모가 남긴 밥을 들고 뒤 공터로 간다. 개밥그릇에 밥을 쏟아주자 누렁이가 코를 벌름거린다. 누렁이는 이모가 주워 온 개다. 아니 개가 이모를 따라왔다. 시장에 갔다 오는데 아무래도 뒤가 이상하더란다. 돌아보니 잘생긴 누런 개가 한 마리 킁킁대며 쫓아왔다. 발을 굴러 쫓아도 보고 돌을 집어 던져도 봤는데 아무 소용이 없었다. 결국 뒤 공터에 묶이고 말았다. 이모 말로는 잘생긴 덕에 밥은 안 굶는단다. 아마도 못생겼으면 무슨 수를 써서라도 쫓아버리거나 벌써 팔아버렸을 것이다. 밥을 다 쏟아주었는데도 좀처럼 먹을 생각을 안 한다.

"왜 그래?"

발로 누렁이 옆구리를 툭 친다. 마지못해 일어난 누렁이가 슬금슬금 밥그릇에 얼굴을 디민다. 밥을 먹는 누렁이 성기에서 핏방울이 뚝뚝 떨어진다. 시멘트 바닥에 작은 폭죽이 그려진다. 바닥 여기저기에 검붉은 핏자국이 생긴다. 이게 뭔 일이야. 쭈그리고 앉아 누렁이 성기를 살핀다. 연분홍 복숭아 빛이던 성기가 검게 그을은 소시지처럼 부풀어 있다. 나는 뒷걸음질을 쳐 안으로 들어온다. 이모가 소파에 누워 텔레비전을 보고 있다.

"이모, 누렁이가 이상해."

"걔도 시집가고 싶어 그래."

이모는 시선을 텔레비전에 고정시킨 채 볶은 콩을 연신 주워 먹는다.

"것두 골칫거리다. 옛날에는 풀어놓으면 지가 알아서 배 갖고 왔는데."

이모가 일어나 화장대 앞에 앉는다. 이모 방에 있는 가구들은 전부 중고품이다. 매장에서 오랫동안 주인을 만나지 못한 것들이다. 하나같이 특이한 데가 있다. 모양이 구식이거나 색깔이 촌스럽다. 화장대만 해도 거울이 제멋대로다. 이 거울 앞에 서면 누구든 본래 제 모습보다 날씬해 보인다. 거울 속의 이모 얼굴도 작아 보인다. 그래서 이모가 거울을 자주 보는지도 모른다. 이모는 정말 그렇게 믿고 있는 걸까. 머릿속을 들여다보던 이모가 발모제를 바른다.

"이놈의 머리털만 안 빠졌어도……"

이모 입에서 한숨이 새 나온다. 이모는 머리카락이 빠지면서부터 아저씨가 자고 들어오기 시작했다고 믿고 있다. 듬성듬성 난 머리카락 사이를 조심스레 문지르는 이모는 숨을 멈춘 것 같다. 텁텁한 발모제 냄새 속에 핏물이 흐르는 누렁이 성기가 자꾸 떠오른다.

사방이 수증기로 꽉 들어찼다. 숨이 턱까지 차오른다. 이모를 힐끔 쳐다본다. 발갛게 상기된 얼굴은 땀이 흘러 반질반질 윤이 난다. 젖은 머리카락은 두피에 착 달라붙어 더 숱이 없어 보인다. 이모는 눈을 감고 있다. 나는 슬그머니 일어나 이모 머릿속을 굽어본다. 허옇게 드러난 머릿속이 삶은 감자 속이다. 이모는 이곳에 앉아 있으면 모공이 마구 열리는 기분이라고 했다. 그 열린 모공으로 머리카락들이 쑥쑥 자라는 느낌이 난다고 그랬다. 이모는 틈만 나면 목욕탕을 찾았고 이곳 한증막에 제일 오래 있었다. 눈을 뜬 이모가 수증기 속을 가로질러 문 쪽으로 걸어간다.

　머리를 헹궈내고 때를 민다. 겹겹이 늘어진 뱃살이 움직일 때마다 출렁거린다. 이모가 음부를 닦는다. 머리 감듯이 거품을 내고 물로 헹구어낸다. 이모 음부에는 유난히 털이 많다. 머리카락 빠지는 것을 보상이라도 받으려는 듯 퉁퉁히 살이 오른 음부는 굵고 윤이 나는 털들로 빼곡하다. 애를 낳지 않은 이모 음부는 볕 잘 드는 동산 같다. 이모 음부를 쳐다보다가 슬며시 돌아앉는다. 그때 이모가 어깨를 돌려세운다. 이모의 눈길이 내 음부에 머문다. 나는 두 손으로 앞을 가린다.

　"어디 좀 보자. 어째 아직도 민둥산인 겨?"

　이모의 시선이 내 음부에 꽂힌다. 나는 얼굴을 돌린다.

　"기미도 없구먼. 다른 덴 멀쩡헌데."

　이모의 시선이 가슴으로 올라온다. 왕만두만 한 젖가슴에 맺혔던 물방울이 배를 타고 음부로 흘러내린다. 밋밋한 내 음부는 이모의 머릿속과 닮았다. 한증막에서 좀더 참고 오래 견뎠어야 했다. 그랬다면 모공이 열리듯 내 음부에도 싹이 나지 않았을까.

　덜 마른 머리칼이 바람에 나부꼈다가 다시 목덜미에 와 닿는다. 앞서 가던 이모가 사진관 앞에서 멈춰 선다. 나도 이모 옆에 선다. 이모는 사진관 유리 너머에 진열된 액자들을 들여다본다. 색이 바래 희미한 사진들은 오래된 달력 같다. 그중에 황금빛 액자를 이모가 가리킨다. 줄무늬 블라우스를 입은 여자가 웃고 있다.

"어쩜 저렇게 느의 엄마허구 똑같냐."

이모는 껌을 소리 나게 씹으며 한참 서 있다. 나는 액자 속의 여자를 쳐다본다. 갸름한 얼굴에 커다란 두 눈이 가득하다. 게다가 피부까지 희다. 어깨 너머로 흘러내린 머리는 우아하고 탐스럽다. 눈빛 때문인지 우아한 머리 모양 때문인지 여자는 지적으로 보인다. 엄마가 저렇게 생겼다고? 나는 한 손으로 얼굴을 더듬으면서 사진 속의 여자를 다시 살핀다. 광대뼈가 불거진 내 얼굴과 도무지 닮은 곳을 찾을 수 없다. 한참을 서 있던 이모가 걸음을 옮긴다. 나는 이모를 따라가면서도 여자에게서 눈을 떼지 못한다.

방바닥에 누워 벌써 두 시간째 여자를 그리고 있다. 하얀 회벽에 여자 얼굴을 그렸다 지웠다를 수없이 반복한다. 방은 고치 속 같다. 나는 고치 속에 갇힌 누에다. 흰 고치 속은 어둡고 음울하다. 비좁고 답답하다. 환한 바깥세상으로 나가고 싶다. 명주실을 풀고 바깥세상으로 나가고 싶은데 실의 실마리를 찾을 수 없다. 회벽에 다시 여자 얼굴을 떠올린다. 갸름한 얼굴에 큰 눈을 그리고 풍성한 머리카락을 그리고…… 입매가 떠오르지 않는다. 고개를 저어 여자 얼굴을 지워버리고 다시 또 그린다. 여자 얼굴에 자꾸 내 눈 코 입을 그려 넣는다.

재활용품 매장에서 길을 건너 조금 걷다 보면 사진관이 나온다. 좌우를 살피고 길을 건넌다. 사진관 앞을 서성인다. 황금빛 액자 속의 여자는 여전히 벙글어진 꽃이다. 나는 사진이 한 장도 없다. 내가 만약 사진을 찍으면 어떤 모습일까. 여자 얼굴을 머릿속에 새겨 넣는다. 검게 선팅 된 사진관 문에는 청동으로 만든 작은 새가 달렸다. 문을 여닫을 때마다 새가 소리를 내는 모양이다. 새소리를 한번 듣고 싶은데 용기가 나지 않는다. 번쩍이는 카메라 불빛 앞에 웃는 얼굴로 앉아 있을 자신이 없다. 사진관 모퉁이에서 바스락대는 소리가 난다. 모퉁이를 돌자 쓰레기봉투 더미에서 고양이가 튀어나온다. 고양이는 사진관 건물을 타고 느리게 걸어간다. 고양이가 찢어놓은 쓰레기봉투에 구겨진 필름 조각이 삐죽이 나왔다. 필름을 잡아당기자 국숫발처럼 한없이 딸려 나온다. 잽싸게 필름을 주머니에 쑤셔 넣는다.

　방바닥에 누워 형광등 불빛에 주워온 필름을 비춰 본다. 젊은 부부가 아이를 데리고 놀이동산에 왔다. 회전목마도 타고 모노레일도 탄다. 아이스크림도 먹고 김밥도 먹는다. 아이는 피곤한지 엄마 품에서 잠이 든다. 아이 손에 들렸던 풍선이 아빠 손으로 옮겨간다. 잠든 아이를 사이에 두고 두 사람은 미소를 짓는다. 나는 오래오래 필름을 들여다본다. 회전목마를 또 타고 아이스크림도 벌써 몇 개째인지 모른다. 그래도 흥겹지 않다. 엄마는 어떤 모습일까. 가위로 필름을 잘게 자르기 시작한다. 모노레일이 잘리고 김밥도 잘린다. 풍선도 잘리고 미소도 잘게 잘려 나간다.

가게 옆 공터가 떠들썩하다. 새 트럭을 가운데 두고 여주상회 김 씨, 훈베이커리 주방장, 철물점 주인도 보인다. 아저씨가 드디어 트럭을 새로 바꾸었다. 지난번 것보다 모양도 세련되고 소음도 거의 없다. 트럭 앞에 돼지머리가 놓인 상이 차려진다. 아저씨가 막걸리를 따라 트럭에 끼얹는다.

"무사안일 부자 되게 해주십쇼."

모인 사람들이 일제히 박수를 치며 환호성을 지른다. 그 속에 이모와 호태 오빠도 있다. 아저씨가 호태 오빠에게 손짓을 한다. 호태 오빠가 얼른 다가가 잔을 받는다. 주머니에서 꼬깃꼬깃한 지폐를 한 장 둘둘 말아 돼지 콧구멍에 꽂고 절을 한다. 호태 오빠는 자기 차를 바꾼 것처럼 들떠 있다. 사람들이 돼지 콧구멍과 입에 지폐를 꽂고 절을 한다. 술잔이 돌고 누군가 노래를 부른다. 여주상회 김 씨가 일어나 흥을 돋운다. 사람들은 트럭보다 술에 더 취해 있다. 나는 가만히 일어나 트럭 뒤로 간다. 견고하고 날렵하게 생긴 골격이 제법 값이 나가 보인다. 트럭을 손바닥으로 쓸어본다. 이 가게에서 단 하나뿐인 새것이다. 이 트럭을 타고 쌩쌩 달려보고 싶다. 멀고 먼 길을 가보고 싶다. 아무것도 없어도 좋다. 그냥, 달려보고 싶다. 시원한 바람을 맞으며 어딘가를 달려 닿는 곳. 그곳에 가면 내가 보일까. 엄마가 있을까. 호태 오빠는 이 트럭을 몰고 온 동네를 누비고 다닐 것이다. 기분이 째지겠다.

아저씨가 돌아올 시간이다. 멸치 국물을 끓이고 밀가루 반죽을 한다. 아저씨는 술 먹은 다음 날이면 된장 수제비를 끓이라고 한다. 이모나 호태 오빠는 별로 좋아하지 않는 메뉴다. 마지못해 먹긴 하지만 수제비 국물에 찬밥을 한 덩이씩 말아 먹기 일쑤다. 종지와 수저를 들고 부엌문을 나선다. 된장 항아리는 컨테이너 뒤쪽에 있다. 컨테이너를 지나치는데 안에서 이상한 소리가 들린다. 창문 밑에 몸을 숨기고 은밀히 안을 엿본다. 이모와 호태 오빠가 밀가루 반죽처럼 뭉쳐 있다. 호태 오빠가 이모 가슴에 얼굴을 묻고 씩씩댄다. 거친 숨을 몰아쉰다. 막 사냥한 늙은 짐승을 물어뜯는 들개 같다. 호태 오빠가 내 가슴에 얼굴을 묻고 있는 것 같아서 아랫도리가 저릿저릿하다. 고개를 돌린다. 발길이 떨어지지 않는다. 나는 그 자리에 주저앉는다. 양손으로 귀를 막고 얼굴을 무릎 사이에 파묻는다. 얼마나 지났을까. 귀에서 손을 뗀다. 고요하다. 다시 안을 엿본다. 그새 옷을 입은 이모가 호태 오빠 호주머니에 무엇인가를 쑤셔 넣는다. 돈이다.

아저씨만 두 그릇째다. 곁눈질로 이모와 호태 오빠를 살핀다. 아무 일도 없는 양 숟가락질만 열심이다. 이모는 젓가락으로 휘휘 건더기만 건져 먹는다. 호태 오빠는 국물에 찬밥을 말아 퍼먹는다. 알몸의 이모와 호태 오빠가 자꾸 수제비 국물에 떠오른다. 나는 풀어진 수제비를 뒤적거린다. 밖에서 인기척이 난다. 호태 오빠가 수저를 놓고 얼른 일어난다.

아저씨와 호태 오빠가 수거해온 물건을 내려놓는다. 대형 냉장고와 세탁기다. 얼룩 제거용 세제를 풀어 냉장고를 닦는다. 냉장고 안에서는 아직도 김치 냄새가 난다. 부드러운 수세미로 얼룩을 지운다. 호태 오빠가 콧노래를 흥얼거리며 호스를 들이댄다. 눈꽃처럼 일어났던 세제 거품이 사라진다. 나는 일부러 고개를 숙인다. 그날의 일이 거품처럼 일어난다. 마른걸레로 꼼꼼하게 물기를 닦으면 깨끗한 냉장고가 새로 태어난다. 냉장고 안에 허브 향의 탈취제를 뿌린다. 냉장고는 향기로운 모습으로 새 주인을 기다릴 것이다. 그새 어디로 갔는지 호태 오빠가 보이지 않는다.

이모 방은 물속에 가라앉은 배처럼 적막하다. 살그머니 문을 열고 들어간다. 화장대 서랍에서 발모제를 꺼내온다. 발모제 뚜껑을 연다. 오래된 바셀린 냄새가 난다. 손가락에 발모제를 묻혀 팬티 속으로 집어넣는다. 밋밋한 음부에 골고루 문질러 바른다. 부엌으로 간다. 싱크대 구석을 뒤져 볶은 콩이 든 플라스틱 통을 찾아낸다. 콩에는 머리카락을 자라게 하는 영양소가 풍부하다는 텔레비전 프로그램을 본 후부터 이모는 매일 콩을 한 줌씩 입에 넣고 우두둑거린다. 그릇 뚜껑을 막 여는데 밖에서 누렁이 소리가 난다. 작은 창으로 누렁이가 보인다. 호태 오빠가 낯선 개를 끌고 누렁이한테 다가간다. 누렁이가 끙끙댄다. 호태 오빠가 쥐고 있던 개줄을 놓는다. 낯선 개가 누렁이한테 슬며시 다가간다. 둘이는 서로 킁킁대며 냄새를 맡는다.

"붙어!"

옆에서 호태 오빠가 외마디 소리를 내지른다. 경계를 하며 냄새를 맡던 낯선 개가 누렁이한테 올라탄다. 놀란 누렁이가 몸을 빼내자 다시 쫓아가 올라탄다.

"그렇지. 박어. 박으란 말야!"

흥분한 호태 오빠가 주먹으로 손바닥을 연신 쳐댄다. 낑낑대던 누렁이가 학학 숨을 몰아쉰다. 누렁이의 눈빛이 두려움에 떨고 있다. 몸을 빼내던 누렁이가 체념한 듯 순순히 받아들인다. 생전 처음 보는 광경이다. 손에서 땀이 난다. 그때 바로 부엌문이 열리며 호태 오빠가 들어온다. 들고 있던 콩 그릇을 재빨리 뒤로 숨긴다.

"뭔데?"

호태 오빠가 미소를 지으며 다가온다. 오빠의 미소가 저렇게 음흉하게 느껴지기는 처음이다. 뭔가 분위기가 이상하다. 몸을 한껏 움츠리고 뒷걸음질을 친다.

"아, 아니. 아무것도……"

더 이상 갈 곳이 없다. 구석에 몰린 나는 경계하는 눈빛으로 호태 오빠를 쳐다본다. 호태 오빠의 불규칙한 숨소리가 가까워진다. 좀 전 누렁이에게 달려들던 낯선 개 같다. 옴짝달싹할 수 없다. 호태 오빠의 거친 손이 가슴을 더듬기 시작한다. 들고 있던 그릇을 놓쳐버린다. 콩이 바닥에 흩어진다. 셔츠 속으로 들어온 손이 점점 아래로 옮겨간다. 한증막에 들어앉은 것처럼 숨이 가쁘다. 나는 벽에 등을 기댄 채로 주르륵 미끄러진다. 호태 오빠가 바지를 벗기고 팬티를 내린다. 필사적으로 반항을 해보지만 호태 오빠의 힘을 당할 수 없다. 가랑이 사이에 대고 누군가가 망치질을 한다. 굵고 둥근 나무토막을 몸속으로 밀어 넣는다. 등에서 콩들이 소란을 떤다. 등 여기저기에 못이 박힌다.

호태 오빠의 거친 숨소리가 차츰 잦아든다. 내 위에 올라타고 있던 호태 오빠가 내려간다. 겁에 질린 나는 눈을 감은 채로 호태 오빠가 사라지기를 기다린다. 문소리가 들린다. 눈을 뜨고 옷을 집어 든다. 콩이 후두둑 떨어진다. 방으로 뛰어 들어온 나는 문을 걸어 잠근다. 하얀 회벽이 더 희게 보인다. 온몸이 후들후들 떨린다. 이불 속으로 들어간다. 아직도 가랑이 사이에 둥글고 긴 막대가 박혀 있는 것 같다.

"아예 나가서 살림 차려!"

이모가 악을 쓰며 물건을 닥치는 대로 집어 던진다.

"이 여편네가 머리털이 빠지더니 정신까지 빠져버렸나! 어디다 대고 지랄이야, 지랄은. 그만두지 못해!"

성난 아저씨가 소리를 버럭 지른다. 이모는 바닥을 치며 운다. 아저씨는 나흘 밤을 밖에서 자고 들어왔다. 이모는 아저씨가 들어올 때까지 퀸 사이즈 침대에서 누웠다 앉았다 하며 밤을 밝혔다. 울고 있는 이모는 정말 미친년 같다. 나는 장롱과 이모를 번갈아가며 쳐다본다. 이모 얼굴에서 검은 그림자가 어른거린다. 노파가 이모 몸속으로 옮겨 앉았다. 가게 앞에 트럭이 보이지 않는다. 호태 오빠가 일찌감치 몰고 나간 모양이다. 슬그머니 가게를 빠져나온다.

가게 앞 사차선 도로는 여느 때처럼 한가하다. 좌우를 살피고 길을 건넌다. 발길은 어느새 사진관으로 향한다. 사진은 매일 뜨고 지는 해처럼 새로울 게 없다. 해사한 여자의 미소 속에 멈춰버린 시간이 고여 있다. 저 사진 속의 사람들은 지금쯤 어디서 무엇을 하고 있을까. 웃지 않는 여자의 얼굴을 상상해본다. 슬픈 여자의 얼굴을 그려본다. 화난 여자의 얼굴을 떠올려본다. 그 어느 얼굴도 내 얼굴과 겹쳐지지 않는다. 사진관을 지나쳐 걷는다. 괜히 심술이 난다. 여자를 보러 다시는 오지 않을 테다. 돌멩이를 발로 걷어찬다. 그런데 왜 자꾸 눈물이 나려 할까. 그때 트럭 한 대가 천천히 경적을 울리며 다가온다.

"타."

호태 오빠다. 쳇. 나는 걸음을 빨리한다. 트럭이 천천히 따라온다. 걸음을 더 빨리한다. 있는 힘을 다해 뛰기 시작한다. 트럭에게 곧 추월당하고 만다. 아무리 속력을 내도 트럭을 벗어날 수 없다. 그 자리에 멈추어 선다. 트럭도 따라 멈춰 선다. 호태 오빠를 흘겨본다.

움 275

"타라구!"

호태 오빠가 소리친다. 다시 앞을 향해 뛴다. 트럭이 또 쫓아온다. 숨이 차다. 바닥에 주저앉는다. 호태 오빠가 트럭에서 내려 다가온다. 손을 내민다. 한참 동안 손을 노려본다. 전 같으면 벌써 덥석 잡았을 것이다. 하지만 지금은 다르다. 잡고 싶기도 하고 아닌 것 같기도 하고, 내 마음을 나도 모르겠다.

"겁내기는."

호태 오빠가 환하게 웃는다. 못 이기는 척 손을 잡고 조수석에 올라탄다. 음악 소리가 시끄럽다.

"미안해."

"뭐라고?"

음악 소리 때문에 오빠의 말이 잘 들리지 않는다.

"니가 마음에 든다구!"

호태 오빠가 귀에 대고 큰 소리로 말한다. 치잇, 웃음이 샌다. 호태 오빠는 콧노래까지 흥얼거리며 속력을 낸다. 말을 타고 드넓은 평원을 달리는 기분이다. 길은 오로지 우리 둘만을 위해 존재한다. 호태 오빠가 모는 트럭을 타고 어디론가 멀리 떠나는 꿈을 꾼 적이 있었다. 트럭 뒤에 이모 가게에서 훔친 장롱, 냉장고, 세탁기와 침대를 싣고 어둠이 채 가시지 않은 푸른 새벽길을 달렸다. 한참을 달리다가 피곤하면 트럭 뒤 침대에서 잠을 잤다. 땀 냄새가 나는 호태 오빠 품은 오래 머물러온 방처럼 편안하고 따뜻했다. 더 알 수 없는 일은 달리는 트럭이 점점 집으로 변해가는 것이었다. 운전석과 조수석은 작은 창이 있는 아담한 방으로 바뀌었고 음식 냄새 풍기는 부엌도 생겼다. 동화 속에서나 나올 법한 예쁜 집은 튼튼한 바퀴를 달고 앞으로 달렸다. 호태 오빠가 운전대를 두드리며 박자를 맞춘다. 차창 밖으로 낯선 풍경들이 지나간다.

"어디 가는데?"

호태 오빠를 흘깃 쳐다본다. 그 짓만 아니라면 따라가고 싶다.

"지구 반대편!"

"어떻게?"

"이렇게!"

내 마음을 알아차렸다는 듯 호태 오빠가 액셀러레이터를 힘차게 밟는다. 트럭은 날개를 달고 날아오르듯 가볍게 앞으로 튕겨 나간다. 트럭이 집으로 변하고 있는지도 모른다. 호태 오빠가 오디오 볼륨을 높인다. 음악 소리가 차창 밖 소음을 삼켜버린다. 노래방에 있는 건지 차 안에 있는 건지 분간이 되지 않는다. 호태 오빠는 당장에 운전대를 놓고 일어나 춤을 출 것처럼 상체를 흔들어댄다. 나는 어느새 무릎을 두드리며 장단을 맞추고 있다.

신나게 달리던 트럭이 속력을 늦춘다. 음악 소리도 작아진다. 앞에 길게 늘어선 차량 행렬이 보인다. 투덜대던 호태 오빠가 샛길로 차를 돌린다. 트럭이 좁은 골목길을 누빈다. 운전대를 잡은 호태 오빠 손에 오히려 힘이 더 들어가 보인다. 슈퍼 앞에서 차를 세우고 내린다. 슈퍼로 들어간 오빠가 담배와 캔 맥주를 사 들고 온다. 맥주 캔을 따 한 모금 마신 후 내게 내민다. 캔을 받아 들어 벌컥벌컥 마신다.

"돈이 생기면 여길 뜰 거야."

담배를 피우던 호태 오빠가 맥주 캔을 가로챘다.

"어디로 갈 건데?"

"돈만 있으면 지구 저 반대편이 문제가 아니지."

"나도 같이 가면 안 될까?"

"뭐 안 될 거야 없지."

"정말?"

호태 오빠는 대답 대신 손에 들린 담배를 내게 디민다.

"기똥차."

담배를 받아 든다. 심호흡을 한 후 힘껏 빤다. 숨이 막히고 기침이 나온다. 호태 오빠가 킥킥대며 시동을 건다.

"지구 반대편! 거기 가면 뭔가 다른 게 있을 거야. 틀림없이!"

가까스로 기침이 멈춘다. 트럭이 움직이기 시작한다. 가랑이 사이에 박혔던 둥글고 긴 막대기에서 뿌리가 뻗어난 걸까. 아랫도리에서 굵고 실한 뿌리가 자란다. 어스름이 깔리기 시작하는 골목을 트럭이 빠져나간다. 눈을 감고 의자에 몸을 기댄다. 또 꿈을 꾸고 싶다.

"조심해!"

아저씨는 장롱을 맞잡아 든 호태 오빠에게 연신 주의를 준다. 아저씨의 목소리는 여느 때보다 들떠 있다. 장롱이 드디어 팔렸다. 아침나절 중년 부인이 매장을 기웃거렸다. 장롱을 보러 왔다고 했다. 아저씨는 밝고 우아하고 고풍스런 물건들을 보여주었다. 물론 구석에 처박힌 못생긴 장롱에 대해서는 언급조차 하지 않았다. 그녀가 그 앞을 기웃거릴라치면 얼른 다른 물건 있는 곳으로 눈길을 돌리게 하는 게 마치, 손님 앞에서 병신 자식을 숨기는 아비처럼 보였다. 그녀는 잘생긴 장롱을 둘러보다가도 자꾸 못생긴 장롱 앞에 와 있곤 했다. 결국 그녀는 못생긴 장롱을 샀다. 처음에는 믿기지 않아 하던 아저씨도 차츰 얼굴이 환해졌다. 나중에는 콧노래까지 흥얼거렸다. 불쏘시개로나 쓸 참이었는데 예상 밖의 수확을 한 셈이다.

장롱이 조심스럽게 트럭 짐칸으로 옮겨진다. 비닐을 씌우고 단단히 동여맨다. 아저씨는 후련한지 손바닥을 탁탁 턴다. 운전석에 호태 오빠가 올라타고 아저씨는 조수석에 오른다. 장롱은 포승줄에 묶인 죄인처럼 말이 없다. 문짝에 모습을 드러내곤 하던 노파는 두 눈을 감고 나뭇결 뒤에 숨었다. 마지막으로 장롱을 한 번 더 보기 위해 트럭 가까이 다가간다. 트럭이 소리를 내며 미끄러진다. 움직이는 트럭을 쫓아 길가까지 뛴다. 도로로 접어든 트럭이 속력을 내며 멀어진다. 트럭이 보이지 않을 때까지 발을 떼지 못한다. 어디로 가는 걸까. 그녀는 왜 저 장롱을 샀을까. 그녀 눈에도 여섯 개 문짝마다 숨어 있는 음산한 노파의 얼굴이 보일까. 장롱은 그녀 방 어디쯤 놓일까. 더 이상 이모를 닮은 장롱을 볼 수 없다. 괜히 기분이 울적해진다. 잔뜩 흐린 날, 오랫동안 혼자 몰래 마음 주었던 친구를 떠나보내는 기분이다. 트럭이 완전히 자취를 감추었다. 그 자리에 힘없이 주저앉는다.

장롱이 있었던 자리는 생각보다 넓다. 그 자리에만 먼지가 쌓였다. 작은 틈새로 청소를 할 수 없었던 탓이다. 먼지를 쓸어낸다. 이모의 한숨처럼 먼지가 날린다. 노파가 쏟아낸 한숨인지도 모른다. 장롱은 잘 떠났다. 어디를 가도 이곳에서 먼지를 쓰고 처박혀 있는 것보다야 낫지 않겠는가. 먼지를 쓸어낸 다음 대걸레로 닦아낸다. 장롱이 있었던 흔적은 이제 없다. 자리만 남았다. 저 자리도 곧 다른 물건으로 채워질 것이다.

이상한 아침이다. 이모가 아닌 아저씨가 성난 소처럼 이리저리 날뛴다.

"이 연놈들이!"

손에 닿는 것마다 힘껏 내동댕이치고 발에 걸리는 대로 걷어찬다. 아저씨를 피해 이모 방으로 간다. 장롱 서랍이며 화장대 서랍이 전부 열렸다. 방바닥에는 서랍에서 꺼낸 옷가지들이 어지럽게 흩어졌다. 뭔 일이 벌어졌음에 틀림이 없다. 발바닥에 이물감이 느껴진다. 얼른 발바닥을 살핀다. 콩이다. 흩어진 옷가지를 들추자 콩이 후두두 떨어진다. 콩을 하나 주워 입에 넣는다. 화장대 위에 가지런하던 화장품들도 바닥에 여기저기 뒹군다. 그 속에 발모제도 끼어 있다. 발모제를 주워 주머니에 집어넣는다.

아저씨는 어디로 갔는지 보이지 않는다. 입안의 콩을 우두둑 씹으며 후다닥 컨테이너로 뛰어간다. 심장이 콩을 볶듯 다글거린다. 숨을 몰아쉬고 안을 들여다본다. 땟국물이 흐르던 이불도, 개구리 모양의 노란 라디오도, 방구석에 뒹굴던 이상한 잡지책도 모두 그대로다. 그런데 오래전부터 아무도 살고 있지 않았던 것처럼 냉기가 돈다. 가게 앞에 트럭이 보이지 않는다.

밥그릇에 수제비 국물을 부어주었는데도 누렁이는 혀만 축일 뿐 먹을 생각을 않는다. 벌써 며칠 동안 밥을 먹지 않고 있다. 새끼를 뱄다. 아저씨는 나흘째 술만 먹는다. 어제도 아저씨가 들어올 때까지 퀸 사이즈 침대에 누워 있었다. 밤늦게 아저씨는 술 냄새를 풍기며 들어왔다. 나는 아저씨 품으로 파고들었다. 아저씨는 밤새도록 내 몸을 더듬었다. 오늘 아침 아저씨를 위해 된장을 풀어 넣고 수제비를 끓였다. 아저씨는 국물만 몇 숟가락 떠먹고는 나가버렸다. 누렁이가 바닥에 길게 드러눕는다. 햇빛 아래 쪼그리고 앉는다. 주머니에서 발모제를 꺼낸다. 뚜껑을 연다. 찌든 바셀린 냄새가 코를 찌른다. 드디어 음부에 가느다란 솜털이 돋기 시작했다.

셔터가 내려진 매장 안은 어스름이 몰려오는 골목 같다. 나는 한 손으로 벽을 더듬으며 앞으로 나간다. 갖가지 감촉의 물건들이 손끝을 스쳐간다. 미로처럼 난 길을 걸어 침대가 전시된 곳에 이른다. 이모가 누웠던 침대에 가만히 드러눕는다. 이리 와. 여기 한번 누워봐. 여기 누워서 이렇게 귀를 대고 있으면 소리가 들려. 매트리스를 뚫고 뭔가가 올라오고 있어. 술 취한 이모는 뜨거운 물에 데쳐낸 시금치처럼 늘어졌다. 이모는 밤새도록 뒤척이며 어둠을 갉아먹었다. 아침이면 이모가 누웠던 자리에 머리카락이 새까맣게 빠져 있었다. 이모가 살라먹은 어둠이 모공을 틀어막았다. 나는 귀를 매트리스에 바싹 대고 정신을 모은다. 학학 오르락내리락 내 숨소리 너머 움트는 소리. 눈을 감는다. 침대 모서리에서 연둣빛 싹이 올라온다. 지금은 가고 없는, 이모를 닮은 장롱 그 문짝에서도 초록색 줄기가 자란다. 침대와 장롱을 양분 삼아 자라난 나무는 반짝이는 잎사귀를 너울대며 하늘을 뒤덮는다. 나무야, 나무야. 나는 오랫동안 눈을 뜨지 못한다. 살포시 잠이 들었다가 꿈속에서 엄마를 본 것도 같다.

꽃무늬 블라우스를 꺼내 입고 이모 화장대 앞에 앉아서 머리를 빗는다. 이모가 쓰던 머리핀을 꺼내 머리에 꽂는다. 거울 속에서 고운 계집애가 웃는다. 몸단장을 마친 나는 방문을 열고 나온다. 거울 속 계집애가 따라나선다. 황금빛 액자 속의 여자가 오늘따라 더 반갑다. 사진관 유리문을 밀고 안으로 들어선다. 청동 새가 뎅그랑뎅그랑 소리를 낸다. 사진사가 가리키는 의자에 앉는다. 환하게 조명이 켜진다. 눈이 부시다. 고개를 살짝 숙이시고. 아, 네 좋습니다. 자, 찍습니다. 조명이 어두워졌다가 다시 밝아진다. 여자처럼 눈을 크게 뜨고 화사하게 웃는다.

해설

남루한 삶에서 희망 찾기

오생근

조영아의 첫번째 창작집 『명왕성이 자일리톨에게』에는 모두 10편의 단편 작품들이 수록되어 있는데, 우선적으로 주목되는 것은 등장하는 작중인물들이 대체로 이름이 없다는 점이다. 그들은 그냥 여자이거나 노인이거나 엄마이다(「마네킹 24호」). 「명왕성이 자일리톨에게」에서 화자의 이름은 '우연'이라지만, 그 이름은 엄마의 소원을 말하는 대목에서 우연히 한 번 언급되었을 뿐이다. 또한 「굿 초이스」의 주인공은 이름 없이 여자로 불리고, 그 여자가 애완견 키우듯 상대하는 애인의 이름은 생략된 채, 간단히 '강'으로 명명되어 있다. 「역주행」의 화자는 남자인데 그 역시 이름이 없고, 병든 아내를 간호하는 「미끄러운 경사면에 대한 두려움」의 화자도 이름이 없으며, 그가 상대하는 아내도 그냥 아내일 뿐이다. 「우리는 진화하거나 소멸한다」에서 돋보기로 햇빛을 모아 개미를 죽이는 이상한 취미의 소유자인 화자, 그를 가둔 권력자, 그가 그리워하는 엄마, 그를 좋아하는 '계집애' 모두 이름이 언급되지 않는다. 전철역에서 노점상을 하는 「섬에는 비상구가 없다」의 화자도 마찬가지이다. 「움」에서의 '나' '이모' '아저씨' 「봄날」에서의 구두 수선공인 '사내'와 그의 아내, 「서울, 펭귄, 비둘기」에서의 '나'와 '아내' 등 거의 모든 인물들은 한결같이 이름이 없다. 「움」에서 '호태 오빠'라는 인물에게서 이름이 잠깐 언급되지만, 그의 이름은 이름이라기보다 화자의 호칭일 뿐이다. 그렇다면 이렇게 인물들의 이름이 거의 언급되지 않는 까닭은 무엇일까? 작가가 익명성을 통해서 현대사회의 개성과 주체성이 소멸된 인간을 표현하려 한 것일까? 또는 굳이 이름을 내세울 필요가 없을 만큼 초라한 삶을 사는 사람들의 모습을 나타내기 위해서일까? 아니면 이름이 암시하는 사회적 정체성보다 사람의 내면성에 비중을 두는 작가적 관점 때문일까? 그 이유를 뚜렷이 알 수는 없지만, 분명한 것은 조영아의 이름 없는 작중인물들은 비개성적이 아니라 개성적이며, 비현실적이 아니라 현실적이고, 무정형이 아니라 전형적이라는 점이다. 특히 전형적이라고 말하는 이유는 그들의 개성적인 언어와 사회적 신분의 특징이 잘 발현되어 있기 때문이기도 하지만, 그들의 다양한 직업을 통한 생각과 행동이 한국 사회에서 노정되고 있는 문제들과 첨예하게 맞닿아 있기 때문이다. 여기서 말하는 사회적 문제들은 화려한 도시화와 산업화 혹은 정보화 사회의 그늘 속에 가려진, 소외된 것처럼 보이지 않으면서 소외되어 있고, 현재의 삶과 미래에 대한 전망이 암울하며, 사회적으로 성공할 가능성이 없는 '찌질이'들과 대중들의 내면적 황폐성에 관련된 것이다.

그들의 직업은 다양하지만 대체로 그들의 사회적 지위는 보잘것없다. 그들은 현재의 삶뿐 아니라 미래의 삶에 대해서도 밝은 전망을 갖지 않는다. 무엇보다 그들의 직업이 계층 상승을 기대할 수 있는 어떤 사무직이나 전문직과 관련된 일이 아니기 때문이다. 「마네킹 24호」의 주인공은 백화점 쇼윈도에서 인간 마네킹 역할을 하는 모델이고, 「명왕성이 자일리톨에게」의 화자는 학교에서 따돌림을 당하여 학교에 다니지 않는 학생이다. 「굿 초이스」의 화자는 발관리센터에서 일하는 마사지걸이고, 「역주행」의 '나'는 수십 개의 모니터를 쳐다보며 도로의 교통 상황을 하염없이 모니터링하는, 단순 노동에 종사한다. 「미끄러운 경사면에 대한 두려움」에서 뇌종양을 앓고 있는 아내를 간호하는 '나'는 직업이 없는 듯, '나'의 직업과 관련된 어떤 문구도 발견되지 않고 있다. 「우리는 진화하거나 소멸한다」의 '나'는 학교를 다니지 않는 고등학교 학생 또래의 남자이고, '나'를 가둔 권력자는 음식점 주인이다. 「섬에는 비상구가 없다」의 화자는 전철역 안에서 신문 가판대를 중심으로 간단한 물건들을 판매하는 구내 노점상이고, 그의 애인은 쇼핑몰 점원이며, 그가 전철역에서 자주 보고, '츄파춥스'라고 부르는 여자아이는 학교를 다니는 것 같지 않은 학생이다. 「움」에서의 화자는 이모부의 재활용품 매장에서 부엌일을 도와주는 여자이고, 「봄날」의 '사내'는 구두 수선공이다. 그리고 「서울, 펭귄, 비둘기」의 '나'는 스웨터를 납품하는 공장이 문을 닫게 된 후 생활의 근거를 마련하기 위해 간신히 한강변 어느 공원 안내소에서 관리인의 일자리를 찾게 된 사람이다. 젊은 사람들이 대부분인 이들의 직업은 이처럼 다양하지만, 이들의 직업이나 직장은 안정된 생활을 보장해주는 것이 아니기 때문에, 그들은 자신의 일을 과도기적인 일로 받아들이거나, 자신의 분야에서 성공할 것을 생각하지 않으며, 자신이 하는 일에 대단한 자신감을 갖지도 않는다. 간혹 자기의 일에 자부심을 갖거나 애착심을 보이는 사람들도 있는데, 이들은 의외로 발마사지사와 구두 수선공의 일을 하는 사람들이다. 그러나 이들의 자부심이나 애착심은 사회적으로 인정된 것이 아니기 때문에 불안하고 공허해 보인다. 그들은 자신이 좋아하는 일에 종사하면서도 지속적인 자신감을 가지고 있는 것 같지 않으며, 때로는 일을 하다가 비정상적인 환각 상태에 사로잡혀, 불행의 길로 빠져들어 비극적 삶을 자초하기도 한다. 「굿 초이스」와 「봄날」의 두 작품을 예로 들어보자.

「굿 초이스」에서의 '여자'는 전화기 부품을 조립하는 공장에 다니다가 우연히 신문에 발관리사에 대한 기사를 읽고 곧 학원에 등록을 하여 다닌 후 발관리사가 되었지만, 그곳의 원장으로부터 '직업의식'이 없다는 말을 듣는다. 하지만 그녀는 "거리를 오가는 수많은 발들"(p. 70)에 관심이 많고, 자신의 못생긴 발에 대해서 콤플렉스를 갖고 있으며, 자기보다 일곱 살쯤 나이가 어린 애인 '강'의 발을 좋아한다. "앙상하니 신경질적으로 생긴 발가락은 마디마디 상상력이 풍부하다"(p. 68)는 것도 그녀가 '강'의 발을 좋아하는 이유이다. 그녀는 이렇게 발을 통해서 사람을 보고, 발의 관점에서 세상을 이해한다. 타일공이었던 그녀의 아버지가 공사장에서 타일을 붙이는 일을 하다가 수평 감각을 잃고 추락한 후 인생이 곤두박질치게 된 것도 아버지가 대지를 굳게 디디고 일을 하는 착실한 직업을 갖지 못했기 때문으로 생각한다는 점에서, 그것 역시 '발'의 주제와 연결되어 있다. 마찬가지로 사람의 발을 주무르고, 발을 통해서 사람을 보는 일을 자신의 직업으로 삼게 된 그녀의 삶은 "매사가 허공에 떠 있는 생활"(p. 70)처럼, 대지 위에 굳건히 뿌리를 내리고 살아가지 못하는 현대인의 공허한 삶을 보여주는 상징적 의미로 해석된다.

또한 「봄날」에서의 구두 수선공인 '사내'가 반평생 그 일을 하면서 터득한 진리는 "구두가 사람보다 훨씬 더 인간적이라는 것이"(p. 172)어서, 그는 사람을 보면 구두를 먼저 보는 습관을 갖게 된다. "구두를 보면 그 주인이 보이고 인생이 보이고 세상이 보이고 웬만한 게 다 보인다"(p. 175)는 것이 그의 지론이다. 그는 "눈만 뜨면 하루 종일 구두와 씨름하고, 꿈속에서조차도 구두창을 꿰매"는 일을 할 만큼 착실하게 생활하고, "설거지를 하고 있는 아내의 뒷모습"을 그 어떤 구두보다도 아름답게 생각하면서 행복해한다. 그의 행복감은 "자신이 아내를 사랑한다는 사실을 알고부터"(p. 176) 더 분명해졌다. 그러나 그 행복감은 그가 작업 중 손을 다치고, 구두 수선 일을 잘 못하게 되면서부터 무너지기 시작한다. 어느 정도 손의 상처를 회복하고 일을 다시 시작해도 전과 같은 행복감을 느낄 수 없는 그는 조금씩 미쳐간다. 이것이 이 소설의 줄거리이다. 그는 구두 굽을 뜯었다 박았다 하는 일을 반복하거나 거리를 쏘다니며 버려진 구두들을 주워서 수선하여 컨테이너에 잔뜩 쌓아두면서 '행복한 마음'을 가지려 하지만 한 번 사라진 행복은 돌아오지 않고, 그의 행위는 남들에게 비정상적으로 보일 뿐이다. 이 작품은 현대 사회에서의 행복이 사람의 주체적인 계획과 의지에 좌우되는 것이 아니라 타인들과의 관계와 우연적인 요소들에 영향을 많이 받게 된다는 메시지를 전해준다. 다시 말해서 행복은 상대적이고 불안정한 것이다. 주인공이 구두 굽의 생명은 밑창과의 단단한 결합에 좌우된다고 말한 것처럼, 행복의 구두가 계속 완전한 상태로 존재하기를 바라는 구두 주인의 의지와는 상관없이 구두 굽과 밑창 사이에는 균열이 오기 마련이다. "순간의 방심은 불순분자의 침입을 불러 오고 그로 인해 둘 사이에 균열이 가기 시작하면 세상은 걷잡을 수 없이 흔들린다"(p. 180)는 것이 조영아 식의 행복론이라고 말할 수 있을까? 물론 지속적인 행복을 유지하기 위해서는 누구나 "순간의 방심"을 잊지 말고 지속적으로 행복을 가꾸려는 노력이 필요할 것이다. 이런 여러 가지 점을 종합해보면, 작가의 의도는 행복을 향한 노력의 허망함을 보여주려는 것이기보다, 현대 사회에서 인간의 삶은 불안정할 수밖에 없기 때문에 이러한 삶의 토대 위에서 덧없이 흔들리는 행복의 취약한 구조와 성격을 탐구하려는 것이라고 말할 수 있다.

「봄날」의 구두 수선공 가족이 비교적 정상적으로 보이는 것과는 달리, 대부분의 소설들은 결손가정이거나 비정상적인 가정에서 빚어진 이야기들이라는 것도 주의 깊게 검토해야 할 점이다. 「마네킹 24호」의 '여자'는 "언제나 밤늦게 들어"(p. 16)오는 어머니의 부재로 인한 모성결핍증을 가지고 성장하여, 공허함을 채우기 위해 물을 마시는 습관을 갖게 된다. 인간이 사물화되는 현상과 비슷하게, 쇼윈도에서 마네킹 역할을 해야 하는 그녀는 "아침부터 줄곧 한자리에 서 있다 보면 머릿속이 점점 비워"지고, "몸속은 텅텅 비워져서 조금만 바람이 불어도 두둥실 공중으로 떠오를 것만 같"은 무중력

감의 상태에서 "진짜 마네킹이 된 듯 기쁨도 슬픔도 그리고 고통마저도 느끼지"(p. 25) 않게 되는데, 이것은 비인간화 사회에서 인간적 감정의 퇴화와 사물화 현상을 경고한 메시지로 해석된다.

「명왕성이 자일리톨에게」의 '나'는 주변의 사물들이 빙빙 돌아가는 어지럼증을 앓고 있으며, 어른들이 가르쳐주지 않는 모든 것들의 '뒷면'을 보고, "가위 하나만 있으면 무서울 게 없는 세상"(p. 40)이라고 생각하여 가위질을 하는 아이이다.

　엄마는 내가 모든 걸 툭툭 털고 세상으로 나가게 해달라고, 다른 애들처럼 학교에도 다니고 떡볶이도 사 먹고 축구도 하게 해달라고 열심히 빌었다. 엄마는 교회에 나갔다.(p. 42)

　엄마가 출근했다. 식당에서 깍두기를 담그고 설거지를 하는 엄마는 밤늦게나 들어온다.(p. 43)

이 두개의 예문을 보면 '나'와 '엄마'는 대화와 소통이 단절되어 있음을 알게 된다. '엄마'는 교회에 나가서 열심히 기도하면 아들의 문제가 해결될 것으로 생각하지만, 아들은 자신을 "엄마가 사육하는 코끼리 한 마리에 지나지 않는"(p. 44) 존재라고 생각할 뿐이다. '가위질'로 표현되는 '나'의 반항심이나 어른들이 감추려는 사물의 '뒷면'만을 보려는 '나'의 의

식은 쉽게 사라질 것 같지 않다. 집 안에서건 집 밖에서건 '나'의 문제를 해결해줄 사람은 어디에도 보이지 않는다. 앞에서 언급한 '찌질이'의 전형으로 예시될 수 있는 '나'의 암담한 집안 분위기가 상당 부분 무능한 '아버지'의 존재, 혹은 '아버지'의 부재 때문이라는 것은 매우 의미심장하다. 이것은 IMF 이후의 한국 사회에서 빈번히 발생하게 된 실직과 실업의 사회적 문제와 파장과 관련되어 있다. 아버지의 불안정한 사회적 신분은 바로 불안정한 가정과 문제아의 원인으로 볼 수 있기 때문이다.

「역주행」에서 도로 교통 상황을 모니터링하는 '나'의 부모는 재래시장에서 생선 가게를 하다가 불행하게 된 사람들이다. 이들에게 불행이 닥쳐온 발단은 재래시장 건너편에 대형마트가 들어서면서부터라고 할 수 있는데, 그 이유는 장사가 잘 되지 않아 무리를 하다가 아버지가 교통사고로 사망하고, 엄마는 우울증에 빠졌기 때문이다. '나'는 집에서는 심한 조울증 증세를 보이는 '엄마'를 돌봐야 하고, "눈을 어디로 돌려도 보이는 것은 차들뿐"(p. 118)인 일터에서 매순간 긴장하며 일을 해야 한다. 이처럼 희망의 출구가 보이지 않는 상황에서는 모두가 인생의 길 위에서 역주행할 수밖에 없는 사람들일 것이다.

또한 「우리는 진화하거나 소멸한다」의 화자는 돋보기로 햇빛을 모아 개미들을 죽이는 사디스트적 쾌감을 느끼는 아이

이지만, 그를 비정상적인 존재로 만든 것은 엄마의 남편인 '그'의 비인간적 횡포이다. '그'는 억압적인 권력으로 '나'를 가두고, '나'에게 군림한다는 점에서 푸코의 '권력과 감옥'의 주제를 연상시킨다. '나'의 이러한 비참한 상황이 엄마가 세상을 떠난 다음부터 더 가혹해졌다는 이야기의 구성도 의미 있게 해석될 수 있는 요소이다. 모성의 부재로 인한 상실감과 폭력적 존재의 등장으로 어린 화자에게 가중되는 공포심은 더욱 견디기 힘든 중압감으로 작용하여, 그는 "삶의 목적은 오로지 힘을 기르는 일"(pp. 146~47)이라는 결심을 굳히고, 방구석에서 개미를 죽여 힘을 기르겠다는 터무니없는 생각을 하지만, 이것은 그만큼 약자의 절망적 심리를 반영하고 있다.

> 그가 가게에서 닭 모가지를 잘라 힘을 기르는 동안 나는 방구석에서 개미를 죽여 힘을 기른다. 개미는 내 힘의 원천이다.(pp. 154~55)

'나'는 '그'의 포악한 힘이 분절기로 닭 모가지를 절단하는 데서 생긴다고 추론하여 '그'에게 대항하기 위해서 힘을 기르려면 '개미'를 죽여야 한다는 논리를 만들어낸다. 이것은 폭력에는 폭력으로 대항해야 한다는 것이 아니라 사람은 억압적 폭력의 영향 속에서 자유로울 수 없고, 이런 상황에서는 무엇보다 폭력의 존재와 맞서 싸우려는 의지가 중요한 것임을 암시한 논리이다.

제목에서부터 암담한 절망감이 연상되는 「섬에는 비상구가 없다」의 '나'는 전철역에서 열차를 볼 때마다 징그러운 뱀을 연상할 만큼, 비인간적인 작업 환경에서 가판대를 지키는 자신의 일을 떠나고 싶어 한다. 일터가 더럽고 시끄러운 것처럼, 그가 거처하는 방도 휴식을 취할 수 있는 곳이기는커녕 곰팡이 냄새가 나는 지하 방이어서 그의 애인은 "무덤 속에 누워 있는" 느낌이 들어 "한밤중이라도 옷을 챙겨 입고 집으로 돌아"(p. 242)가고 싶어 할 정도이다. 그에게 유일한 꿈은 '그녀'와 함께 스파게티 전문 음식점을 차리는 일이다. 이렇게 꿈을 갖는 화자의 모습에서, 세상을 긍정적으로 바라보려는 마음은 삶을 새롭게 시작할 수 있는 희망의 원천으로 보인다. 그 희망은 「움」에서도 마찬가지로 발견된다.

「움」에서 화자가 기거하는 이모의 집은 비정상적이고 비윤리적인 행위가 종종 벌어지는 곳인데, 이처럼 암담한 환경에서 지내는 화자에게 우리가 희망을 발견할 수 있다는 것은 놀랍다.

이모와 아저씨의 관계는 나와 이모의 관계처럼 묘하다. 두 사람은 엄연한 부부이면서도 그렇지 않아 보일 때가 더 많다. 이모는 이모대로 아저씨는 아저씨대로 산다.(p. 263)

이렇게 사랑과 대화가 없는 부부에게는 오직 돈에 대한 욕심과 동물적인 욕망밖에 없기 때문에, 이들의 삶이 인간적으로 보이지는 않는다. 황량하고 암울한 느낌을 주는 이들이 사는 집이 따뜻한 가정이기는커녕, 내버려진 중고품 가구를 판매하는 곳이라는 것은 매우 상징적이다. 이 집에서 '나'의 일은 수거해온 물건들, "쓰레기 아닌 쓰레기를 매일 아침마다 닦는"(p. 204) 일이거나 청소를 하고 부엌일을 도와주는 일이다. '나'는 "한 번도 이모를 친이모라고 생각해본 적이 없"는데, 그 이유는 "친이모임을 증명할 만한 물질적, 정신적 증거가 하나도 없"(p. 263)기 때문이다. 부모 없이 자란 '나'의 성장 환경이 이렇게 쓰레기 더미 속처럼 비문화적이고 비교육적인 것에 비해 '나'의 생각과 마음이 순진한 것은 놀라울 정도이다. '나'의 머릿속에 엄마에 대한 기억이 없기 때문에 모성에 대한 강렬한 그리움도 없지만, 매장 안에 있는 침대 위에 누워 있을 때 떠오르는 "막연한 그리움"(p. 261)이 어쩌면 독자가 그녀의 삶을 낙관적으로 전망하게 되는 요인일지 모른다. 무엇보다 '나'의 무의식 속에 엄마에 대한 모습, 라캉의 용어로 말하자면 '큰 타자L'Autre'에 대한 갈망이 있다는 점에서 그것은 그녀의 어두운 삶에 등불이 될 것이다.

방바닥에 누워 벌써 두 시간째 여자를 그리고 있다. 하얀 회벽에 여자 얼굴을 그렸다 지웠다를 수없이 반복한다. 방은 고치 속 같다. 나는 고치 속에 갇힌 누에다. 흰 고치 속은 어둡고 음울하다. 비좁고 답답하다. 환한 바깥세상으로 나가고 싶다. 명주실을 풀고 바깥세상으로 나가고 싶은데 실의 실마리를 찾을 수 없다.(p. 268)

이 인용문에서 화자가 "수없이 반복"하여 그리는 그림이 엄마의 얼굴이라는 것은 주목해야 할 대목이다. 무의식 속에서 엄마를 그리워하는 모성결핍증의 이 여자가 인생의 의미나 가치에 대한 판단력도 없고, 윤리 의식을 갖고 있지 않더라도, "고치 속에 갇힌 누에"라는 자기 인식과 "환한 바깥세상으로 나가고 싶"은 욕망을 갖고 있다는 점에서 독자가 '움'이 트는 것과 같은 희망을 발견하는 것은 당연하다. 물론, "환한 바깥세상으로" 나가기 위해서 '명주실'의 실마리를 찾는 데는 시간이 필요하겠지만, 이 소설의 끝에서 보이듯이 그녀가 누워 있던 침대의 매트리스를 뚫고 솟아오르는 '움'트는 소리와, 사라진 장롱의 문짝에서 초록색 줄기가 자라는 모양을 보게 된, 나무가 "반짝이는 잎사귀를 너울대며 하늘을 뒤덮는" 꿈속의 풍경에서 "엄마를 본 것도 같다"(p. 282)는 느낌이야말로 희망의 실현을 예감할 수 있는 확실한 증거이다. 이처럼 조영아의 소설은 암담한 절망적 상황 속에서 희망의 빛을 보여주는데, 그것이 상투적으로 보이지 않는 것은 절망의 풍경에 담긴 현실성과 작중인물의 절실한 꿈이 절묘하게 결합된 소설적 구성 때문이다. 비현실적이면서도 현실적으로 보이는 꿈은 현실로부터 유리된 것이 아니라 철저히 현실에 기반해 있다는 것을 반영한다.

조영아의 소설에서 가족이나 가정은 이처럼 안식처나 보금자리도 아니고, 집은 식구들끼리 대화와 사랑을 나누는 공간으로 설정되어 있지도 않다. 문제는 이러한 비정상적 가정의 원인이 가족들에게 있지 않고, 사회 현실에 있다는 점이다. 앞에서 언급했듯이, 「명왕성이 자일리톨에게」와 「굿 초이스」에서 가정의 문제는 아버지의 퇴직 혹은 사고에서 빚어진 것이지만, 그 일들은 사회적 관계에서 발생된 것이다. 「역주행」의 아버지가 교통사고로 사망하고, 그 여파로 어머니는 조울증에 걸리게 된 것도 급격한 사회적 변화에 원인이 있다. 또한 「미끄러운 경사면에 대한 두려움」에서 부부 사이의 소통이 어긋나고, 생각하는 방향이 달라진 것은 '아내'의 뇌종양 때문이지만, 현대 사회에서 그러한 질병은 개인적인 차원으로 머물기보다 사회적 현상과의 관련 속에서 고려해야 할 것이다. 이런 점들을 종합적으로 보면, 우리가 아무리 평화로운 가정과 행복한 삶을 소유한다 하더라도, 우리의 개인적 의지와 상관없이 삶을 지배하고 좌우하는 사회와 권력의 요소들은 도처에 산재해 있으면서 연쇄적인 형태로 작동하고 있는 것이다. 특히 변화가 빠르고, 가치관이 혼란스러워지는 사회에서 인간의 주체적 의지는 무력해지고 사람들의 자아정체성은 불확실해질 수밖에 없으며, 이런 사회에서 무엇이 행복한 삶인지, 행복을 어떻게 추구해야 하는 것인지의 문제는 모호해질 수밖에 없을 것이다. 이러한 위기의 상황에서 희망은 없는 것일까?

작가는 「움」에서 아무리 절망적인 상황이라도 나무의 '움'이 트는 것 같은 소생과 부활의 기운을 발견하고, 「우리는 진화하거나 소멸한다」의 결말에서 자기가 갇혀 있는 집을 불 지르는 소년의 행위를 통해 독자에게 희망의 메시지를 보여주려고 한다. 이 두 소설뿐 아니라 다른 소설들에서도 작가는 독자가 희망을 발견할 수 있는 소설적 장치를 빈틈없이 은밀하게 마련해놓고 있다. 이것은 조영아의 소설이 보여주는 장점일 뿐 아니라, 그의 소설에 반영된 우리의 현실과 인간성의 내면을 탐구한 관점에서도 긍정적으로 해석될 수 있는 점이다. 그리하여 조영아가 모든 공력을 집중하여 섬세한 현실 인식과 치밀한 구성으로 만들어낸 소설들이 우리의 삶에 내장된 불편한 진실을 이야기함으로써 독자를 편안하게 놓아두지는 않을지라도, 우리의 삶이 얼마나 불안한 바탕 위에 놓여 있는 것인지를 분명히 인식하게 만들고, 그러한 인식에서 희망의 가치를 일깨워준 점을 높이 평가해야 할 것이다.

작가의 말

매번 부끄럽다.

묶어놓고 보니 해묵은 고민이 절반이다. 편협한 시야와 옹졸한 가슴이 작품을 오종종하게 만든 것 같아 속이 상하고 부끄럽다. 그리고 무엇보다 이들에게 미안하다. 너무 오랫동안 지붕도 담도 없는 벌판에서 떨게 했으니.

모양새야 어찌 됐든 여기 묶는 작품들은 내게 큰 스승이다. 이들이 있었기에 지금의 내가 있다. 마지막 떠나보내는 길, 이들에게 따뜻한 밥 한 끼 해 먹이고 싶다.

못난이들에게 흔쾌히 멋진 집을 지어주신 문학과지성사와
오생근 선생님
그리고 나와 인사를 나눈 수많은 당신들
고맙습니다.

해묵은 고민을 거름 삼아 아름드리 뿌리 깊은 나무가 되겠습니다.

2009년 겨울
조영아